grafit

Chemnitzer Str. 31, D-44139 Dortmund
Internet: http://www.grafit.de
E-Mail: info@grafit.de

Umschlagbild unter Verwendung der Fotos:
›Hens and rooster‹ © loyish / Fotolia.com,
›Was einmal gesagt werden sollte‹ © merze-merze / photocase.com
Druck und Bindearbeiten: GGP Media GmbH, Pößneck
ISBN 978-3-89425-402-5
1. 2. 3. 4. 5. / 2015 14 13 12

Ella Theiss

Neben der Spur

Kriminalroman

grafit

Die Autorin

Ella Theiss lebt und arbeitet in der Nähe von Darmstadt. Sie hat Germanistik und Sozialwissenschaften studiert, nach ihrem Volontariat mehrere Jahre als leitende Redakteurin gearbeitet. Seit der Geburt ihrer Töchter ist sie freie Journalistin und schreibt unter ihrem bürgerlichen Namen Elke Achtner-Theiss Artikel und Sachbücher zu Ernährungs- und Ökologiethemen. Seit 2007 befasst sie sich auch mit dem literarischen Schreiben. Sie debütierte mit dem Preußenkrimi *Die Spucke des Teufels*, der den zweiten Platz beim Gerhard-Beier-Preis 2010 belegte. *Neben der Spur* ist ihr erster zeitgenössischer Roman (beide Bücher Grafit Verlag).

www.ellatheiss.de

Für Johann

1

DURCHGEKNALLT

Ruhig, Hermann! Bleib ruhig! Sie sind in friedlicher Absicht gekommen. All das Murmeln und Plappern, das exaltierte Wedeln, mit dem sie sich mal hierhin, mal dorthin begeben, es hat nichts Böses zu bedeuten – nichts Böses zu bedeuten. Es ist ihnen eigen, wie dein Hüsteln in kühlen Räumen und das gelegentliche Zittern deiner Knie dir nun einmal eigen sind. Diese Spezies ist harmlos, hat Gudrun gesagt. Auch das Blitzgewitter, das Piepen und Summen aus allen Ecken, das schwarze Gewürm am Boden, lästig, aber harmlos. Nur dass du dich nicht dazwischen begibst, Hermann! Bleib in deinem Rollstuhl und rühr dich nicht von der Stelle! Du kennst deinen Text. *Herzlichen Dank für Ihr Kommen … Ich begrüße Sie auch im Namen meiner Familie …* Nein, warte, deine Rede kommt später. Nicht jetzt. Jetzt spricht Gudrun mit ihnen. Gudrun kann das.

Unsere Gudrun! Weißt du noch, wie man sie dir in den Arm drückte? Ein schrumpelhäutiges Bündel, das sein Huääh, Hu-äääh wie eine Sirene hinausgreinte. Alle liefen davon, angeblich, weil dringliche Tagesgeschäfte es erforderten. Du bliebst mit ihr allein, hast sie im Arm gewiegt, gegen die Fensterscheiben getrommelt, sie an deiner Taschenuhr horchen lassen. Bis ihr Gekreisch abschwoll und einer freundlichen Aufmerksamkeit wich. Du ganz allein konntest den kleinen Schreihals bändigen. So liebevoll, so fürsorglich hast du dich selbst nicht gekannt, was alter Hermann?

Da, schau, wie unsere Gudrun heute zwischen all diesen Fremden umhergeht, Fragen beantwortet, Einwände vorbringt, mit leiser fester Stimme. Wie sie sich zu dem am Boden kriechenden, all die Kabel sortierenden Gnom herabbeugt, ihn bittet, die Berberteppiche zu schonen. Wie sie sich unmerklich reckt, um dem Lulatsch mit dem Leuchtkörper auf Augenhöhe zu begegnen, ihn ermahnt, nur ja die beiden Thoma-Aquarelle nicht direkt anzustrahlen, der Farben wegen. Und allen mit der gleichen hoheitsvollen Freundlichkeit zunickt, die schon ihrer Großmutter eigen war. Bloß die Kerbe über der Nasenwurzel und die zusammengebissenen Zähne hinter den lächelnden Lippen lassen ahnen, dass unsere Gudrun sich nichts gefallen lässt – nichts gefallen lässt.

Ja, die Meute. Auch wenn sie harmlos ist, was würde sie alles anstellen, wenn Gudrun nicht dazwischenginge!

Weißt du noch, wie wir damals zitterten vor der Meute, siebenundvierzig, als sie das Haus belagerten wie eine Schar Krähen das siechende Lamm? Wie sie alle eingeschüchtert haben, sogar unseren stolzen Herrn Vater? Ihre Fotoapparate waren schwer und schwerfällig, verfehlten oft den richtigen Moment. Dafür waren ihre Fragen scharf. Und ihre gespitzten Bleistifte stenografierten, was sie glaubten, das wir zu antworten hätten. Zumal wir nichts zu antworten wussten. Wie gut sich doch alles über all die Jahre gefügt hat – über all die Jahre gefügt hat. Nun feiert sie dich, die Meute. Alle diese Journalisten feiern dich. Morgen ist dein hundertster Geburtstag, Hermann. Und du kommst ins Fernsehen!

Du kennst deinen Text. *Herzlichen Dank für Ihr Kommen, ich begrüße Sie auch im Namen meiner Familie, bitte beachten Sie unser Informationspaket … Als ich meinen Freund Werner Kollath 1940 in Rostock traf, sagte er zu mir, lasst unsere Nahrung so natürlich wie möglich, und so habe ich im Jahre …* Nein, das nicht. Das sollst du nicht sagen. Nie mehr. Das war damals. Jetzt sagst du nur: *Herzlichen Dank für Ihr Kommen, ich begrüße Sie auch im Namen meiner Familie, bitte beachten Sie unser Informationspa…*

Da … war das … ein Knall? Kam von draußen! Ein Schuss? – Ruhig, Hermann, das ist ein Salut. Ein Salut zu deinem Geburtstag. Gleich spielt die Kapelle. *Ich hatt' einen Kameraaaden, einen bessern findst du nit* … Keine Kapelle, die Meute erstarrt … reißt die Augen auf … keiner bewegt sich … wer sich bewegt, wird erschossen … erschossen … Noch ein … Schuss? – Granaten von der Brücke her … Verschanz dich, verschanz dich, alles voller Blut und Asche … von der Brücke her … Das Bein, das Bein zerfetzt, besser als der Kopf … besser als der Bauch … Bei einem Bauchschuss, da bist du dran … da kannst du den Löffel abgeben, da krepierst du elendiglich … Überall Blut und Asche … einen Kameraaaden … der ging an meiner Seite … als wär's ein Stück von mir … wie das Bein, das zerfetzte … ein Stück von dir … Ach, so viel Blut und Asche! Ist denn Krieg, Gudrun? Schon wieder Krieg?

Der Löffler verteilt die Reste. Wie am Ende jeder Mittagskonferenz beim Lokalen. »Einmal Ausschuss für Innenstadtbegrünung, einmal Kindergartenoffensive im Stadtteil Ebersheim, einmal hundertjähriger Opa, einmal entlaufener Leguan …«, leiert der Löffler im Tonfall eines altgedienten Marktschreiers. Lässt seine Dackelaugen über der Schar der Freien kreisen. »Wer will noch mal, wer hat noch nicht?«

Karo schnipst mit dem Finger. Wenn sie leer ausgeht, ist der Tag gelaufen. Wer jetzt keinen Auftrag abkriegt, kann heimgehen. Ohne Gage. Oder muss den Ordner PR-Mails nach tauglichen Kurzmeldungen durchackern, eine Strafarbeit.

Nanette ist schneller, krallt sich die vergleichsweise attraktive Kindergartenoffensive und hechtet davon, als würde sie schon sehnlich erwartet.

»Dann nehm ich den Hundertjährigen«, sagt Karo.

»Super!« Der Löffler lächelt gütig, reicht ihr zwei aneinandergeheftete Bögen Recyclingpapier, beidseitig eng bedruckt, und als Zugabe einen baumwollenen Einkaufsbeutel mit waldgrünem Allerweltslogo. »Karo, der alte Herr ist dein!«

Eine Stimme aus dem Hinterhalt mischt sich ein: »Pass auf, dass du ihn nicht ansteckst mit deinem demenziellen Syndrom.«

Das Kichern der Kollegen dröhnt in Karos Ohren. Das war Alex, der Hochleistungsschleimer. Tritt grundsätzlich im Blazer auf und riecht nach Eichenmoos. Hat wie selbstverständlich den Job bekommen, den Karo wollte: Polizeireporter. Während Karo sich weiterhin als Freie um die Krümel kloppen muss, gehört er zu jenem Tross von Kollegen, die bis Mittag längst wissen, was sie zu tun haben. Trotzdem hängt dieser Blender in allen Konferenzen herum, in die die Chefs ihn lassen. So ungerecht ist das Leben!

Klar, dass er auf die Panne von voriger Woche anspielen muss! Karo hatte vergessen, ihm eine Einladung des städtischen Polizeimusikkorps weiterzureichen, mit der Folge, dass Alex bei dem öffentlichen Ständchen fehlte und der Korpsleiter seither beleidigt ist.

»Bleiben noch Radweg, Leguan und …«

Karos Synapsen kreisen um Regel Nummer zwei ihres neuen Karriereratgebers *Wer sich nicht wehrt, lebt verkehrt. Am wirkungsvollsten schlagen Sie den Gegner mit eigenen Waffen,* heißt es da. Kein Problem für clevere und wortgewandte Journalistinnen wie Karo!

»Der Leguan wär doch was für Alex«, ruft sie, »beides Kriechtiere.«

Stille. Verhaltenes Glucksen. Alex verzieht seine Lippen zu einem Knäuel. Der Löffler tut, als hätte er nichts gehört.

Karo wird heiß. War wohl ein Tick zu fies? Egal, jetzt heißt es souverän bleiben. Sie erhebt sich lächelnd und verlässt den Konferenzraum mit einem versöhnlichen Wink in die Runde.

Dass sie manchmal so vollpfostig danebenschießt! Peinlich! Seufzend steuert sie ihren Schreibtisch an, der sich am Nordfenster des Großraumbüros zwischen einem halb kahlen Benjamini und einer mit bunten Merkzetteln beklebten Schallschutzwand duckt. Übergießt das Unbehagen zwischen ihren Rippen mit ein paar Schlucken aus ihrer Colazero-Flasche. Es hilft einigermaßen und Karo kann sich den graubeigen Papierbögen mit den verspielten Centaur-Lettern widmen.

Sehr geehrte Damen und Herren von der Presse, ... bitte lenken Sie ihre geschätzte Aufmerksamkeit auf die anliegende Presseinformation ..., die Sie informieren möchte ...

Karo überfliegt das umständliche Anschreiben, forstet nach den Essentials: Wer-was-wann-wo ...

Aha, Pressekonferenz um vierzehn Uhr im Vestibül des Wohnhauses der Familie. Laudatio durch den Oberbürgermeister. Das *Anwesen* liegt laut Pressemitteilung im Norden von Mainz *inmitten einer naturnahen Landschaft, leicht zu erreichen über die örtliche Hauptstraße, Abfahrt Waldfriedhof ...* Ein Hundertjähriger wohnt am Waldfriedhof? Was für ein Widerspruch! Das könnte glatt ein Bonmot zum Einstieg in den Artikel abgeben. Oder lieber doch nicht.

Auf dem Begleitbogen blafft Karo ein fett gedruckter Lorbeerkranz an mit einer in der Mitte eingefügten Zahl: *100.*

Einen Absatz drunter wird's informativ: Hermann Hepp heißt der Alte. Hermann? Ist das nicht eher ein Nachname? Und er war, beziehungsweise ist ledig, protestantisch ... und Gründer einer Firma für – auch das noch! Einer Herstellerfirma für Gemüsebrühwürfel, Fertigsuppen, Fertigsoßen und solches Zeug. *Der feine Geschmack der Natur – biologisch, rein pflanzlich, cholesterin- und lactosefrei ...*

Karo atmet tief durch, schüttelt die Baumwolltasche über ihrem Schreibtisch aus. Zum Vorschein kommen Prospekte mit bauchigen Buchstaben, Fotos dampfender Terrinen, serviert von Großmüttern mit Haardutt und Übergewicht. Klischees satt. Als Bestechungsgeschenk liegt eine Tüte Grünkern-Creme-Suppe bei, mit Bio-Logo und dem Versprechen: *Schmeckt wie bei Muttern.*

Karo muss an den Leguan denken. Sollen sensible Tiere sein. Die können vor Trauer und Heimweh sterben, hat sie mal gelesen. Man könnte so einem Artikel eine tragische Note geben. Und die Anwohner mobilisieren, das Viech zu suchen. Vielleicht ist das Thema ja noch vakant. Tauschen? – Unmöglich nach dem Abgang vorhin!

Karo stopft schicksalsergeben die Prospekte zurück in die Tasche. Immerhin viel wortreiches Material. Damit kann sie ein paar Druckzeilen extra schinden. Und die Grünkernbrühe ersetzt vielleicht eine Mahlzeit. Karo studiert die Nährwertangaben auf der Packung: *58 Kilokalorien auf 100 Milliliter.* Das ist gerade noch okay. Sie packt die Tütensuppe in die Schreibtischschublade zu den Portionstütchen ihres Diät-Eiweiß-Shakes, mit dem sie gelegentlich ihren knurrenden Magen besänftigt, greift ihre Schultertasche mit dem Smartphone, der Kamera und zieht los.

Mit dem ÖV zum Waldfriedhof käme einer Weltreise gleich. Also der Golf. Karo will früh da sein, das Umfeld ausspähen, dem alten Herrn schon vor der Veranstaltung ein paar Sätze abluchsen oder einen redseligen Firmenmitarbeiter finden. Vielleicht ergibt sich doch noch eine ungewöhnliche Geschichte, ein dreispaltiges Porträt. Thema: Lebenslange Gesundheit durch Gemüsebrühwürfel und Grünkernsuppe. Krass, aber finanziell einträglich.

Karo kurvt aus der Parklücke, verlässt das Verlagsgelände in Richtung Norden und überlegt sich, was man einen Hundertjährigen fragen könnte. ›Gibt es etwas, was Sie in Ihrem Leben gern anders gemacht hätten?‹ Originell ist das nicht. Und die voraussichtliche Antwort meistens auch nicht. ›Was hat Sie auf die Idee gebracht, Suppenwürze zu produzieren? Was empfinden Sie, wenn Sie eine Tütensuppe aus eigener Produktion auslöffeln?‹ Sprachspiel inklusive: ›Was man sich eingebrockt hat‹ ... Und dann: ›Warum haben Sie nie geheiratet?‹ Eine vordergründig freundliche, in Wahrheit gemeine Frage. Vielleicht überführt die Antwort den Alten prompt als verkappten Homo. Ha, und dann die Schlagzeile: ›*Comingout mit hundert!*‹ Oder die Antwort verrät den Beziehungslegastheniker, den Frauenhasser, den impotenten Waschlappen, den nie eine wollte. Dann muss Karo nachhaken, provokant bleiben. Weil böse Mädchen überall hinkommen. Und Karo hat ein großes Ziel, sie will ins Impressum. Unter *Redakteure* soll ihr Name stehen: Karoline Rosenkranz, Klammer auf, Lokales, Klammer zu. Ein festes Gehalt will Karo natürlich auch – über Tarif. Und ein dreizehntes Monatsgehalt.

Darauf nimmt sie noch einen tiefen Zug aus ihrer Colaflasche. Prosit!

Die Ampel für Linksabbieger zeigt Gelb, droht Rot an, zeigt Rot ... Es ist ein ausgesprochen schlechtes Omen, anhalten zu müssen, wenn man gerade über seine Karriere sinniert. Also gibt Karo Gas. Sie will es schaffen, sie wird es schaffen. Rechts von ihr düst ein schwarzes BMW-Cabrio heran, rammt fast das Hinterteil ihres Wagens. Im Rückspiegel wiegt sich abschätzig ein Schumikinn.

Mist! Karo ist die Colaflasche ausgelaufen. Auf der Jeans macht sich ein zartbrauner Fleck breit, schickt einen süß duftenden, aber wenig ästhetischen Priel das linke Hosenbein hinab. Mit Colaflecken auf der Kleidung kann man zu keiner Pressekonferenz, erst recht zu keiner über den Erfinder des *feinen Geschmacks der Natur.* Karo muss also erst nach Hause, sich umziehen. Was andererseits kein großes Problem ist, denn, um in ihre Wohnung in der Neustadt zu kommen, ist nur ein kleiner Umweg nötig.

Sie wechselt die Fahrbahn, diesmal mit höchster Aufmerksamkeit, und steuert in den Kaiser-Wilhelm-Ring, wo manchen Dachgeschossbewohner wie Karo ein erhabener Blick auf das Stadtviertel für das ganztägige Verkehrsrauschen entschädigt.

Karo beeilt sich, hechtet die Treppe hinauf, versucht, sich zu erinnern, wo sie die schwarze Chintzhose abgelegt hat, die gut zum ketchuprot geflammten Shirt passt und noch halbwegs sauber sein dürfte …

Ein kratzendes Geräusch vom obersten Stock her. Sie hält inne, lauscht, geht zögernd weiter. Auf der letzten Stufe, wenige Schritte von ihrer Wohnungstür entfernt, hockt Mira, die achtjährige Tochter ihrer Nachbarin Bea, voll und ganz damit beschäftigt, unkenntliche Schriftzeichen in ein kariertes Schulheft zu malen.

»Mira! Süße! Wie kommst du denn hierher?« Karo schwatzt drauflos, erzählt von ihrem Beinahe-Unfall, von dem Fleck auf der Jeans – auch wenn sie weiß, dass sie keine Antwort bekommen wird, nicht mal einen aufmerksamen Blick oder eine verständige Geste. »Autismus … schwere Form …«, hat Bea gesagt und ihre Leidensmiene aufgesetzt, kurz nachdem Karo eingezogen war und erstmals auf Mira traf. »Weißte, was das heißt: Au-tis-mus?«

Karo hatte genickt, obwohl sie kaum eine Ahnung hatte. Manche Dinge lässt man sich besser vom Internet erklären. Da ist von angeborener Behinderung die Rede, von tief greifender Störung der Wahrnehmung und der sozialen Interaktion, von der Unfähigkeit, zwischen Personen und Dingen zu unterscheiden, von Überempfindlichkeit der Sinne …

Seit einigen Jahren lebt Mira in einem Heim für geistig behinderte Kinder, weil Bea, Teilzeitjunkie und Hartz-IV-Empfängerin, sich nicht verlässlich um ihre Tochter kümmern kann. Und Miras Erzeuger sich mit einer Überdosis komplett aus dem Kleister gemacht hat. Ab und zu am Wochenende, wenn Bea glaubt, gut drauf zu sein, kommt Mira zu Besuch. Was normalerweise bedeutet, dass das Kind sich bald aus Beas in Karos Wohnung herüberstiehlt, um sich stundenlang mit Planetariumswebseiten zu beschäftigen.

»Sorry, Schätzchen, heute stehen die Sterne schlecht für uns zwei«, sagt Karo. »Gehst zu deiner Mama, okay? Ich hab nämlich einen Außentermin.« Sie klingelt an Beas Tür. Klingelt noch einmal, klopft. Die Tür bleibt zu. Entweder Bea ist wieder auf der Kiffermeile in Frankfurt oder irgendwo im Nirwana unterwegs.

Und jetzt? – Montagvormittag ist ein verrückter Besuchstermin, fällt Karo auf. Vielleicht eine Verwechslung? Bestimmt hat ein Heimbetreuer Mira irrtümlich hergebracht und abgesetzt. »Na gut, Süße, wir gehen erst mal zu mir. Du kennst dich doch aus, nicht wahr?«

Mira erhebt sich wie eine Schlafwandlerin, stapft in Karos Wohnung, scheint wie magisch vom Fenster in der Arbeitsecke angezogen. Das Schulheft mit den seltsamen Zeichen hat sie achtlos auf den Boden fallen lassen.

Karo nimmt es, betrachtet es. »Da hast du aber was Hübsches geschrieben, Mira! Du willst mir nicht verraten, was das heißt, oder?«

Mira drückt ihre Nase am Fenster platt.

Karo schaltet ihr Notebook ein, googelt Miras Heim, notiert sich die Telefonnummer und ruft an: »Mira Schäfer hockt allein hier im Treppenhaus. Ihre Mutter ist nicht zu Hause. Das Kind ist jetzt bei mir, Rosenkranz, die Wohnung gegenüber. – Was sagen Sie? Ausgebüxt? Kann ich mir nicht vorstellen ... Egal, ich muss dringend zu einem Termin. Holen Sie sie bitte sofort ab. Notfalls mit Blaulicht.« Karo drückt die Auflegentaste, bevor sich der Heimmensch eine dumme Ausrede einfallen lassen kann. Dann stellt sie *sternklar.de* auf ihrem Laptop ein und überlässt Mira die Tastatur.

Die Kleine bedient lieber die Maus und surft binnen Sekunden zu Google Maps, klickt sich von nah nach fern, von Hongkong nach Moskau ...

»Aha, du hast eine neue Lieblingsseite«, lacht Karo und geht, sich umziehen.

Es dauert eine verdammte Ewigkeit, bis es an der Tür klingelt, zwei Pfleger erscheinen, die die aufkreischende Mira mit ein paar Handgriffen bändigen.

»He, was machen Sie da? Das Kind ist doch extrem berührungsempfindlich«, schreit Karo. »Nehmen Sie eine Decke oder so was, um sie einzuwickeln. Das erträgt sie besser.« Sie reißt ein Badelaken aus ihrem Schrank, schleudert es den Wärtern hin. Umsonst. Die schieben das wimmernde Mädchen im Schwitzkasten die Treppe hinunter.

Karo ist wütend. Auf die Wärter. Auf sich. Warum hat sie nicht wenigstens versucht, Mira selbst zurückzubringen?

Mit pechschwarzen Chintzhosen und noch schwärzeren Gefühlen steigt Karo zurück in den Golf. Die Uhr am Armaturenbrett zeigt Viertel vor zwei. Das wird knapp bis zur

Pressekonferenz. Ach, egal! Bevor nicht alle Honoratioren begrüßt sind, passiert sowieso nichts. Wenn sie einigermaßen durchkommt, schafft sie es bis zur Laudatio des Oberbürgermeisters. Außerdem dürfte in spätestens drei Stunden alles komplett im Internet sein. Bleibt genug Zeit, um abzuschreiben. Ein paar gedrechselte Formulierungen dazu und Lokalchef Löffler wird zufrieden sein. »Du lieferst uns oft die Butterstreusel auf unserem ansonsten trockenen Kuchen«, hat er neulich gesagt. Neulich? Vor einem halben Jahr war das! Seither hat er nix Nettes mehr gesagt, ihre Texte bloß abgenickt.

Vielleicht könnte sie ein paar gute Fotos schießen, aus einer ungewöhnlichen Perspektive. Vom alten Herrn, gramgebeugt vor seiner tristen Tütensuppenfabrik. Der graue Himmel würde perfekt passen. Also rasch weiter! Karo wirft sich ein zuckerfreies Lakritzbonbon ein und braust, was die alte Karre und die Verkehrsverhältnisse hergeben, in die Pampa im Norden.

Doch kurz vorm Ziel: kein Durchkommen mehr. Polizei samt Schusswaffen und Spürhunden. Feuerwehr, Blaulichter, rot-weiße Banderolen vor der Werkseinfahrt. Und jede Menge Gaffer mit verschränkten Armen und gierenden Mienen. Nur auf der A 643 rauscht der Verkehr gleichgültig weiter. Karo parkt auf einem nahen Wanderweg. Not kennt kein Verbot. Die Redaktion wird den Strafzettel bestimmt zahlen.

Die Frage, die ein Normalsterblicher in solcher Situation den Umstehenden stellen würde, nämlich, was denn da los sei, kommt für Karo nicht in Betracht. Karo ist Reporterin, muss direkt an die Informationsquelle rankommen. Vor allem hinter die Absperrung muss sie kommen, wo ein Löschfahrzeug samt Feuerwehrleuten in Schutzkleidung von Dramatik zeugen. Der Kollege vom lokalen Anzeigenblatt huscht, seine Kamera vorm Gesicht, in Hasenmanier umher, ein Typ vom Fernsehen hält einem eisern schweigenden Polizeibeamten ein Mikro unter die Nase. Dicht daneben – Karo stockt der Atem – hat sich Alex aufgebaut, den wie immer lauernden Blick auf den Fernsehmenschen gerichtet. So was! Endlich hat Karo mal eine gute Story, eine für die Titelseite vielleicht, da taucht der wieder auf.

Sie arbeitet sich durch die Menge bis zum Rolltor, das von einem uniformierten Riesen mit buschigen Augenbrauen bewacht wird, will ihren Presseausweis zücken … Verdammt, den hat sie nicht dabei, der steckt in der Jeans mit dem Colafleck!

Vielleicht klappt es auch ohne. Mit angelegten Ellbogen stößt sie vor …

»Bleiben Sie zurück, Sie dürfen hier nicht durch!« Der Riese fährt seine Greifarme aus, packt Karo und schiebt sie wie einen Rollkoffer zurück.

»Aber mein Mann ist da drin«, kreischt sie, »ich muss zu ihm!«

»Niemand ist ernstlich verletzt. Gehen Sie nach Hause, warten Sie ab. Wenn die Personalien aufgenommen sind, dürfen alle Beschäftigten heim.«

»Bitte, Herr Wachtmeister, ich will zu meinem Christian. Er braucht doch seine Notfallpillen«, jammert Karo, »sonst kriegt er vielleicht einen Herzinfarkt.« Entschlossen ergreift sie die Schachtel mit den Lakritzbonbons, wedelt damit vor den Augenbrauen herum, die sich bedenklich weit in Richtung Nasenspitze abgesenkt haben.

›Wachtmeister‹ ist ein Zauberwort. Es lässt den Freund und Helfer in jedem noch so drögen Polypen aufleben. ›Herr Wachtmeister‹ wirkt immer. Besonders wenn man dazu entweder flirtet oder schluchzt.

Karo schluchzt wie ein verstopftes Saxofon, die Greifarme lösen sich und sie hechtet, »danke schön« japsend, durch die

Sperre. Pietätvoll hält sie vor einem Häuflein offenkundiger Familien- oder Firmenangehöriger inne. Etwa ein Dutzend Menschen sind es, halten die Köpfe und die Stimmen gesenkt. Manche Augen sind gerötet, ein Papiertaschentuch wird gereicht. Würde nicht das typische Graubeige ungebleichter Baumwolle vorherrschen, müsste man an eine Trauergemeinde denken, die auf den Sarg wartet.

Ein Steinwurf weiter, von noch mehr Banderolen umgeben, ein schlichter einstöckiger Bürobau mit Flachdach und aprikosenfarben verputzter Fassade. Wo man ein Glasportal mit Klofenstermaserung erwarten würde, tut sich ein riesiges staubiges Loch auf. Der herausdringende Geruch gleicht dem einer Frischfleischtheke, am Boden die optischen Boten einer Explosion, Glasscherben … Hautfetzen, Knochen …

Karo wendet sich ab, hält die Luft an, fasst sich wieder. Reporterinnen dürfen nicht zimperlich sein. Wer kein Blut sehen kann, guckt eben nicht so genau hin, sondern heftet sich den richtigen Leuten an die Hacken.

Karo muss nicht lange suchen. Einer der Kommissare ist hinreichend auskunftsfreudig.

»Wie es aussieht, sind keine Menschen betroffen, nur Hühner. Ja, alles tote Hühner«, versichert er dem Fernsehreporter, der sich sichtlich gern selbst überzeugen würde.

»Komplett? Mit Federn?«, will ein Kollege aus Wiesbaden wissen.

»Nein, gerupft, geköpft und ausgenommen. Bratfertig, sozusagen.«

Da riskiert sogar Karo einen erneuten Blick durch die zerborstene Tür. Sie mag Brathähnchen, kauft sich manchmal eins abends nach der Arbeit, wobei sie – versteht sich – nur das magere Brustfleisch ohne Haut isst und den Rest der Redaktionsputzfrau Radenka überlässt, vorgeblich für deren Hund.

Es seien, wie bei terroristischen Anschlägen häufig, zwei Sprengsätze gezündet worden, referiert der Kommissar. Zunächst ein schwacher im Foyer des Verwaltungsgebäudes, der nur geringen Schaden angerichtet habe, kurz darauf ein zweiter, weit stärker angelegter im Werksflügel, der aber glücklicherweise falsch konstruiert war, sodass er verpuffte.

»Dann waren Stümper am Werk?«, fragt Karo, drängelt sich nach vorn und drückt die Aufnahmetaste ihres Smartphones.

»Wie man's nimmt. Sie haben offenbar einen modernen elektronischen Zeitzünder verwendet, der zu einer auf die Sekunde genauen Uhrzeit explodieren sollte.«

»Aber das ist eine vegetarische Firma. Wieso gibt's da tote Hühner?«, bohrt Karo.

»Der Anschlag eines Wahnsinnigen«, mutmaßt der von der *BILD-Zeitung*.

Der Kommissar zuckt die Achseln, darüber könne man bislang nichts sagen.

»Der erste Anschein gibt also wenig her, Martin?«, mischt sich Alex ein, tritt seitlich an den Kommissar heran und hält ihm seinerseits sein Smartphone hin.

In Karos Magen ballt sich die Wut zu einem Klumpen. Ist der Kerl schon mit den Kriminalern per Du! Golfbrüder, oder was? Sie baut sich vor Alex auf, der auf sein Handy einhämmert. Und bedauert zutiefst, heute die flachen Ballerinas angezogen zu haben anstelle der Pumps. Sonst würde sie ihn jetzt um ein kleines Stück überragen.

»Was machst du hier?«

Alex hebt eine Augenbraue. Ein penetranter Eichenmoosduft weht Karo an. »Kannst heimgehen, Mädel! Hab den Auftrag vom Chefredakteur himself.«

»Aber …«

»Hier ist 'ne Bombe geplatzt, Mädel. Das ist nix für die Lokalseite.«

»Der Hundertjährige bleibt mein Thema ...«

»Werd ich einfach miterledigen. Der Löffler lässt dir ausrichten, dass du heimgehen kannst. Bekommst eine Ausfallgage. Was großzügig ist, wenn du mich fragst.«

»Ich frag dich aber nicht«, keift Karo, packt ihre Spiegelreflex aus und will die zerborstene Eingangstür ins Visier nehmen, als ein weiblicher Ruf in mühsam kaschiertem Dialekt die »Herrschafte von de Press um Uffmerksamkeit« bittet, weil »de Geschäftsführer, de Herr Rolf Westenberscher, jetzert was sache will«.

Ein Mensch mit energischem Kinn und straff nach hinten gegeltem Haar tritt auf, hebt beide Hände und räuspert sich.

Karo drängt mit dem Pulk der Kollegen heran. Der Eichenmoosgeruch nähert sich von links. »Karo! Los, verschwinde! Das ist mein Revier.«

Der Geschäftsführer beginnt seine Rede: »Meine sehr geehrten Damen und Herren, bitte nehmen Sie zur Kenntnis, wie sehr die Familie Hepp, die Mitarbeiter der Firma und ich ...«

Die Stimme klingt souverän. Erfahrungsgemäß kommt jetzt was Zitierfähiges. Aber unter den Umständen ...

»Dein Revier, ja? Dann piss es doch voll, dein Revier«, zischt Karo und trollt sich. Unschlüssig schlendert sie auf das Werkstor zu, wo noch immer der Zerberus mit den Augenbrauen waltet.

Dass Karo unbemerkt und ohne einen herzkranken Ehemann namens Christian im Schlepptau an dem Riesen vorbeikommt, ist mehr als unwahrscheinlich. Sie muss einen anderen Ausgang finden, blickt sich suchend um. Spalier stehende Thujen, Blumenrabatten, Palisaden ... Gute hundertfünfzig Meter entfernt, an einem sanft ansteigenden Hang und umkränzt von einer lichten Buchenhecke, blitzt ein skurriler, cremeweißer Bau wie ein überdimensionaler

Pilz aus der Landschaft. Das Wohnhaus wahrscheinlich. Dann ist der Alte jetzt dort drin.

Außer Karo scheint niemand von besonderer Neugier auf ihn befallen zu sein.

Sie folgt dem sich aufwärtsschlängelnden, mit Natursteinen gepflasterten Pfad, bis sich die Buchenhecke einladend auftut. Karo staunt. Der Bau ist mehr breit als hoch und doch kein Bungalow, sondern zweistöckig und mit Rundbogenfenstern asymmetrisch betüpfelt. Ein Schieferdach mit runden Giebeln wölbt sich darüber. Das massive Holz-Glas-Portal, die Bezeichnung Haustüre würde zu kurz greifen, wird flankiert von einem den Himmel grüßenden nackten Jüngling aus hellem Sandstein – und einem Streifenpolizisten in Uniform, der sich der Bequemlichkeit halber auf einer Bank niedergelassen hat. Sich jetzt entlang der Hecke auf die Rückseite stehlen? Möglich wäre das. Aber wenn Karo bemerkt wird, macht sie sich verdächtig und das wäre das Ende ihrer Entdeckungstour.

Also stampft sie entschlossen vorwärts, direkt auf den prompt herüberäugenden und sich straffenden Polizisten zu. »Das Wohnhaus, nicht wahr, Herr Wachtmeister?«

Er nickt und zuckt gleichzeitig die Achseln.

»Interessante Bauweise, wie?«

»Zwanzigerjahre, glaub ich«, sagt er.

»Ach! Die Sandsteinfigur vor dem dunklen Portal – was für ein Motiv!« Karo zückt ihre Kamera.

»Tut mir leid, Nähertreten ist nicht erlaubt. Fotografieren auch nicht.«

»Wie schade!«

»Aber es gibt einen Prospekt von dem Haus, fragen Sie den Pressesprecher!«

»Oh, danke für den Tipp!« Karo setzt ihr viel trainiertes Lieb-Kind-Lächeln auf. »Das mach ich sofort. Tschüsschen.«

Sie schlendert davon, scheinbar den gleichen Weg zurück, den sie gekommen ist, um sich hinter der nächsten Kurve in eine Bambusgruppe zu verdrücken und in deren Sichtschutz zur Rückseite der Villa zu kriechen. Hermann Hepp, der Jubilar – da drin muss er sein. Bestimmt total verstört. Wenn Karo ein paar Fotos, ein paar Zitate ergattert, wird sie der Star der Lokalredaktion, vielleicht der ganzen Zeitung. Ha, Karo lässt sich nicht einfach so nach Hause schicken. Schon gar nicht von so einem Warmduscher wie Alex.

Sie umrundet einen von abgeblühten Stauden umwucherten Fischteich, gelangt zu einer unmöblierten Terrasse, die Tür klafft auf, ein seidenmatter rosaroter Vorhang wabert im Luftzug. Karo drückt sich mit ihrem dünnen T-Shirt tapfer gegen den pikenden Rauputz und lauscht.

»Gott sei Dank, er schläft! Bringen wir ihn zu Bett! Helfen Sie mir, Herr …« Die ebenso dunkle wie sanfte Frauenstimme bricht ab.

»Ungewaschen?« – Das muss ein junger Mann sein.

»Ziehen Sie ihm nur die Schuhe aus.«

Schweigen, Klapp- und Rollgeräusche, ein zartes Quietschen. Karo lugt durch die Vorhangritze, erkennt einen Wohnraum in Form eines Sechsecks, mittendrin ein weißer Flügel auf buntem Flickenteppich, ansonsten Bücherregale bis zur Decke und einige regenbogenfarbene Aquarelle. Eine hochgewachsene Frau mit weißblonder Helmfrisur und formlosem dunklem Leinenkleid dirigiert einen Bodybuilder im Pflegerkittel, der wiederum eine schmale Gestalt im Rollstuhl durch die Seitentür rechts bugsiert. Die Frau dreht sich noch einmal um, sucht den Fußboden mit den Augen ab. Mitte fünfzig dürfte sie sein, mit ebenmäßig schönem Gesicht. Ihre schmalen weißen Hände pflücken ein schnurloses Telefon vom Regal. Die Frau geht hinter dem Pfleger hinaus und schließt die Türe hinter sich. Der Raum ist leer.

Wenn Karo richtig beobachtet hat, ist das Schlafzimmer des alten Herrn irgendwo rechts nebenan. Sie schleicht mit angehaltenem Atem weiter ums Haus, folgt einem überdachten Weg und verharrt dort, wo just in diesem Moment hinter einem der Fenster zwei cremegelbe Vorhänge zugezogen werden.

Karo lauscht, huscht weiter, bis der Eingangsbereich erneut in ihr Blickfeld gerät. Der weißblonde Helm verlässt das Wohnhaus, richtet ein paar freundliche Worte an den Polizisten. Der nickt und zuckt unschlüssig die Achseln – offenbar seine Lieblingsgeste.

Ob der Pfleger dazu verdonnert ist, den Schlaf des Alten zu bewachen? Nein, kurz darauf tritt auch der Bodybuilder aus dem Portal, hockt sich neben den Polizisten auf die Bank und zündet sich eine Zigarette an.

Das ist Karos Chance. Sie huscht zurück zur klaffenden Terrassentür. Mit klopfendem Herzen tritt sie ein. Ist das jetzt Hausfriedensbruch oder so? – Quatsch, das ist investigativer Journalismus! Günter Wallraff würde genauso handeln, oder?

Sie schleicht durch den Raum, folgt der Türmündung nach rechts. Keiner da, ein unmöblierter Flur und eine zweite Tür. Karo drückt lautlos die Klinke. Das Zimmer ist abgedunkelt, auf einer monströsen Bettstatt, lang ausgestreckt und in eine Decke gehüllt, liegt der Alte, das Haar fast so hell wie das Bettzeug, eine breite hohe Stirn schimmert matt, eine schmale Nase ragt, mehr Schatten als Substanz, aus den Kissen, die Lider sind geschlossen. Aber er schläft nicht, brabbelt kaum hörbar vor sich hin. Auf dem Nachttisch erkennt Karo, säuberlich auf einem Häkeldeckchen drapiert, eine Brille mit Goldrand und ein shrimpförmiges rosa Hörgerät. Sie zückt die Kamera, versucht, ohne Blitzlicht auszukommen.

Trotzdem reißt er die Augen auf, kleine helle Augen. »Gudrun?« Die Stimme klingt verwaschen.

»Mein Name ist Karo.«

»Max-Otto? Mein Gott! – Und ich dachte, du bist tot.«

Karo beschließt, nicht zu widersprechen, parodiert einen Bassbariton: »Da hast du heute aber einen Schreck gekriegt, was, Hermann?«

»Schrecklicher Krieg ... wieder Krieg.« Er lässt den Kopf zur Seite sinken. »Gudrun hat gelogen.«

»Was war im Krieg, Hermann?«

»Ach!«, krächzt er, schweigt, kaut seine Zunge. Die Augen fallen ihm wieder zu.

Karo gibt nicht auf. »Da fielen Bomben, da wurde geschossen, nicht wahr, da starben Menschen.«

Er stöhnt auf, hebt eine zitternde Hand, raunt, als offenbare er einem guten Freund ein Geheimnis: »Verschanz dich, schnell ... alles voller Blut und Asche ... Das Bein, das Bein zerfetzt, besser als der Kopf ... besser als der Bauch ... Überall Blut und Asche ...« Schweißperlen erscheinen auf seiner Stirn, das Kinn klappt auf, als wollte er schreien. Doch dann entringt sich ihm nur ein gequältes Stöhnen.

Karo gruselt es. Nix wie weg! Zumal eine Zigarettenlänge um ist und der Pfleger bestimmt gleich zurückkommt. Sie reißt das Fenster auf, springt aufs Sims und dann ins Freie. Die Tasche mit der Kamera prallt schmerzhaft aufs Knie, touchiert fast den Boden. Gott sei Dank nur fast.

Da bellt ein Hund los. Karo erstarrt und das Gekläff schwillt ab. Die Quelle des Geräuschs taucht stumm vor ihr auf. Es ist keiner von den Schäferhunden der Polizei, sondern ein blonder Riesenköter, der neugierig den Kopf neigt.

Was für ein Glück, dass Karos Kollegin beim *Tagblatt* auch so ein Viech und Karo gelernt hat, mit ihm umzugehen. »Guter Hund«, flüstert sie, »guuuter Hund.« Sie fummelt ein Lakritzbonbon aus der Schachtel, reicht es ihm auf der flach ausgestreckten Hand. Tatsächlich lässt sich das Tier bestechen, kaut und kaut, frisst Karos restliche Tagesration und trollt sich endlich. Die abziehende Spezialeinheit samt Feuerwehr hat seine Neugierde geweckt. Karo nutzt das allgemeine Durcheinander, um unauffällig zu verschwinden.

Zu Hause wirft sie sich mit ihrem Laptop ins Bett, tippt mit dem Eifer einer Besessenen eine anrührende Geschichte: ein verwirrter Greis, der Zeuge eines Terroranschlags wird und seine Kriegstraumata nochmals durchlebt. Sie betrachtet die Fotos. Die lassen einen Hermann Hepp erkennen, wie sie ihn im Dämmerlicht und in ihrer Aufregung nicht hat sehen können: einen hageren Weißhaarigen mit schmalem markantem Gesicht, das von einem Gitternetz feiner Falten überzogen ist. Die kleinen hellen Augen starren an der Kamera vorbei ins Leere, der Mund ist nachdenklich geöffnet. Kurzum: Die Fotos sind der Hammer.

Karo ist fast fertig, nur die Überschrift fehlt noch. Sie köpft eine Sektflasche, die sie zu Weihnachten vom örtlichen Reitverein für ihre Werbereportage *Gut aufgezäumt* erhalten hat. So eine tolle Überschrift muss ihr heute wieder einfallen. Sie trinkt ein Glas und dann noch eins, schreibt schließlich: *Ein altes Trauma – neu entzündet.* Na ja, toll ist das nicht, aber in einer Stunde ist Redaktionsschluss. Sie begießt ihren Mut mit einem dritten Glas und schickt die Datei ab.

Am nächsten Morgen genügt ein Blick in die Zeitung, um Karo zu ernüchtern. Alex' Bericht ist drin, Alex' Fotos sind drin. Karos Beitrag fehlt. Und als sie in der Redaktion ankommt, ist der Löffler atypisch ärgerlich.

»Was sollte das denn, Karo? Der Alte war nie im Krieg.«

»He?«

»Hat als Nervenkranker die Jahre in einem Privatsanatorium in der Schweiz überlebt. Hat nie einen Schützengraben oder einen Panzer aus der Nähe gesehen.«

»Aber warum erzählt er dann …«

»Hättest nur mal unser Archiv bemühen müssen. Da steht nicht viel, aber genug über Hermann Hepp. Alex hat's in null Komma nix ausgekramt.«

»Ach ja, Alex!« Karo petzt die Lippen zusammen, um nicht laut aufzustöhnen.

»Du solltest ihm dankbar sein. Hätten wir deine Ente abgedruckt, wie stünden wir jetzt da?«

Karo schweigt lieber.

»Außerdem solltest du aufhören, auf Alex rumzuhacken. Er hat sich schon bei der Geschäftsleitung beschwert, dass du ihn mobbst.«

»Ich? Ihn?« Karos Stimme kippt vor lauter Empörung. »Er mobbt *mich!*«

»In der Chefetage gilt er als wahrer Glücksgriff, schreibt gut und schnell, recherchiert gründlich …«

»Der kann doch bloß fleißarbeiten, sonst nix, der Schleimschei…!« Angesichts Gerd Löfflers Miene beschließt Karo, den Mund zu halten.

Aber zu spät, er hat das Wort wohl schon zu Ende gedacht. Seine Dackelaugen verengen sich wie selten. »Sorry, Karo, wir können keinen Kleinkrieg in der Redaktion gebrauchen. Ich denke, du nimmst mal drei Wochen Auszeit. Dann sehen wir weiter.«

Die Schlierenwolken über Rheinhessens flachen Hügeln färben sich hellviolett, dann feurig rosarot, bis eine dicke grelle Sonne mit Macht hervortritt und einen orangeroten Schleier über die verstopfte Autobahnbrücke breitet. Gudruns

Blick wandert zum Wohnhaus, zum Verwaltungsbau, zum Werk. Das gesamte Anwesen erscheint im lodernden Morgenhimmel als aschgrauer Schattenriss. Morgenrot – Feuertod.

Gudrun fröstelt es. »Komm, Trixi«, ruft sie und geht rasch weiter. Die Retrieverdame, die die halbe Nacht mit unerklärlichen Verdauungsproblemen zu kämpfen hatte, erscheint im Gegensatz zu Gudrun wieder erholt. Sie gibt ihre Hab-Acht-Stellung vor der von Maulwurfshügeln übersäten Grasfläche auf, trottet schnüffelnd hinter Gudrun her. Die beiden Männer vom Sicherheitsdienst, die das Gelände vorläufig bewachen sollen, grüßen verlegen, wenden sich ab.

Das Leitmotiv des ersten Satzes fällt Gudrun ein, des ersten Satzes von Griegs Klavierkonzert in a-Moll, das sie in den kommenden Wochen für ihren Auftritt mit dem städtischen Symphonieorchester einüben muss. *Dammmm, da-da-damm, da-da-damm, da-da-dammmm …* Wie anschwellendes Unheil, das sich erst in gleichmütiger Unbesorgtheit einlöst: *Di-di-dii, di-di-dii, di-di-diii …*, um später umso heftiger loszubrechen: *Bo-bo-bomm, bo-bo-bomm, bo-bo-bommmm …*

Ach, Unsinn! Es gibt keine Vorausahnungen. Es ist immer eine berechtigte Furcht, die uns quält, eine nur unterschwellige, aber reelle Furcht, sodass der Eintritt eines Unheils als vorbestimmtes Schicksal erscheint. Tatsächlich ist nichts vorhersehbar, außer dem natürlich, was wir eben in unserem Innern schon wissen. Doch was weiß Gudrun? Nichts! Ob der Verrückte noch einmal zuschlägt? Dann heftiger? Will er Gudrun strafen? Oder den armen alten Hermann? Vielleicht spielt das Datum für den oder die Täter eine Rolle? Die meisten Firmenmitarbeiter hatten frei. Die Anwesenheit von Presse und Rundfunk lud ja dazu ein, genau an diesem Vormittag zuzuschlagen. – Der oder die Täter … Gudrun schüttelt über sich selbst den Kopf. Sie denkt schon in der

Terminologie, in der diese Polizisten reden! Die ganze Zeit trampeln ihr deren wiederholt gestellte Fragen durch den Kopf, werfen die zögerlich gegebenen Antworten wie unfähige Reiter ab.

Ja, Gudrun hat gelogen. Natürlich hat sie einen Verdacht. Natürlich kennt sie einen Verrückten, der einen derartigen Anschlag geplant haben könnte. Kennt ihn gar zu gut! Und die Kollegen kennen ihn auch. Gleich zwei Mitarbeiter sollen bei ihrer Vernehmung Valentin ins Spiel gebracht haben. Der habe vielleicht gegen die Beteiligung der Firma an einer Hühnerfarm protestieren wollen. Er sei nämlich nicht nur Vegetarier, sondern sogar Veganer und vermeide aus Glaubensgründen auch den Konsum von Eiern, Milch, allen erdenklichen Tierprodukten.

»Unsinn, mein Großneffe Valentin ist in Spanien unterwegs«, hat Gudrun dem Polizisten gesagt, der es sich willig notiert hat. »Er pilgert nämlich auf dem Jakobsweg«, hat sie ergänzt und vermieden, eine entschuldigende Miene aufzusetzen. Seit es vor ein paar Jahren diesen Bestseller gab, marschieren Hinz und Kunz auf dem Jakobsweg, als sei es den Feldberg hinauf.

Der Kripomensch hat wohlwollend dreingeschaut, sich teilnahmsvoll nach dem tödlichen Unfall von Valentins Eltern vor etwa sechs Jahren erkundigt, dann aber Gudrun forschend in die Augen gesehen: Ob sie eine solche Tat ihrem Großneffen zutrauen würde – einmal ganz abgesehen von seinem Alibi?

Wie hintersinnig! Gudrun ist eine kluge Frau. Auf Fangfragen fällt sie nicht herein. Sie hat den Kriminalbeamten fest angesehen und ein knappes und entschiedenes Nein verlauten lassen.

Was ihm nicht recht zu genügen schien, denn er notierte es sich nicht, sondern sah sie weiter forschend an.

Da setzte Gudruns Redeschwall ein, ein Strom äußerst plausibler Überlegungen – so erscheint es ihr nachträglich. »Nun, unser lieber Valentin mag ein impulsiver junger Mann sein und seit seinem mäßigen Abitur – Durchschnittsnote drei Komma zwei, aber immerhin mit zwei Einsen in Sozialkunde und Religion – ist er etwas richtungslos. Ja, gewiss, er hat Kontakt zu einer Tierschutzorganisation, deren öffentliches Auftreten wir keineswegs billigen, doch warum sollte eine solche Gruppe ausgerechnet rohe Grillhähnchen in die Luft sprengen? Und wieso hier bei uns, in einem traditionell rein vegetarisch arbeitenden Betrieb …?«

Der Kommissar hat genickt und sich weiter Notizen gemacht.

Worauf Gudruns Mut wuchs. Sie hob das Kinn, setzte ein Argument drauf, das allen Verdacht sofort zerstreuen musste: »Und selbst wenn unser lieber Valentin aus jugendlicher Verwirrtheit heraus auf eine solch obskure Idee käme, glauben Sie mir, Herr Kommissar, so etwas würde er seinem Onkel niemals antun! Er liebt ihn mehr als uns alle.«

Auch das war gelogen. Valentins Bewunderung für Hermann ist seit der Pubertät merklich abgekühlt. Und hat er nicht vor wenigen Wochen den alten Herrn völlig aus der Fassung gebracht? Er sollte Hermann am Rheinufer spazieren schieben und war entgegen seiner sonstigen Disposition auch dazu bereit. Hermann freilich schien nach der Begegnung völlig verstört. Der Vali sei ein Luder, ein falsches Luder, hat er lamentiert. Was er wenige Minuten später schon wieder vergessen zu haben schien. Denn da weinte er, rief mehrmals Valentins Namen, kündigte an, ihm alles zu vermachen …

Gudrun hütet sich, der Polizei von dem Ereignis zu erzählen. Familienstreitigkeiten machen die Hepps seit Generationen unter sich aus. Und das ist gut so.

Weshalb ihr Neffe dann ausgerechnet kurz vor dem hundertsten Geburtstag seines Großonkels auf Tour gegangen sei, wollte der Kommissar wissen.

Weil ihm der Rummel um das Jubiläum höchst zuwider ist, hätte Gudrun bekennen müssen. Doch hätte diese Äußerung wohl kein gutes Licht auf die Familie geworfen. Also versuchte Gudrun, Verständnis zu wecken: Ihr Neffe Valentin habe seit dem spektakulären Tod seiner Eltern eine gewisse Pressephobie, ließ sie verlauten, was wegen des wenig sensiblen Umgangs mit ihm seinerzeit verständlich sei. Deshalb habe Gudrun ihm selbst geraten, seine Reise ohne Rücksicht auf den Termin anzutreten. »Wissen Sie, für meinen Onkel ist das tatsächliche Datum nicht wichtig. Wir werden seinen Geburtstag familienintern zu gegebener Zeit nachfeiern.«

Der Kommissar schien zufrieden, nickte wie ein Grundschullehrer, der eine richtige Antwort erhalten hat, fragte nach gekündigten Werksmitarbeitern, nach feindselig gesonnenen Menschen im Dorf. Davon gebe es genug, bekannte Gudrun und zählte jeden auf, der ihr seit ihrer Schulzeit einmal mit schiefen Blicken begegnet war. Mit all den Namen, die Gudrun liefern konnte, dürfte die Polizei eine Weile beschäftigt sein.

Die Sonne ist unterdessen über das Wäldchen entlang der Bahntrasse geklettert und strahlt, als gelte es, das schlechte Wetter der letzten Tage wettzumachen. Gudrun fröstelt es dennoch in ihrer Strickjacke. Zügig marschiert sie zum Wohnhaus, findet den neuen Krankenpfleger die *Motorwelt* lesend im Foyer, Hermann noch immer schlafend im Bett. Da begibt sich auch Trixi unaufgefordert in ihren Korb und klappt die Augen zu.

Gudrun kämpft gegen ihre Müdigkeit an, tröpfelt ein wenig Orangenaroma auf ihre Handgelenke, richtet ihre Frisur und zieht die Lippen mit einem rosafarbenen Wachsstift nach. Es ist Punkt acht. Das Gros der Mitarbeiter versammelt sich auf der Rasenfläche hinter dem Verwaltungsbau und beginnt mit den ganzheitlichen Frühgymnastik-Übungen, die Personalbeauftragte Bärbel Fried dem Bestseller *Sport und Spiritualität* entnommen hat und nun den Kollegen bei schönem Wetter vor Arbeitsbeginn gratis anbietet. Für Gudrun eine hervorragende Gelegenheit, um ungestört mit Rolf zu sprechen.

Sie nimmt, weil der Weg durch das Foyer des Firmengebäudes weiterhin mit Folien und Banderolen abgesperrt ist, einen der Notausgänge und folgt der Eisentreppe zur oberen Etage. Die Tür zu Rolfs Büro steht einen Spalt auf, er hockt an seinem Schreibtisch. Das Kinn wie der rodinsche Denker auf die Handfläche gestützt, fixiert er den 24-Zoll-Bildschirm seines Rechners und klappert mit der Maustaste. Die Fensterscheibe in seinem Rücken reflektiert grellbunte Gebilde, die sich hektisch in düsterem Umfeld bewegen, Feuerkugeln blitzen auf. Rolf spielt *Base Defender*.

»Guten Morgen«, sagt Gudrun, müht sich um einen gelassenen Gesichtsausdruck, richtet den Blick auf seinen wie immer korrekt sitzenden Schlips.

Rolf springt auf, kommt auf sie zu. »Guten Morgen, mein Herz! Hoffe, du hast trotz all der Aufregung gut geschlafen. Hmmm?«

Gudrun lässt sich auf die Wange küssen. »Danke der Nachfrage! Trixi hat sich heute Nacht mehrmals übergeben. Da war an Schlaf nicht zu denken.«

Rolf wiegt verständnisinnig den Kopf: »Trixi ist halt auch nicht mehr die Jüngste.«

»Wieso ›auch‹?«

»Eh, ich dachte gerade an deinen Onkel Hermann. Wie geht's ihm denn?«

»Er ist immer wieder aufgewacht, hat fantasiert.«

»Ein paar Tage, dann hat er alles vergessen. Wirst sehen!« Rolf setzt sich wieder, löscht das Spiel vom Bildschirm. »Muss gerade mal was zwischenspeichern«, sagt er mit Unschuldsmiene. Die Fensterscheibe reflektiert nun eine jungfräuliche Access-Datei.

»Vergessen? Ja, falls ihn die Kripo verschont. Und die Presse!« Gudrun tritt ans Fenster, um die leeren Formulare nicht mehr sehen zu müssen. Draußen agiert Frau Fried wie eine Vorturnerin, führt eine Art Hampelmann mit wehendem Haar und großer Emphase aus. Ein Teil der Mitarbeiter imitiert die Bewegung nicht hinlänglich schwungvoll, Frau Fried geht umher, korrigiert ...

Gudrun stellt endlich die Frage, derentwegen sie gekommen ist. Auch wenn sie sich die Antwort denken kann: »Hat sich Valentin bei dir gemeldet?«

»Nein, warum auch? Ist doch gerade erst abgereist.«

»Ich hab ihm gestern eine SMS geschickt, dass er anrufen soll.«

»Tja, wenn er sein Handy nie einschaltet. Von wegen der bösen Strahlung!« Rolf grinst und imitiert ein Gruselmonster mit Greifarmen. »Und falls er's doch täte, würde er ja dir antworten, nicht mir.«

»Er geht mir aus dem Weg, wo er kann. – Du bist dir sicher, dass er in Spanien ist?«

»Gudrun! Liebes! Ich hab ihn eigenhändig zum Bahnhof chauffiert. Wieso zweifelst du?« Er zwinkert schelmisch: »Kommen da etwa verspätet mütterliche Gefühle auf?«

»Manche Mitarbeiter verdächtigen ihn. Auch der Kommissar hat gefragt. Wenn Valentin sich nur ein einziges Mal aus Spanien melden würde ... Versteh doch, ich möchte, dass dieser Verdacht sich zerstreut.«

»Hmm!« Rolf wird plötzlich ernst, zieht die Stirn in Falten.

»Gib's zu, Rolf, dir ist selbst schon die Idee gekommen, dass er dahintersteckt.«

Statt einer Antwort springt Rolf aus seinem Sessel auf, nimmt Gudrun in den Arm. »Schau, mein Schatz, Valentin ist nun mal ein Nestflüchter, immer gewesen. Meldet sich nur, wenn er Geld braucht. Das kann diesmal dauern, oder?«

Gudrun müht sich, einen Seufzer zu unterdrücken. Es tut gut, umarmt zu werden, doch Frauen in Gudruns Alter sollten keine libidinöse Schwäche zeigen, das wirkt lächerlich! Sie wehrt Rolfs Geste ab. »Valentin hat für sechstausend Euro Travellerschecks mit.«

»Na siehst du! Und Nordspanien, das ist die Pampa. Obendrein hat er keine Ahnung, was hier los ist. Warum sollte er telefonieren wollen?«

»Sicher hast du recht. Gedulden wir uns einfach!«

Gudrun befreit sich aus Rolfs Umarmung, betrachtet den ebenso hohen wie akkurat ausgerichteten Papierstapel auf seinem Schreibtisch.

Er räuspert sich. »Komm, lass uns überlegen, wie wir mit der Presse umgehen. Die klingeln schon wieder an. Spätestens um neun muss ich den Anrufbeantworter ausschalten und dann ...«

»Lass einfach de Beer ran. Keiner sonst kann so gut abwimmeln.«

»Ja, abwimmeln kann er, unser Dicker. Oder vielmehr abschrecken. Zu konstruktiven Kontakten bringt er's nicht.«

›Unser Dicker? Er bringt's nicht?‹ Gudrun wittert einen Hauch von Eifersucht, muss schmunzeln. Hans-Bernward de Beer, der seit Valentins Kindertagen den Spitznamen *Onkel Bär* gelassen erträgt, ist Gudruns Cousin dritten Grades und macht ihr den Hof, seit sie denken kann. Still, aber beharrlich. Daran hat noch nicht einmal seine mehrjährige –

und vielleicht sogar deshalb gescheiterte – Ehe mit einem ehemaligen Funkenmariechen etwas ändern können.

»Glaubst du denn, du wärst darin besser?«

Rolf scheint den Spott in Gudruns Stimme überhören zu wollen. »Ich denke, wir brauchen auf Dauer einen zusätzlichen Mitarbeiter, einen PR-Mann. Er soll unsere Website inhaltlich aufpolieren, die Prospekte aktualisieren, die Pressearbeit erledigen. Und uns seine Kollegen vom *Tagblatt* und vom *Anzeiger* gewogen machen.«

»Damit würden wir meinen armen Cousin aber vor den Kopf stoßen«, sagt Gudrun. Lacht und zuckt im selben Moment zusammen. Hat sie eben ›armer Cousin‹ gesagt? Ist das nicht genauso herablassend wie ›unser Dicker‹? Gudrun beißt sich auf die Lippen, aber der Satz ist draußen.

Rolf reibt sein Kinn. »Unter den aktuellen Umständen erdreiste ich mich sogar zu behaupten, dass es eilt. Wir wissen ja nicht, was die Ermittler für unbequeme Kleinigkeiten zutage fördern. Und wenigstens ein bis zwei gute Pressekontakte würden uns schon besser aussehen lassen. Ich schlage vor, wir schreiben eine Stelle aus. Setzen sie auch gleich ins Internet – und auf unsere eigene Website. Eine Stellenanzeige im *Tagblatt* können wir am nächsten Wochenende zusätzlich schalten, falls sich keine passenden Bewerber melden.«

»Ach! Und was genau willst du schreiben?«

»Warte!« Rolf hämmert übermütig auf seine Maus ein. »Hab vorhin etwas entworfen.«

Der Drucker rauscht los, gebiert einen frischen Bogen.

»Hier, mein Schatz!«

Vorhin? Hat er nicht vorhin dieses Onlinespiel gespielt? Seit wann ist er im Büro? Hat er die Nacht über gearbeitet? Sie greift zur Lesebrille in ihrer Jackentasche und liest:

Mitarbeiter/-in für die PR-Abteilung gesucht

Gudrun stutzt: »Haben wir denn eine PR-Abteilung?«
»Na ja, wenn wir Zuwachs bekommen, schon.«

Ihre Aufgaben: Pressekontakte aufbauen und pflegen, Pressemeldungen und PR-Texte verfassen, die Philosophie unserer Firma, die hohe Qualität unserer Produkte kreativ kommunizieren, Affinität zu Lebensmitteln aus biologischer Erzeugung …

»Affinität kann man aber nicht als Aufgabe formulieren«, bemerkt Gudrun.
Rolfs Mund zuckt nervös. »Dann schreiben wir eben *Affinität entwickeln.*«
Gudrun liest weiter:

Ihr Profil: Studium und Berufserfahrung bei Presse und/oder Agentur (Marken-/Brand- und Consumer-PR) …

»Müssen das so viele Anglizismen sein?«
»Wenn wir eine junge, modern denkende Person suchen, ja!« Rolfs eisgraue Augen blitzen streng.
Gudrun überfliegt den restlichen Text. »Hier steht auch was von Eigeninitiative und selbstständigem Arbeiten. Das dürfte Hans-Bernward missfallen.«
»Sofern er die Anzeige zu lesen bekommt.«
Rolf lehnt sich in seinem Sessel zurück, legt die Fingerspitzen aneinander. »Ich denke mir, dass der neue Kollege – oder die neue Kollegin – ja, vielleicht wählen wir vorzugsweise eine junge Frau, vordergründig nicht allzu qualifiziert sein sollte. Damit dein Hans-Bernward keinen Verdacht schöpft. Wichtiger sind ihre Beziehungen und ihre Einstel-

lung. Motiviert muss sie sein, dynamisch, extrovertiert, das vor allem.«

»Du willst ihn austricksen?«

»Sieh's mal als eine Art Intelligenztest. Wir lassen ihn ja bei der Auswahl mitbestimmen. Ein bisschen.«

Gudrun weiß nicht, ob sie beeindruckt oder empört sein soll.

»Hmmm, Schätzchen«, haucht Rolf, kommt auf sie zu und streicht ihr über die Wange, so zärtlich wie lange nicht mehr. Gudruns Knie werden weich, halb vor Müdigkeit, halb vor Erregung.

»Es is mir gelunge, bei alle Mitarweider e positives Kaamaa zu wecke«, jubelt Frau Fried, die ihren Kopf durch die Tür steckt – und errötet.

Valentin Hepp versteht die Welt nicht mehr. Wenn er sie denn je verstanden hat. In einer Frankfurter Bauruine muss er sich verstecken, hoch oben im zwanzigsten Stock. Damit er von den umliegenden Gebäuden aus nicht gesehen werden kann. Die Halle, in der er auf seiner Luftmatratze kampiert, hat vielleicht einmal ein repräsentativer Konferenzraum werden sollen. Dem Bauherren, heißt es, sei das Geld ausgegangen. Also ist Valentin nur umgeben von ein paar schmutziggrauen Betonsäulen, die aus dem blanken Estrich ragen. Manchmal, wenn er aufwacht, möchte er ihnen guten Tag sagen. Sie sind das einzig Aufrechte in diesem Umfeld. Ein paar Wolldecken hat Rolf ihm gebracht, denn dieser Juli ist kühl, für die Jahreszeit viel zu kühl. Die Fenster sind schon eingelassen in den Bau und Gott sei Dank unzerbrochen.

Manchmal, am frühen Abend, wenn das Industrieviertel sich geleert hat, wagt Valentin den Blick hinaus. Weit im Westen ist Mainz zu erkennen, sogar Bodenheim ist zu erahnen, wo er ein paar glückliche Kindheitsjahre verbracht hat. Und südlich, das ist Offenbach, wo seine Freunde von der *Force Free Animals* wohnen, der *FFA,* wie sie sich abkürzen. Dort haben sie bei Bier und Kartoffelchips den Plan ausgeheckt. Freunde? Von wegen Freunde! Betrogen haben sie ihn. Benutzt!

Von Sprengstoff war nie die Rede. Er wollte doch nur der Firma, speziell seiner ignoranten Tante, einen Schreck einjagen. Zu Recht. Sie machen irgendwas Gemeines mit Hühnern, sperren sie ein, beuten sie aus, bringen sie um. Das hat Valentin vor Wochen rausgefunden. Die Dokumentation über *die aktuelle Mortalität durch Federpicken der unter Stress stehenden konventionell gezüchteten Hybriden* lag offen auf Onkel Bärs Schreibtisch rum. Ganz plötzlich hat sich die Firma Hepp in eine Legefarm mit dreißigtausend Tieren eingekauft, angeblich alles bio. Man wolle an der wachsenden Nachfrage nach Bioeiern teilhaben, hieß es. Aber dreißigtausend Hühner in einer einzigen Farm – unvorstellbar! Das ist Massentierhaltung wie eh und je, auch wenn man Biofutter in die Tröge gibt und die Tiere ein Mal pro Tag über die Weide scheucht. Die *FFA* kennt sich aus. Die Hühner werden nervös, hacken sich gegenseitig tot. Und die, die es überleben, aber nicht mehr für die Eierproduktion taugen, werden kopfüber aufgehängt, um sie in fließbandmäßiger Manier köpfen zu können. Die männlichen Küken werden bei lebendigem Leib geschreddert. Bestialisch so was!

Es war Valentins Idee gewesen, all die Kadaver von einer Hähnchenbratereikette zu klauen, sie wie Demonstranten im Foyer des Firmengebäudes zu gruppieren und mit den Transparenten zu bestücken. *Hepp lässt Hühner quälen* und *Hepp finanziert ein Hühner-KZ* hatte er mit Filzstift auf die Pappschilder geschrieben. Die Presse sollte bei der Werksbegehung gestern gegen fünfzehn Uhr darauf stoßen wie auf ein Rätsel und durch die Transparente erfahren, wie doppelzüngig die Firma ist. Zwei von einer lokalen *FFA*-Gruppe hatten eingewilligt, Valentin zu helfen. Zu helfen, mehr nicht! Stattdessen haben sie ihn benutzt für einen militanten Quatsch. Sprengstoff! Und jetzt ist die Polizei hinter Valentin her. Klar hat er beim Malen der Transparente Handschuhe getragen. Trotzdem könnte man irgendwo Fingerabdrücke von ihm finden.

Dreckskerle! Valentin würde es seinen angeblichen Freunden allzu gern schriftlich geben. *Dreckschweine* würde er am liebsten schreiben, aber es gibt diesen Ehrenkodex, dass Tiernamen nicht als Schimpfwörter herhalten dürfen. Daran hält sich Valentin eisern. Aber *mieses Gesocks* könnte er in sein Handy tippen und als SMS verschicken. Ja, wozu hat man auch ein Handy, wenn man damit nicht wenigstens ab und an seiner Empörung Luft machen kann? Aber eine SMS wäre unklug, hat Rolf erklärt. Die beiden *FFA*-Leute könnten die Nachricht der Polizei zeigen und damit wäre klar, dass er beteiligt gewesen war. Zumindest als Mitwisser.

»Nimm an, du wärst unschuldig«, hat Rolf gesagt. »Was würdest du dann tun? Nichts würdest du tun. Du würdest, wie du deiner Tante weisgemacht hast, durch Spanien pilgern und dich von Zeit zu Zeit mit lakonischen Sprüchen über die tolle Landschaft und die Blasen an deinen Fersen melden. Und genau das musst du tun.«

Rolf ist klug! Klüger als Valentin. Und vor allem cooler. Er ist Valentin nicht mal böse, scheint ihn sogar ein bisschen zu verstehen. Hat ihm gestern Nacht noch was zu essen gebracht. Bananen, Tofu, Oliven und Brot. Sogar ein Sudoku-Heftchen und einen Bleistift. Das ist gut, denn die mitgebrachte Lektüre, *Tiere essen* von Jonathan S. Foer, hat Valentin schon durch. Mit Klebezetteln voller Kommentare hat er das Buch bestückt. Und auf den leeren Blättern hinten hat er den Brief entworfen, den er dem Autor schreiben will: *Dear Mr. Foer, as I have just read your book, I want to tell you that I am very impressed of your studies and expertises …* Oder heißt es *impressed about?* Er wird Rolf fragen. Rolf kann sehr gut Englisch.

Valentin schlägt sein Buch zu, das Sodoku-Heftchen auf, fängt auf den letzten Seiten an. Da sind fast immer die schwersten Rätsel. Dazu genehmigt er sich eine Banane, schält sie, beißt hinein.

Hier die Eins … dann ist da die Zwei … dort die Fünf, noch mal die Fünf … die Neun, die Acht … falsch! Aber Valentin hat keinen Radiergummi. Den hat Rolf vergessen.

Seufzend legt Valentin das Heft beiseite. Er kann sich sowieso nicht konzentrieren. Langweilig ist das hier. Noch drei Tage und Nächte muss er ausharren, hat Rolf gesagt. Denn der muss jetzt Gudrun beistehen, bis das Interesse der Medien abebbt. Rolf liebt Gudrun. Oder kümmert er sich bloß um sie, weil er von ihr abhängig ist? So wie Valentin es lange Zeit war. Mit Mitte fünfzig findet man heute keinen Job mehr, hat Rolf neulich behauptet. Deckt er deshalb alles, was Gudrun treibt? Rolf ist feige. Und ein gedankenloser Fleischfresser! Aber wenigstens ist er ehrlich, im Gegensatz zu den anderen.

Alle haben sie, seit Valentin sich erinnern kann, auf streng vegetarisch gemacht, der ganze Clan. Aber das war nur Schau. Er hat seine Eltern erwischt, wie sie Rehbraten gegessen haben. In einem Gasthof im Schwarzwald war das, als Valentin fünf Jahre alt war. Der Vater hatte, statt laut zu bestellen, für den Kellner sichtbar auf die Speisekarte getippt und »Zwei Mal!« geordert. Doch der Kellner hat die Geheimniskrämerei dahinter nicht begriffen und beim Servieren deutlich »Zwei Mal Rehbraten« gesagt. Damit war es heraus. Als Valentin vor Entsetzen anfing zu weinen, hat der

Vater der Mutter zugezwinkert und behauptet, das Reh sei ganz von allein gestorben. Deshalb dürfe man es ausnahmsweise essen. Valentin wollte partout nicht kosten, weil ihm das Reh so leid tat. Da hat ihm der Vater ein Stück Fleisch mit Soße in den Mund gezwungen, sodass Valentin keuchte und den Bissen wieder hinauswürgte. Zur Strafe musste er ohne Essen ins Bett. Obwohl er sich sein Lieblingsgericht, Spaghetti mit Tomatensoße, bestellt hatte.

Tags darauf hat Valentin das große Puzzle geschenkt bekommen. Mit tausend Teilen glücklicher Rehe, Hirsche und Hasen, die im Wald tollen. Und er, blöde wie er war, hat Stunde um Stunde damit zugebracht. Hat sich das fertige Puzzle verkleben lassen und an die Wand gehängt, um den Eltern zu zeigen, dass er ihnen verziehen hatte.

Verarscht haben ihn die Eltern von da an umso mehr. Haben Hummer, Shrimps und Muscheln gegessen. Haben den sich gruselnden Valentin ausgelacht und behauptet, es seien nur »Meeresfrüchte«. Natürlich gab es diese Sachen nie zu Hause. Da haben die Eltern niemals Fleisch oder Fisch gegessen, nur im Urlaub und auf Reisen. Damit es den Leuten im Ort nicht auffiel.

Wer vegetarische Kost verkaufen will, muss selbst Vorbild sein, soll Hermann immer gepredigt haben. Das findet Valentin auch. Jetzt sind die Eltern schon lange tot. Tot wie die vielen unschuldigen Tiere, die sie sich einverleibt haben. Bei einem Finnlandaufenthalt, während dessen sie Valentin, wie so oft, bei Hermann zurückgelassen haben, vermutlich um ungestört Lachs und Rentierfleisch zu vertilgen, da sind sie unterwegs mit dem Auto in einen Elch gerast. So hat man es Valentin erzählt. Er hat seine Eltern nicht vermisst. Hat sich sogar ein bisschen gefreut, dass der Elch überlebt hat.

Von da an hat sich Hermann um ihn gekümmert. Hermann, der selbst nicht konsequent ist, der Lederschuhe trägt und auf Federbetten besteht. Und der völlig damit einverstanden ist, dass die Firma sich in die Hühnerfarm eingekauft hat.

Biohühner seien glückliche Hühner, könnten wie die Exemplare von der Witwe Bolte lebensfroh im Sande scharren, solange kein solches Duo wie Max und Moritz dazwischengehe, hat Hermann Valentin beschwichtigen wollen. Nein, Hermann wollte ihn nicht verarschen, wie die Eltern es immer getan haben. Hermann ist eben senil, hält Valentin immer noch für das Kind, das er einmal war. Dass Max und Moritz durch eine einzige Person der Familie verkörpert seien, und zwar eine, die Gudrun Hepp heißt, hat Valentin geantwortet. Aber das wollte dem alten Mann nicht in den Kopf. Valentin weiß es aber. Schon lange weiß er's. Rolf hat es ihm gesteckt. Rolf, der schulterzuckend alle Gemeinheiten decken muss, weil sie ihn sonst rauswerfen würde.

Den geplanten Anschlag hat Rolf geahnt, hat im wahrsten Sinne Lunte gerochen, Valentin aber nix übel genommen. Hat ihn übers Handy verständigt, dass er von der Polizei gesucht werde und ihn hierhergebracht. Ein paar Tage soll er in seinem Versteck abwarten, bis Rolf ihm helfen kann, nach Spanien zu kommen, wo Valentin ja angeblich schon ist. Nur bis Marseille, dann kann er mit der Bahn weiterfahren. Selbst wenn die Polizei ihn in Frankreich aufgreift, ist er aus dem Schneider. Hat fast so was wie ein Alibi. Valentin kann von Glück reden, dass Rolf so ein gutmütiger Mensch ist! Ein Feigling, ein angepasstes Arschloch, das ja, doch seit Hermann unaufhaltsam verblödet, Valentins einziger Freund.

Das Handy muckert, meldet eine SMS von Rolf:

Falls du dein Mobilgerät an hast, schalte es sofort aus! Die Polizei verdächtigt dich dringend, hat sich soeben deine

Nummer geben lassen und ortet wohl danach. Halte durch! Ich kann dich übermorgen nach Spanien bringen!

Ach, und eine SMS von Gudrun gibt es auch. Eine alte, von gestern:

Valentin, bitte melde dich! Du solltest Hermann wenigstens telefonisch zum Geburtstag gratulieren. Er fragt nach dir. Gudrun

Ist das zu fassen? Kein Wort über den Anschlag. Sie muss doch wissen, dass man ihn in Verdacht hat. Er soll zu Hause anrufen? Hermann gratulieren? Natürlich nur, damit die Polizei ihn schnell findet. Diese Schlange! Diese hinterhältige Schlange!

Nimm eine Auszeit, hat der Löffler gesagt. Drei Wochen, hat er gemeint. Na toll! Für eine Freie wie Karo heißt das drei Wochen keine Gage. Und dass sie die Eltern anbetteln muss, um über die Runden zu kommen. Statt der teuren Eiweiß-Shakes kommt vorläufig bloß so billiges Zeug wie Brot und Marmelade infrage, wo doch alle Welt weiß, wie dick das macht! Mit den örtlichen Szenelokalen ist vorläufig auch nix, also wird sie lange keinen Kerl kennenlernen.

Karo seufzt, haut sich aufs ungemachte Bett, schaltet den Laptop ein. Die blöde Brumme, die schon gestern Abend Karos einzige Gesellschaft war, fährt aus den Kissen und dreht surrend ihre Bahn. *Sie haben keine neuen Nachrichten in ihrem Postfach,* meldet das Mailprogramm. Bei Facebook sind momentan nur ein paar Loser unterwegs. Karo will kein Loser sein. Wenigstens die Fliege soll das wissen. Karo greift nach der Klatsche. Als das Viech es wagt, sich Beinchen reibend auf der F1-Taste des Laptops niederzulassen, schlägt sie zu. Und erschießt eine Charge Aasgeier bei *Desert Hunter.* Dann dröhnt sie sich mit *The Killers* zu. Bei *Dustland Fairytale* laufen Karo die Tränen, bei *Andy, you're a Star* klopft die Wut in ihren Adern. Und die Tränen laufen trotzdem.

Also *Killers* aus, Laptop beiseite. Und noch mal das Interview auf dem Handy abhören. Zum fünften oder sechsten Mal lauscht Karo den geflüsterten Schreien: »... Kugelhagel von der Brücke her ... verschanz dich, verschanz dich, alles voller Blut und Asche ... Bei einem Bauchschuss, da bist du dran ... Überall Blut und Asche ...«

Wie kann einer so reden, der nie an irgendwelchen Gefechten beteiligt war? Zu viele Kriegsfilme geguckt?

Ach, egal! Karo fallen die rot geheulten Augen zu. Sie sollte sich eine Bloody Mary mixen und schlafen. Aber Karo will nicht schlafen. Schlafen kann man genug, wenn man tot ist, sagt der Vater immer. Karo ist kein bisschen tot, ganz im Gegenteil. Sie holt sich eine Dose Red Bull aus dem Vorrat und klappt den Laptop wieder auf.

Die Frage, die sie sich schon viel früher hätte stellen können, drängt sich jetzt mit Macht auf: Was weiß Google über Hermann Hepp?

Karo tippt den Namen samt Anführungszeichen in die Suchmaske ein. Klar, der Alte ist nicht der einzige, der so heißt. Der erste Hit zeigt einen Gynäkologen, der zweite einen Spediteur, dann kommt noch mal der Gynäkologe und dann ein Richter ... Erst auf der zweiten Seite oben taucht der Gründer der Hepp-Werke in Mainz auf. Und zwar auf der Homepage der Firma, Subseite *Firmengeschichte.* Karo überfliegt die Zeilen wie in Trance:

Hermann Hepp wurde im Juli 1911 in Oranienburg, in der legendären, von Lebensreformern gegründeten Obst-

baukolonie Eden geboren, und zwar als ältestes Kind des gelernten Kaufmanns Heinrich Hepp und dessen Ehefrau Luise (geborene Nagel). Hermann Hepp verbrachte seine frühe Kindheit in Eden, zog im Jahre 1921 mit der Familie nach Mainz, wo der Vater ein Reformhaus eröffnete und nebenbei etwas Landwirtschaft nach den biologisch-dynamischen Prinzipien Rudolf Steiners betrieb.
Hermann besuchte die Lateinschule und begann sein Studium der Chemie im Jahre 1929 an der Ludwigsuniversität in Gießen.

Kein Wehrdienst oder so? Karo ist verblüfft. Konnte man den damals schon verweigern?

1932 brach er sein Studium aus gesundheitlichen Gründen ab, trat bald darauf in die Firma Knorr ein, wo er einige Jahre als Laborant im Haupthaus in Heilbronn arbeitete. Während der Dreißigerjahre pflegte Hermann Hepp engen Kontakt zu bekannten Vertretern der Vollwertlehre, unter anderem zu Werner Kollath und Max-Otto Bruker. Er besuchte auch Maximilian Bircher-Benner auf dem Zürichberg und beschäftigte sich mit dessen Prinzipien einer gesunden, ursprünglichen Ernährung. Bald unternahm er eigene Experimente mit Gemüsebrühkonzentraten und Leguminosen. Seine Ergebnisse begeisterten den Vater, der im Jahre 1940 die Firma Hepp & Söhne *gründete.*

Söhne? Karo überlegt. Also gab es Geschwister. Alle tot wahrscheinlich.

Das Unternehmen florierte, belieferte die Reformhäuser im Land, schließlich sogar das Ausland.

Nach den Wirren des Zweiten Weltkriegs, während dessen die Firma Hepp im Wesentlichen als Lieferant von Brühwürfeln und Fleischersatz für die Armee verpflichtet wurde, konnte das Unternehmen 1948 neu gegründet werden.

1948, da gab's die Währungsreform, fällt Karo ein. – Kein Kunststück also, die Neugründung, wenn die Rezepte und alles Inventar noch vorhanden waren.

Nach dem Tod seines Vaters im Jahre 1958 übernahm Hermann Hepp die Führung des Unternehmens. Er baute zusammen mit seiner Mutter Luise Hepp und nach deren Tod mit seiner Nichte Gudrun Hepp die Produktpalette weiter aus. Im Jahre 1980 wurde er mit dem Bundesverdienstkreuz ausgezeichnet. Anlässlich seines neunzigsten Geburtstags im Jahr 2001 zog er sich aus der aktiven Unternehmensleitung zurück …

Eine karge Biografie, befindet Karo. Keine Ehe, keine Kinder. Kein Studienabschluss. Und war mit lauter Ernährungspäpsten befreundet, hat aber selbst nix veröffentlicht. Peinlich! Die NS-Zeit und das, was sie hier Kriegswirren nennen, scheinen weitgehend an der Familie abgeprallt zu sein. Bei Max-Otto Bruker und Werner Kollath findet Karo im Internet jede Menge Bezüge zu den Nazis. Anpasser, alle beide, sind schwups in die NSDAP eingetreten, haben Karriere gemacht und wollten später trotzdem nie dazugehört haben. Aber Hermann Hepp? Sie googelt weiter, ergänzt Stichwörter wie Krieg, Faschis- und Nationalsoz-, findet nach einer guten Stunde – die Red-Bull-Ration ist noch reichlich wirksam – einen Artikel im Archiv des *Rheinhessischen Boten*, anlässlich der Bundesverdienstkreuzverleihung 1980.

Wegen einer von Nazi-Behörden diagnostizierten, heute nicht mehr verifizierbaren Schizophrenie wurde Hermann Hepp in den Vierzigerjahren in die Pflegeanstalt in Alzey eingeliefert, deren Insassen im Rahmen des Euthanasieprogramms Aktion Brand in das berüchtigte Vernichtungslager Hadamar deportiert wurden. Doch konnte Hermann Hepp auf Betreiben seiner Familie rechtzeitig in die Privatklinik eines befreundeten Arztes in Zürich wechseln und überlebte. 1946 wurde er als geheilt entlassen, kehrte zu seiner Familie zurück und half bei der Erneuerung der Firma ...

Karo ist baff. Der Alte war tatsächlich nie im Krieg, verbrachte all die Jahre in Irrenanstalten, zuletzt in den friedlichen Schweizer Bergen. Warum man ihn eingeliefert hatte? Vielleicht war er ja schon immer ein bisschen plemplem, zumindest für damalige Vorstellungen. Beim Kreieren von all dem Veggiekram muss er andererseits ganz clever gewesen sein.

Karo klickt sich zurück zur Homepage der Firma Hepp, surft an den glücklichen Suppenterrinen vorbei ins Unterverzeichnis, findet eine verquast formulierte Firmenphilosophie *(Wir wollen die Situation unseres Planeten verbessern ...)* und ein Foto mit allen zirka fünfzig Mitarbeitern, die – wie auf einem Klassenfoto gruppiert – den Betrachter frontal anlächeln, der Geschäftsführer mit seiner smarten Gelfrisur mittendrin. Dazu gibt's einen Link namens *freie Stellen*. Der weckt Karos Neugier, sie guckt nach. Man sucht einen Laboranten mit abgeschlossenem Studium der Lebensmittelchemie und –

... eine(n) Mitarbeiter/-in für die PR-Abteilung

Tja, könnt ihr wirklich gebrauchen, ihr Gruftis, schießt es Karo durch den Kopf. Sie liest weiter:

Studium und Berufserfahrung bei Presse und/oder Agentur (Marken-/Brand- und Consumer-PR) …

Na, das passt ja auf jeden. Sogar auf Karo. Sogar auf Karo?

… Pressekontakte aufbauen und pflegen …

Das würde Karo wahrhaftig gerne selbst! Sie prustet vor Lachen. Was wäre, wenn sie sich bewirbt? Aus Spaß. Vielleicht hat sie eine Chance. Dass sie die Probezeit übersteht, ist wenig wahrscheinlich. Aber sie könnte sich ein bisschen Geld verdienen und die dröge PR-Abteilung aufmischen. Und dabei Pressekontakte aufbauen, Sprungbretter für die eigene Karriere. Korrekt wäre das nicht gerade. Aber Karo ist ein böses Mädchen. Und wenn böse Mädchen sich langweilen …

Schicken Sie Ihre Bewerbung gerne online!

Sie gluckst vor Vergnügen. Gerne? Ich? Aber klar! Und ruft die pdf-Dateien mit ihrem Lebenslauf auf. Das abgebrochene BWL-Studium lässt sich bestimmt mit dem Volontariat bei einem Gesundheitsblättchen wettmachen. Karo sucht einen alten Artikel zum Projekt *Barfußpfad in Sobernheim an der Nahe* als Arbeitsprobe aus, erinnert sich an ein hervorragendes Arbeitszeugnis, das ein PR-Mensch und verflossener Lover ihr mal verpasst hat, um sie auf sozial verträgliche Art loszuwerden. *… stets zu unserer vollsten Zufriedenheit* hat er getextet, der Analphabet. Klingt aber für Personalleiter supergut.

Mutig stoppelt Karo ein Anschreiben aus den Textbausteinen zusammen, die sie auf ihrer CD *So bewerben Sie sich richtig* findet. Und platziert den Zauberspruch, der alle Personalleiterherzen höher schlagen lässt, gleich ans Ende des ersten Absatzes: *Ich könnte die Stelle sofort antreten.*

»Okeydokey«, murmelt Karo und drückt sich beide Daumen. Ein letzter Mausklick, dann geht sie ab, die Gerne-Online-Bewerbung.

Ob man schon einmal so einen kalten Sommer erlebt hat, so einen verregneten? Das fragen sie ein ums andere Mal. Heute wieder. Seltsam, dass sie immer vom Wetter reden, wenn du in der Nähe bist, Hermann. Dann willst du ihre Frage aufgreifen und sagen, dass es auch früher solche Sommer gab – früher solche Sommer gab. Und willst vom Juli 1919 erzählen, als es nachts so kalt wurde, dass unsere Mutter die Federbetten vom Dachboden holen musste, weil unser Vater die Grippe bekam. Der musste dann Lindenblütentee trinken, Wadenwickel ertragen und war zwei Wochen lang derart schwach, dass er seine Kinder nicht schlagen konnte. So gesehen hätte es eine schöne Zeit für uns werden können.

Doch wir mussten damals, wie manchmal im Sommer, die Rüben auf den Äckern verziehen, wobei wir Kinder von Eden die Feldarbeit unbekleidet verrichteten, wie die Freikörperkultur es propagierte. Sich nackt in Sonne und Regen, bei Hitze oder frischem Wind zu ertüchtigen, sollte ›unseren Geist erwecken‹. Was immer das bedeutete. Sollten wir damals schon »flink wie Windhunde, zäh wie Leder und hart wie Kruppstahl geraten?« Niemand kannte zu jener Zeit schon den Hitler-Spruch. Und doch glaube ich manchmal, wir wurden danach erzogen.

Jedenfalls krochen wir, uns weidlich voreinander schämend, durch die Furchen über den kalten, pitschnassen Lehmboden, zogen mit klappernden Zähnen und klammen Fingern die zu mickrigen Pflänzchen aus der Erde, weil sie das Wachstum der starken Pflanzen nur behinderten, angewidert von den vielen Regenwürmern, die sich in den Beeten ringelten. – Ja, so kalt und so nass war der Juli 1919.

Aber das wollen sie heute gar nicht wissen. Sie fragen dich wohl nach früheren kalten Sommern, aber sie hören dir nicht zu, sagen »ja, ja« und »ach so«, blicken derweil konzentriert in die Luft, als sei dort ihre Agenda für den Tag notiert. Nur der liebe kleine Vali lauscht, wenn du diese Dinge erzählst. Und er kann verstehen, wie es dir damals ergangen ist, auch wenn er niemals Rüben verziehen musste und obwohl es ihm kein bisschen vor Regenwürmern graust.

Weißt du noch, Hermann, der Aufseher, der Baldus hieß und eine große Zahnlücke hatte, durch die er pfeifen konnte? Wie er uns mit einem Feldstecher beobachtete, angeblich, um unsere Arbeit zu überwachen. Ab und an pfiff er laut, um uns anzufeuern. Wir dachten uns nichts dabei, denn obwohl wir nicht immer gewissenhaft arbeiteten, hatte er nie etwas auszusetzen. An einem Abend aber sollten wir uns, bevor wir nach Hause gehen durften, am Pumpbrunnen waschen, die Erde gründlich von unseren Körpern abrubbeln. Auch dabei beobachtete er uns, wie wir vor Kälte schlotterten und pfiff dazu – und pfiff dazu ... Dann sollten wir uns in einer Reihe aufstellen, damit er prüfen könne, ob wir auch sauber seien.

Plötzlich kam unsere Frau Mama angelaufen, mit der kleinen Heidemarie in einer Kiepe auf dem Rücken. Weißt du noch, Hermann? Sie rief ihre beiden Buben zu sich, warf jedem eine Wolldecke über und zerrte uns nach Hause. Den Aufseher schrie sie an, er solle mal selbst unters kalte Wasser, um sein Mütchen abzukühlen. Ja, so nannte sie es, sein Mütchen abkühlen.

Dem kleinen Vali sollte ich die Geschichte vielleicht erzählen. Der ist alt genug, um zu wissen, dass es solche Menschen gibt. Dass es böse Menschen gibt, die aus Gewissenlosigkeit oder Lust Kinder quälen. Ja, das sollte ich Valentin einmal erklären. Aber er ist nicht da, macht einen Ausflug, haben sie gesagt. – Bei dem Wetter?

Die Hupe! Einmal kurz. Dann Pause. Einundzwanzig, zweiundzwanzig ... zehn Sekunden Pause. Und noch mal die Hupe. Das ist das Zeichen! So haben sie es ausgemacht.

Valentin springt auf, hechtet zum nördlichsten Fenster, schwenkt seine Baseballkappe dicht vor der Scheibe hin und her. Auch das ist so abgesprochen. Jetzt weiß Rolf, dass Valentin ihn gehört hat und runterkommt.

Endlich kann er hier raus! Er greift seinen Rucksack, rollt seinen Schlafsack zusammen und schnallt ihn an dem Gepäckstück fest, greift rasch die Plastiktüte mit dem Abfall, die Gassi-geh-Tüten mit seinem Stuhlgang. Alles muss entsorgt werden. Er soll möglichst wenig Spuren hinterlassen, am besten gar keine, hat Rolf gesagt. Dann hechtet Valentin die Treppe hinunter, zwanzig Stockwerke, dreihundertundsechzig rohe Betonstufen, kein Geländer, aber alles lückenlos und trittsicher. Davon hat er sich heute Morgen überzeugt. Umso schneller erreicht er jetzt den Schotterpfad, wo Rolf im Mercedes wartet.

Valentin wirft seine Utensilien in den Kofferraum, steigt auf den Rücksitz.

»Leg dich quer! Soll dich möglichst keiner sehen«, sagt Rolf.

»Mach ich.« Valentin rollt seine eins fünfundachtzig Körperlänge in Embryostellung zusammen.

Die Dämmerung hat schon eingesetzt, das Industriegebiet ist um diese Zeit fast wie leer gefegt. Nur einzelne verspätete Geschäftsleute, Topmanager, Handelsvertreter, Workaholics kurven in ihren schwarzen oder metallicgrauen Limousinen von den Parkplätzen in die schnurgeraden schmalen Straßen, langsam, als überlegten sie, wo sie einen Absacker nehmen und die abendlichen News auf den Börsenseiten durchforsten könnten. Rolf fährt ruhig und geschmeidig, will wohl für einen der ihren gehalten werden. Rolf ist eben klug. Abitur mit eins Komma null. Examen mit sehr gut ...

»Wenn wir erst auf der Autobahn sind, darfst du auf den Beifahrersitz«, erklärt Rolf.

»Alles klar.«

»Wir fahren als Erstes zu mir. Dort schreibst du deiner Tante eine Mail – mit lieben Grüßen aus einem Internetcafé in Spanien. Darauf wartet sie nämlich sehnlich. Und vielleicht willst du auch mal duschen.«

»Ja!«

»Deinen Müll entsorge ich dann irgendwo.«

»Hhhm, danke!«

Rolf nimmt wirklich eine Menge auf sich, denkt an alles, arrangiert alles. Also gibt sich Valentin heute betont unkompliziert, hält die Frage, die ihn quält, eine Weile zurück, bis sie aus ihm herausplatzt.

»Gibt's schon Fahndungsfotos von mir in der Zeitung?« Er kann nicht verhindern, dass seine Stimme kiekst.

»Nein, kann aber nicht mehr lange dauern. Deshalb muss diese Mail noch heute Abend raus! Schick sie über einen Webmailer, das ist sicherer.«

Valentin seufzt und schweigt.

»Kopf hoch, sobald die Mail ankommt, ist die Polizei erst mal beschwichtigt, zumal ich bezeugen kann, dir eine Fahrkarte bis Marseille gekauft und dich zum Zug gebracht zu haben«, sagt Rolf und grinst Valentin im Rückspiegel an. »Da muss ich nicht mal lügen. – Aber sag mal, mir scheint, wir werden verfolgt. Ein roter Opel. Was fahren deine Freunde so?«

Valentin will aus dem Rückfenster sehen, aber Rolf pfeift ihn zurück.

»Nein«, versichert Valentin schnell, »so was fahren die nicht. Der eine hat einen alten blauen Fiat, der andere einen weißen Polo.«

»'tschuldige, falscher Alarm, ist wieder weg, der Opel. Bleib aber im Fond, sicherheitshalber!«

»Okay.« Valentin dreht sich auf der Rückbank um und massiert seinen eingeschlafenen Fuß. »Sag mal, wie hast du's eigentlich rausbekommen, das mit der Aktion?«

»Ungefähr eine halbe Stunde, bevor die Presse anrücken sollte, wollte ich noch mal ins Büro. Und da traf ich auf eure Hühnerkadaver. Das waren ja mindestens dreißig Viecher. Die konnte ich unmöglich unbemerkt wegschaffen, also hab ich's drauf ankommen lassen. Hab gehofft, die Presse nimmt es wie einen Lausbubenstreich. Dass da Bomben versteckt sein könnten, hab ich nicht geahnt.«

»Wenn die früher explodiert wären, als von denen geplant ...«

»Tja, und wenn die zweite, die größere nicht fehlerhaft gewesen wäre – hmmm.« Rolf wiegt den Kopf.

»Dann wärst du jetzt tot!«

»Schätze ich mal.«

»Und die Firma ruiniert.«

»Das auch.«

»Rolf, ich ...«

»Ist schon okay. Bin halt ein Sonntagskind. Aber sag mal, ich hab schon wieder das blöde Gefühl, dass uns jemand folgt. Hast du nicht gerade was von einem alten blauen Fiat gesagt?«

Rolf fährt schneller, lenkt den Mercedes scharf nach rechts, kurvt auf für Valentin nicht mehr nachvollziehbare Weise von der Autobahn und durch die Straßen von Mainz. Valentins Kopf und Knie werden abwechselnd gegen die Vordersitze gequetscht. Ihm wird übel, er fühlt sich, als wäre er in einen Gangsterfilm geraten.

»Uff, abgehängt«, stöhnt Rolf.

»Aber Rolf, das können sie nicht gewesen sein! Woher sollen sie wissen ...«

»Beruhige dich, vielleicht hab ich mich geirrt. Gibt eine Menge blaue Fiats im Land. Aber sicher ist sicher.« Rolf fährt gemächlich weiter, kurvt links ein, bleibt stehen, bugsiert sein fettes Auto in die Garage neben seinem ebenso fetten Bungalow, der keine zehn Laufminuten von der Firma Hepp entfernt steht. Bei dem Gedanken an die Firma wird Valentin wieder traurig.

Rolf lässt das Rolltor runter. »Wir sind da.«

Endlich kann Valentin sich aufrichten, er massiert sich den Nacken, schüttelt seine steif gewordenen Knie.

»Komm, ist alles vorbereitet«, sagt Rolf.

Auf dem Couchtisch vor der weißen Maralunga-Couch wartet tatsächlich schon ein eingeschalteter Laptop.

»Da kannst du dich hinsetzen und loslegen.«

»Was soll ich denn schreiben?«

»Meld dich erst mal bei deinem Mailsystem an und gib dein Passwort ein!«

Valentin will sich einloggen, doch die Verbindung klappt nicht. Klappt auch beim zweiten Anlauf nicht.

Rolf wird ungeduldig. »Gib her! Wahrscheinlich vertippst dich dauernd.«

Er wirft sich in den Sessel, zieht den Laptop vor sich.

»Deine Mail-Adresse kenn ich ja – und wie ist das Passwort?«

»i-F-z-B-w-z-f, so wie: im Frühtau zu Berge wir ziehn, fallera.«

»Das ist zu einfach, solltest du mal ändern. Das kann jeder knacken. Also großes, nein, kleines I, großes F – ha, du hast die Umschalttaste gedrückt und es nicht gemerkt. So ein bisschen mehr Technik-Affinität wär nicht übel. Sonst bleibst du für den Rest deines Lebens ein Alien auf diesem Planeten.«

Rolf tippt mit der Geschwindigkeit einer langjährigen Phonotypistin in die Tasten, schiebt Valentin schließlich den Laptop hin, lässt Valentin seinen Text begutachten:

Liebe Gudrun, leider hat man mir mein Handy gestohlen. Deshalb schreibe ich diese Mail von einer kleinen Pension in Pamplona aus, die einen Internetanschluss hat. Ich hab mir schon eine Blase gelaufen, doch sonst bin ich fit. Morgen geht es weiter.

Ich hoffe, bei Euch ist alles in Ordnung und Onkel Hermann hatte einen schönen Geburtstag. Grüß ihn von mir und sag ihm, dass ich ihm bald eine Ansichtskarte schicke. So was mag er doch so gern.
Dein Valentin

»Okay so?«

Valentin schluckt. *Dein Valentin* würde er nie schreiben, nur: *Valentin.* Aber Rolf mag es nicht, wenn man seinen Stil kritisiert.

»Nicht okay?«

»Doch, doch«, versichert Valentin, »aber ich würde unbedingt auch dich grüßen lassen.«

Rolf lacht laut auf. »Du bist gar nicht dumm. Das ergänze ich.«

Ein kleines Lob bloß. Aber es tut so gut!

Noch besser tut die Dusche. Valentin lässt das warme Wasser lange über seine Haut rieseln, seift sich ausgiebig mit dem Syndet in Rolfs Badezimmer ein, zumal es laut Werbeaufschrift *garantiert ohne tierische Stoffe hergestellt* ist. An was Rolf nicht alles denkt!

Als Valentin frisch rasiert und mit geputzten Zähnen ins Wohnzimmer zurückkehrt, hat Rolf eine Mahlzeit für ihn vorbereitet: zwei frische Brötchen mit Mandelaufstrich, dazu eine Avocado und eine rote Paprika, gewaschen und aufgeschnitten. Und als Krönung ein großes Glas Bier und einen doppelten Doppelkorn.

»Damit du gut schlafen kannst«, sagt Rolf und nickt ihm zu. So gütig, so warmherzig nickt er – wie Hermann früher.

Valentin sinkt tief in die Couch, zieht die Beine zum Schneidersitz zusammen und betrachtet das weiß gebeizte Mobiliar, den schwarzbraunen Berberteppich mit den orangefarbenen Mustern, die sich in den luftigen Vorhängen entlang der Fensterfront wiederholen. Sogar die Fitnessgeräte, die in der Fernsehecke aufgebaut sind und mit denen Rolf – täglich, wie er sagt – seine Muskeln trainiert, passen mit ihrem schwarz-cremeweißen Design harmonisch in dieses katalogtaugliche Wohnzimmer. »Würd verdammt gern ein paar Tage hierbleiben«, seufzt er.

»Geht nicht«, sagt Rolf trocken. »Wir müssen heute Nacht weiter! – Was klappert da?«

»Wieso? Hab nichts gehört.«

»Es windet ein bisschen. Bestimmt hab ich irgendwo im Keller ein Fenster aufgelassen. Ich geh mal nachsehen.«

Das Bier kühlt Valentins Aufregung Schluck für Schluck herunter, der Doppelkorn wärmt von innen. Bestimmt wird alles gut, wenn er in Spanien ist. Vielleicht kann er dort studieren, Kunstgeschichte zum Beispiel, ja, das könnte ihm gefallen, neben Philosophie, versteht sich …

Lautes Gerumpel aus dem Treppenhaus schreckt ihn auf. Dann ein Schrei, leise, fast ersterbend.

Valentin springt von der Couch, stürzt in den Flur. »Rolf? – Rolf? Bist du gefallen? Bist du verletzt?«

Keine Antwort. Es ist so still im Haus, dass man den noch immer eingeschalteten Laptop surren hört. Hat Rolf nicht gerade was von einem Fenster im Keller gesagt?

»Rooo-olf?« Valentin beugt sich über das Geländer nach unten, erkennt ein schwaches Neonlicht, betritt die erste Stufe, spürt einen Windhauch über seinem Kopf, einen Hieb an der Schläfe. Alles wird schwarz.

Tatsächlich gibt es noch Leute, die Briefe verschicken. Mit der Post! Zwischen einem Schwall von Mode- und Kosmetikkatalogen, die Karo ihrer gelegentlichen Teilnahme an Preisausschreiben zu verdanken hat, fischt sie einen Briefumschlag aus Recyclingpapier heraus, abgeschickt gestern – von der Firma Hepp. So schnell? Das kann nur eine Absage sein, glaubt Karo, sonst hätten die angerufen. Sie schiebt den Umschlag zwischen die Zähne, um eine Hand frei zu bekommen und die blöden Kataloge in den Altpapiercontainer zu werfen, den der Hausmeister sinnigerweise neben den Briefkästen aufgestellt hat.

Karo stapft, ihre Einkaufstasche geschultert, sich tapfer tröstend, die vier Stockwerke hinauf in ihre Mansardenwohnung. Macht nichts, wenn es eine Absage ist. War ja nur ein Spaß. Und die Gelegenheit, mal eine Musterbewerbung zu schreiben, mit der sie es auch anderswo probieren kann! Allein dass sie auf die Idee gekommen ist, sich eine PR-Stelle zu suchen, hat sie dieser Anzeige zu verdanken …

In der Wohnung angekommen, starrt sie unschlüssig auf das Kuvert. Ob sie sich die sicherlich serienmäßig verfasste

Absage jetzt schon antut oder lieber erst vorm Schlafengehen? Die Neugier siegt, Karo reißt den Umschlag auf, fummelt das gefaltete Anschreiben auseinander, liest und staunt: *… würden wir uns freuen, Sie am kommenden Dienstag … um 10.30 Uhr persönlich …*

Karo beißt sich in die Faust, um nicht laut aufzulachen. Das ist tatsächlich eine Einladung zum Bewerbungsgespräch.

Zur Feier des Abends braut sie sich einen Espresso mit zwei Tropfen Süßstoff, süffelt ihn langsam aus und denkt nach. Ja, sie will den Job! Nein, PR für Tütensuppen zu machen ist keine Traumkarriere, aber lange muss Karo ja nicht bleiben. Außerdem ginge Teilzeit. Eine halbe PR-Stelle, da könnte sie fast so viel verdienen wie jetzt – und nebenher für Zeitungen schreiben. Und zwar nix zum öden Tagesgeschäft im Lokalen. Keine Hundertjährigen, keine Leguane, nicht mal Kindergartenoffensiven. Sondern schöne große Reportagen zu knackigen Themen für die Wochenendbeilage. Wo sich sonst eher die Cracks vom Feuilleton und der Politikseite verewigen. Mit einem tollen Thema könnte auch Karo dort landen, der Löffler würde ihr schon helfen. Weil er sie im Grunde mag. Mit einer verlässlichen Gage im Rücken hätte Karo endlich die Zeit und die Ruhe, was Besonders aufzutun.

Wenn es beim *Tagblatt* erst geklappt hat, dann wird Karo es mal bei der *Frankfurter Rundschau* probieren, beim *Spiegel,* beim *Focus* … Investigativ könnte sie arbeiten. Wie Günter Wallraff. Sich zum Beispiel als Obdachlose verkleiden, um zu erleben, wie es ist, Obdachlose zu sein. Ein Buch darüber schreiben. Einen Bestseller natürlich!

Und dann mal nicht Interviewerin, sondern Interviewte sein. ›Ach bitte, verschonen Sie mich mit Ihren langweiligen Fragen zu meiner Person, bleiben wir bei der Sache‹, hört

Karo sich näseln. ›Und eine kleine Aufwandsentschädigung, sagen wir fünfhundert Euro, verlange ich schon. Ja, besprechen Sie das ruhig erst mit Ihrer Geschäftsleitung. Aber kommende Woche bin ich schon wieder unterwegs ...‹

Auf der Frankfurter Buchmesse wird Karo aus ihrem Bestseller lesen. Und Autogramme geben. Alex wird weitab vom Rampenlicht stehen und zugucken, chicoreegelb im Gesicht vor Neid ... Aber hallo! Das ist ein Bild, das Karo motiviert. Sie muss sich auf das Vorstellungsgespräch eins-a-mäßig einstellen. Denn vor den Erfolg haben die Götter den Schweiß gesetzt, wie Karos Vater manchmal zitiert.

Apropos Schweiß: Gibt es noch was Öko-Baumwoll-Ähnliches im Schrank, das nicht von den Joggingtouren her müffelt? Karo inspiziert ihre Garderobe. Die Ausbeute ist gering: ein paar tofubeige Leggings. Doch die dazu passende grellrote Tunika kommt für die Ökos nicht infrage, auch das völlig unvegetarische Leoparden-Shirt nicht. Karo wühlt in ihrem Inventar, findet schließlich einen Strickpullover mit Rollkragen, den die Mama bei ihrem letzten Besuch bei ihr vergessen hat. Sie zieht ihn über, betrachtet sich im Spiegel. Zu groß ist er, baumelt weit um den Po. Total fett sieht sie darin aus! Der raspelkurze Haarschnitt wirkt unproportional. Egal, bei einem Ökoverein ist das nicht so wichtig. Tja, und die Farbe ist einfach perfekt: salatgrün.

Seltsamer Vogel, denkt Gudrun, als die magere junge Frau durch die Tür tritt und ihr eine Hand, zart wie ein Blütenblatt, reicht. Dieses hautenge Beinkleid mag dem Modegeschmack geschuldet sein. Doch wozu muss sie trotz des heute relativ warmen Tags einen überlangen Strickpullover tragen? Nun ja, sie ist die Dritte und Letzte in der Reihe der Vorstellungsgespräche, die wegen der Zerstörungen im

Hauptflügel in der Kantine erfolgen. Rolf ist entgegen seiner Ankündigung nicht zurück, also muss Gudrun selbst die Gesprächsleitung übernehmen, obwohl die abstürzenden Läufe im zweiten Satz des griegschen Klavierkonzerts schon seit Stunden darauf warten, von ihr intensiv geübt zu werden. Insbesondere diese Läufe sind es, die überhaupt nicht laufen.

Die beiden bisherigen Anwärter auf die PR-Stelle mochten gediegener erscheinen als dieses junge Ding. Und der erste, ein Mann Mitte dreißig mit opulenten Schultern, schien von den Formalien her bestens geeignet. Leider benahm er sich weitaus zu selbstsicher, um für Hans-Bernward infrage zu kommen, der das Vorstellungsgespräch schweigend, mit verschränkten Armen und finsterer Miene begleitet hatte. Der zweite Kandidat, ausrangierter Chefredakteur eines katholischen Kulturmagazins, dürfte Rolf kaum überzeugen. Der hatte schon vorab seinen Vorbehalt formuliert: Wenn die Katholiken jemanden entlassen, dann muss der entweder allzu aufmüpfig oder von vorvorgestern sein, hatte er geargwöhnt. Und tatsächlich zeigte der Herr eine derart heftige Phobie gegenüber Anglizismen, der nicht einmal Gudrun folgen konnte, sprach andauernd von »Heimrechnern«, »elektronischen Sendungsschreiben« und »Datenaustauschträgern«.

Diese dritte Kandidatin, Karoline Rosenkranz, dreiundzwanzig Jahre jung, bringt zumindest drei dicke Pluspunkte mit: Sie hat hervorragende Zeugnisse, laut Bewerbungsschreiben auch gute Kontakte zum *Mainzer Tagblatt.* Und: Sie könnte sofort anfangen. Woran nicht nur Rolf, sondern auch Gudrun sehr gelegen ist.

Frau Rosenkranz nimmt den angebotenen Kaffee – ohne Milch und Zucker – mit einem überaus höflichen Dankeschön an. Fragt interessiert, ob es sich um fair gehandelten

Kaffee handele. Anderen trinke sie nämlich nur ausnahmsweise.

Rolfs Sekretärin, Frau Meister, die das Protokoll führen soll, runzelt die Stirn, eilt sich indes, die Frage zu bejahen. Was vermutlich gelogen ist, sie aber einmal mehr daran erinnern dürfte, dass manche Mitarbeiter es gern sähen, wenn die Geschäftsleitung auch in kleinen Dingen etwas mehr Umweltbewusstsein an den Tag legte, etwa bei den Beständen in der Teeküche. Frau Fried jedenfalls, die just ein Tablett mit Getränken und Gebäck hereinträgt, zeigt sich von der Bemerkung sichtlich beeindruckt, wirft einen beredten Blick in die Runde.

Gudrun ergreift die Gelegenheit, die etwas indiskrete, aber nun einmal notwendige Ernährungsfrage zu stellen, die traditionsgemäß bei der Firma Hepp eine wichtige Rolle bei der Wahl des Personals spielt. Auch wenn sie noch weniger als sonst einen spöttelnden Unterton vermeiden kann. »Ich entnehme Ihrer Frage, dass Sie sich ökologisch korrekt ernähren.«

»Man tut, was man kann«, sagt die junge Frau, in eher hoheitsvollem als bescheidenem Tonfall. »Ich esse jedenfalls bewusst und diszipliniert. Weißbrot und Nutella zum Beispiel meide ich.«

Frau Fried, noch immer mit der Gruppierung von Gläsern, Saftflaschen und Haferkeksen beschäftigt, was wohl eher ihrer Neugier als der organisatorischen Notwendigkeit zu verdanken ist, blickt triumphal in die Runde, als habe sie selbst diese Äußerung getroffen.

»Hand aufs Herz, Frau Rosenkranz: Sind Sie Vegetarierin?«, will Hans-Bernward wissen.

»Das nun gerade nicht«, sagt die junge Frau mit deutlichem Bedauern. »Ich esse zwar niemals Wurst oder fettes Fleisch, aber gelegentlich eine Scheibe Putenschinken und ein wenig Forellenfilet – das schon.«

Jetzt ist es an Hans-Bernward, Gefallen zu zeigen. Er legt keinen Wert auf Purismus, dagegen viel auf Ehrlichkeit. In dem Punkt ist er ausnahmsweise mit Rolf einer Meinung. Nicht mal zwei Prozent der Bevölkerung seien Vegetarier, sagt Rolf immer. Man verzichte auf die besten Kräfte, wenn man bei der Auswahl engstirnig vorgehe. Obendrein handele man sich andernfalls Lippenbekenner ein, die die Firma Hepp insgeheim für spleenig halten.

Rolf! Wo bleibt er? – Hat ihr eine SMS geschickt: Es tue ihm leid, aber es habe Turbulenzen gegeben. Er versuche, bis zehn Uhr zurück zu sein. Und sie soll sich keine Sorgen machen, es gebe auf der Strecke oft einen Stau.

Gudrun sieht verstohlen auf die digitale Wanduhr. Fünf nach zwölf. Keine Sorgen? Doch! Inzwischen macht sie sich Sorgen. Ein flaues Gefühl entfaltet sich in ihrer Magengrube wie ein flatterndes Küken, das mit einem Mal einem aufplatzenden Ei entweicht. Ja, diese Hühnergeschichte! Vielleicht war es ein Fehler, Anteile einer Bioeierfarm im Osten zu kaufen. Läuft wohl nicht unbedingt immer korrekt ab. Und dann das aufwendige Projekt hinter der tschechischen Grenze, in Cheb, wo die neuen Produkte getestet werden …

Gudrun hat Routine in Bewerbungsgesprächen, kann trotz des wachsenden Flattermanns in der Magengegend gelassen erscheinen und weiterfragen: »Wir sind ein vegetarischer Betrieb und wünschen nicht, dass Mitarbeiter sich zur Selbstversorgung Erzeugnisse aus totem Tier mitbringen – aus Rücksicht auf die Mehrheit der Kollegen. Wäre es ein Problem für Sie, sich entsprechend zu verhalten?«

»Nö, kein bisschen«, sagt die junge Frau und schüttelt vehement ihren Kopf.

Natürlich würde es Gudrun besser gefallen, wenn sich die Bewerberin einer etwas gepflegteren Sprache bediente. Das wird Hans-Bernward ihr noch beibringen müssen. So kann man sie nicht auf die seriösen Medien loslassen! Doch *nobody is perfect,* wie die Amerikaner sagen. Und je schneller die Neubesetzung vonstatten geht, umso eher kann Gudrun sich der Vorbereitung ihres Konzerts widmen.

Also stellt Gudrun endlich die Frage, die normalerweise am Anfang steht und bei der Rolf eigentlich anwesend sein sollte: »Warum haben Sie sich bei uns beworben?«

Viele Bewerber liefern dazu eine vorgefertigte, ausführliche Begründung, an deren Vortrag sie lange gefeilt haben. Gudrun lehnt sich zurück in ihrem Sitz, in der Hoffnung, so ein wenig Zeit zu gewinnen, und lässt den unerträglichen Gedanken, dass Rolf womöglich nicht zurückkommt, Revue passieren. Was wäre, wenn er irgendwo verunglückte? Wenn er eine heimliche Geliebte hätte, mit der er auf und davon …? Schon allein, um der missliebigen Situation zu entgehen, in der die Firma seit dem Anschlag steckt?

Wie soll Gudrun dann einen geeigneten Geschäftsführer finden? Und einen neuen Liebhaber? Nicht dass Gudrun Rolf wirklich liebt. Aber er nimmt ihr lästige Entscheidungen ab und er gibt ihr das Gefühl, begehrenswert zu sein. Daran hat sie sich gewöhnt. Wenn sie ehrlich ist, führt er bei ihr ein Lakaiendasein. Ist deshalb ihre ganze Verbindung ein Fehler? Aber welche Art von Verbindung wäre kein Fehler, wenn man Mitte fünfzig und vermögend ist?

Der seltsame Vogel lächelt gewinnend, nimmt einen Schluck Kaffee und plappert ausführlich über »Spaß am Texte machen«.

Spaß! Gudrun hätte auch gern mehr Spaß. Würde lieber an ihrem Flügel sitzen als diesem jungen Ding im Wollpullover gegenüber. Eine milde Arroganz meldet sich. Gudrun mag nichts mehr fragen. Rolf soll kommen. Jetzt soll er kommen! Sofort!

Zum Glück ist Hans-Bernward bei der Sache, holt weit aus, spricht von der Sinnhaftigkeit, die in der Aufgabe liegt, den Menschen eine gesunde Nahrung anzubieten, spricht endlich den Passus im Bewerbungsschreiben an, in dem Frau Rosenkranz angibt, am liebsten in Teilzeit arbeiten zu wollen, da sie ihre Eltern bei der Pflege der gehbehinderten und auch schon etwas verwirrten Großmutter unterstützen möchte.

Gudrun kommt nicht umhin, sich beeindruckt zu zeigen. Und denkt an Hermann. Und wie dankbar sie wäre, wenn Valentin sich ein wenig kümmern würde …

»Ein nachvollziehbares und überaus löbliches Motiv«, sagt Hans-Bernward und atmet hörbar auf. »Von daher ist eine Teilzeitstelle von fünfundzwanzig bis dreißig Stunden wohl ideal?«

Gudrun grinst in sich hinein. Natürlich hat er im Hinterkopf, dass ihn kaum jemand aus einer Teilzeitposition heraus dominieren kann. Es sei ihm gegönnt!

Da nickt auch die junge Frau, strahlt sogar, als sei dies genau ihre Vorstellung gewesen.

Die Tür fliegt auf. Frau Fried platzt mit einem zusätzlichen Gedeck herein, gefolgt von Rolf, der sichtlich übernächtigt, aber frisch rasiert und bester Stimmung die Versammlung grüßt.

Der Flattermann in Gudruns Magengrube stiebt auf und davon. »Darf ich vorstellen: unsere Anwärterin auf die ausgeschriebene PR-Stelle, Frau – äh – Rosenkranz.«

Es ist wie in einem Albtraum. Da reißt der Boden unter seinen Füßen auf und ein Sog zieht ihn an den Rand eines Abgrunds. Oder ein formloses Wesen wölbt sich über ihn und holt mit einer Machete aus. Dann will Valentin schreien, sich wehren, aber die Arme kleben an seinem Leib fest und die Kehle gibt keinen Laut frei. Aus solchen Träumen erwacht er mit klopfendem Herzen. Ein paar Sekunden, dann weicht das Entsetzen immer der Erleichterung, die Welt duftet nach Bettwärme, die Vögel singen …

Diesmal weicht das Entsetzen nicht. Es ist kein Traum. Valentin liegt auf einer nach Lösungsmitteln stinkenden Plastikfolie, ist an Händen und Füßen gefesselt, hat einen Knebel im Mund, die Augen verbunden. Hat ihn jemand gekidnappt? Wer? Warum?

Das Letzte, woran er sich klar erinnert, ist der Schlag, ein Schlag auf seinen Kopf. Zuvor im Augenwinkel ein Schatten, ein Arm, der in einem unförmigen Handschuh mündete, einem Arbeitshandschuh wie vom Baumarkt. Und davor Valentins Schritte auf die Treppe zu. Der erstickte Schrei aus dem Keller. Seine Sorge um Rolf.

Rolf! Bestimmt haben sie ihn auch gekidnappt. Dann muss er hier irgendwo sein. Valentin nimmt einen tiefen Atemzug durch die Nase, stößt die Luft mit aller Macht wieder aus, lässt seine Stimmbänder schwingen, es gelingt ihm, ein heiseres Brummen in die Schwärze zu schicken. Dann hält er die Luft an, lauscht.

Keine Antwort. Vielleicht ist Rolf ohnmächtig, vielleicht wird er anderswo gefangen gehalten … Vielleicht ist Rolf tot.

Valentin schiebt die Angst beiseite. Angst ist unproduktiv. Weiter rückwärtsdenken!

Was war vor Rolfs Schrei? Ein Geräusch aus dem Keller! Jedenfalls hatte Rolf was gehört, hatte vermutet, ein Fenster sei offen geblieben und klappere im Luftzug. Rolf war aus dem Zimmer gegangen, um nachzusehen … Davor Valentins letzte Mahlzeit, die Avocado, das Bier, der Doppelkorn, ein wohliger kleiner Rausch … Und davor die Dusche, die Mail an Gudrun … die Fahrt zu Rolfs Villa … ein alter blauer Fiat, der ihnen zu folgen schien. Dann doch nicht zu folgen schien.

Kevin fährt so ein Auto. Aber der ist ein Feigling. Und so ein Schwächling! Viel kleiner als Valentin und noch magerer. Er könnte jemanden dabeigehabt haben. Valentin hat ja den Wagen nicht sehen können. Wie viele saßen drin? Warum, verdammt, warum hat er Rolf nicht gefragt!

Valentin liegt schon zu lange auf der linken Seite, der Arm kribbelt wie von Ameisen gebissen. Valentin wuchtet sich auf seinem Lager herum, auf den Bauch, auf die andere Seite ... Sofort schmerzt der rechte Arm wie wund. Das lässt sich besser aushalten als das Ameisenlaufen.

Eine Wunde am rechten Arm? Valentin dämmert was. Zwischen dem Schlag auf den Kopf und dem Erwachen hatte er noch eine Empfindung. Genestel. Jemand hat ihm den Ärmel aufgekrempelt, den rechten, ihm einen Stich verpasst. Eine Spritze vielleicht, eine Dröhnung, ein Schlafmittel. Dann ein Zerren an beiden Schultern, Geholper seiner Fersenkuppen über einen unebenen Fußboden. Kein Gesicht, kein Wort, aber einen penetranten Geruch nach Desinfektionsmitteln konnte Valentin ausmachen. Eine zuschlagende Autotür. Schwärze, undurchdringliche Schwärze, dann nichts mehr. Doch. Jemand hat ihm was eingetrichtert. Was zu trinken. Was Süßliches. Dann wieder eine Erinnerungslücke ... Wie lange liegt er hier? Stunden? Tage?

Und wer macht so was? Seine Freunde von der *FFA?* Vor ein paar Wochen haben sie zusammen in der Wohnung in Offenbach gehockt und über Gewalt gegenüber Menschen diskutiert, weil die internationalen Statuten das klar verbieten. – Einer, der aus Aschaffenburg angereist kam, Mulle genannt werden wollte und Apfelsaft trank, war anderer Meinung. Wenn man Tiere verteidigen wolle, müsse man eben manchmal Menschen Schaden zufügen, hat er gesagt und mit den Achseln gezuckt.

Aber nur Leute, die Tiere einsperren und quälen, die dürfe

man »spezialbehandeln«, hatte Kevin erklärt. Damit sie nämlich die Qual ihrer Opfer mitvollziehen lernten und damit aufhörten.

Alle hatten genickt, bis auf diesen Molle. Der faselte was von unschuldigen Opfern, die man in Kauf nehmen müsse, wenn man was erreichen wolle. Schließlich seien die Tiere auch unschuldige Opfer, hat er argumentiert.

Was Valentin nicht ganz logisch fand. Trotzdem hat er geschwiegen. Jetzt schämt er sich dafür. Manchmal ist er so feige!

Vielleicht betrachten sie Rolf als aktiven Tierquäler, »spezialbehandeln« ihn jetzt? Aber warum kidnappen sie auch Valentin? Er ist doch einer von ihnen. Fürchten sie, er könne sie verraten? Das würde er nie tun! Oder betrachten sie ihn als Opfer, das sie zum Beispiel brauchen, um die Firma Hepp zu erpressen? Valentin wird mit ihnen reden. Man braucht ihn nicht zu kidnappen. Er macht mit. Das wird er ihnen sagen, wenn sie kommen. Und dass sie mit Rolf den Falschen erwischt haben, weil Gudrun Hepp die Drahtzieherin ist bei dem ganzen miesen Geschäft.

Jetzt kribbelt Valentin der rechte Arm. Er rollt sich zurück auf den Bauch, muss den Nacken verdrehen, um einigermaßen durch die Nase atmen zu können. Sie sollen Rolf nicht allzu hart anfassen, wird er ihnen sagen. Eine Weile gefesselt und geknebelt zu sein, ist wahrhaftig eine hinreichende Tortur.

Immerhin ist Valentins Lager weich und nachgiebig. Fühlt sich an wie eine Matratze, eine Matratze in Folie, wie man sie neu kauft. Die stinken auch so.

Eine neue Matratze? Dafür würde die *FFA* nie Geld ausgeben!

Der Securitymensch am Eingangstor der Firma Hepp wirft einen kritischen Blick auf Karos abgestempeltes Einladungsschreiben. Man hat es ihr zugeschickt, damit sie an ihrem ersten Arbeitstag trotz des noch fehlenden Betriebsausweises problemlos Einlass bekommt. Er liest, nickt, will aber ihre Bürotasche inspizieren.

Karo demonstriert Gelassenheit, breitet ihre Utensilien vor ihm aus. Portemonnaie, Smartphone, Lippenstift, Hausschlüssel, Fotoapparat, Thermoskanne …

»E Thermosskann? Was is 'n drin?« Der Mann schraubt an der Öffnung, schnuppert.

»Brennnesseltee«, behauptet Karo, in der Hoffnung, dass er die Lightlimonade nicht am Geruch erkennt.

Er rümpft die Nase, schraubt die Flasche wieder zu, greift nach der Kamera. »Un wodezu brauche Sie des?«

»Zum Fotografieren«, sagt Karo.

»Wolle Sie misch verar…?«

»Ich arbeite in der Pressestelle.«

»Ach so.« Er scheint beeindruckt, dreht das Gerät um und um, betrachtet die Linse, den Sucher, das Display …

Karo will zu einem genervten Seufzer anheben, da kommt ihr eine Stimme zu Hilfe, hell und schrill wie Spatzengezwitscher: »Lasse Sie die jung Frau ruhisch erei, Herr Moser. Sie is unser neu Mitarweiderin.«

Karo erkennt in der heranflatternden Gestalt die Personalbeauftragte Bärbel Fried, die sie beim Einstellungsgespräch mit Kaffee und aufmunternden Blicken versorgt hat.

»Willkomme, Frau Rosegrans!« Sie ergreift Karos Hand und schüttelt sie. »Isch bring Sie zu Ihne-Ihrm Arweitsplatz.« Die von Kajal gerahmten Glupschaugen schimmern gelblich, ebenso die ärmellose, einen kaum vorhandenen Busen bedeckende Seidenbluse. Eine grau melierte Fisselmähne, die sich unter ihren Achseln fortzusetzen scheint, verströmt Kräuterteeduft. »Komme Se mit!«

Frau Fried geht wippenden Schritts neben Karo her, erzählt von einem bösen »Kaamaa«, das die Firma just »durch den feische Anschlach« befallen habe, sich aber nun zum Guten zu wenden beginne und sicherlich bald aufgelöst sei. Und dass Frau Rosenkranz als externe Hilfe in dieser Sache fungieren könne, da sie unbefangen sei und mit einem »frische Geischt« ihre Arbeit aufnehmen könne. Und ob sie schon gefrühstückt habe.

Karo will nachdrücklich bejahen, aber Frau Fried ist schon bei der Aufzählung einiger Köstlichkeiten, die die Kantine als »Schnäcks« anbietet: Hirse-Croissants mit Carob-Glasur, Dinkelwraps, gefüllt mit fassgereiftem Sauerkraut, nicht zu vergessen das ganze Angebot köstlicher Suppen ... Es klingt, als spreche sie von Trüffeln oder Kaviar.

Sie dirigiert Karo durch einen Seiteneingang in den Verwaltungsflügel, dann eine Fluchtwegstreppe hinauf: »Unser kaputtes Foijer wird nächscht Woch renoviert.«

Der Flur, der beide nach Öffnung einer Brandtür empfängt, riecht dezent nach Fernost. Und sieht auch so aus. An den orange getüpfelten Wänden entfalten sich vereinzelt Lotosblüten-Poster in Rosa und Weiß. Aus einem plätschernden Springbrunnen aus Basalt ragt ein stilisierter Kranich, bereit, in Richtung Notausgang zu starten.

»Des hier is Ihne-Ihr Zimmer.« Frau Fried lächelt verheißungsvoll und winkt Karo durch eine sperrangelweit geöffnete Glastür. Ein Raum wie Milch und Honig tut sich auf, mit warmbeige getünchten Wänden und mattgolden nachgedunkelten Kiefermöbeln: ein Schreibtisch, ein kleines Regal mit Rolltür, ein Büroschrank. Der wird flankiert von einem Bastkübel mit mannshoher Zimmerlinde. Im Fenster hängt ein Glasmosaik in Gestalt einer aufblühenden Lotosblume.

Frau Fried hat das Schmuckstück eigens für Karo besorgt, wie sie erklärt, da das Fenster des Raums direkt gegenüber der Tür liegt, was Feng-Shui-Regeln zufolge das Qi zum sofortigen Exodus animiere. Ein Fensterbild dagegen lade das Qi zum Verweilen ein und lasse es durch den Raum flanieren.

»Danke, das ist sehr freundlich«, sagt Karo, »aber normalerweise habe ich kein Problem mit Fenstern.« Sie legt ihre Mappe und ihre Jacke auf dem Schreibtisch ab und öffnet die Rolltür des Regals. Ganze Stapel abgegriffener Ordner aus Altpapier liegen kreuz und quer. Sie schließt die Rolltür rasch wieder.

Frau Frieds Redefluss bricht jäh ab. Sie deutet auf Karos T-Shirt und scheint entzückt: »Isch hätt wisse müsse, dass Sie auch eine Suchende sind. Des Mandalla auf Ihne-Ihrm Rücke …«

»Mandala?« Karo hat vorgestern auf dem Flohmarkt eine blassgrüne Tunika erstanden und, damit das Teil ein bisschen was hermacht, auf dem Rücken ein Muster ausgeschnitten, wie sie es im Grundschulalter mit mehrfach gefalteten Seidenpapierbögen gelernt hat. Damals bekam Karos Mutter das Endprodukt zum Muttertag geschenkt – als Platzdeckchen.

Frau Fried spricht von der Suche nach »Tranzendensch«, und »nachhaltischer Hammonie mit dem Univäsum«.

»Ach so, ja klar«, sagt Karo, »das wär nicht schlecht«.

Frau Fried lächelt milde. »Sie wisse es nur noch nischt, auch Sie sin eine Suchende. – Awer jetzt werd isch Sie Ihne-Ihrn neue Kollesche vorstelle.«

Sie führt Karo durch die Büros des Verwaltungsflügels, lässt sie viele, viele Hände schütteln: Herr Kraus, Buchhaltung, Frau Walter, ebenfalls Buchhaltung, Herr Kestner, EDV, Herr Blome, Vertrieb, Frau Schwarz und Frau Kaiser,

Poststelle ... Namen und Funktionen ohne Ende. Karo zählt zwei Männer mit Zopffrisuren, zwei Frauen mit Birkenstocksandalen, gesamt drei selbst gebatikte Shirts, vier Quarzperlenketten, fünfzehn Atomkraft-nein-danke-Buttons – und ist beruhigt. Damit lässt sich auskommen.

Beiläufig denkt sie darüber nach, wer wohl von all diesen Leuten ihr was zu sagen hat. Außer Frau Fried dürfte das zumindest der Kollege in der Werbeabteilung namens de Beer sein, der auch bei ihrem Vorstellungsgespräch dabei war: ein Riese mit viel Bauch, wenig Schulter, gutmütigem Gesicht und langsamer Motorik. Er erhebt sich, reicht Karo die Pranke, sagt »Willkommen« und setzt sich wieder. Das mürrische Mienenspiel, mit dem er sich hinter einem Stapel Aktenordner verschanzt, nimmt ihm Karo nicht ganz ab.

»Ist er auch ein Suchender?«, fragt sie, als sie mit Frau Fried wieder im Flur steht.

Die Antwort kommt unumwunden: »Awer der ganz beschdimmt!«

An den Schluss ihrer Tour durch den Verwaltungsbau hat Frau Fried die Gefilde des smarten Mittfünfzigers mit der Gelfrisur gelegt, Geschäftsführer Rolf Westenberger.

Sein Arbeitszimmer ist das schmuckloseste von allen. Und bemerkenswert unalternativ: Ein aufgeräumter Glasschreibtisch mit metallenem Container, eine kleine Sitzgruppe mit Moleskin-Polsterung und eine zweifellos echte Aquarelllandschaft zeugen von vornehmem Understatement. Sein Auftreten eher nicht. Er erhebt sich betont eilfertig, reckt sein markantes Kinn und begrüßt Karo wie einen Geschäftsfreund mit ausgestreckter rechter Hand. Die linke landet prompt auf Karos Schulter. »Herrrzlich willkommen!«

Karo staunt. Dunkler Anzug, weißes Hemd, bunt schillernder Schlips, Breitling-Chronograf ... Der Mann könnte genauso gut CEO bei Siemens, BMW oder Procter & Gamble sein.

Frau Fried verschwindet mit einer wortreichen Entschuldigung durch die Tür.

Rolf Westenberger dirigiert Karo in die Besucherecke, schiebt ihr einen Stuhl zurecht. »Bitte nehmen Sie Platz. Wir haben uns noch gar nicht richtig kennengelernt, nicht wahr?«

Karo beschließt, sich ausgesucht höflich zu benehmen. »Danke, sehr gern.«

»Da ist noch eine Kleinigkeit, die ich mit Ihnen besprechen möchte«, sagt er und räuspert sich. »Sie haben einen guten Draht zum *Tagblatt,* nicht wahr? Das ist zweifellos vorteilhaft. Einerseits. Andererseits ... wie soll ich es sagen ...« Er ringt die Hände, als wolle er beten.

»Andererseits haben Sie Angst, ich könnte Dinge erzählen, die ich hier mitbekomme«, unterbricht ihn Karo.

Er räuspert sich schon wieder. »Angst ist nicht das richtige Wort.«

»In meinem Arbeitsvertrag ist ja ein Passus enthalten, dass ich nichts ausplaudern darf.«

»Genau. Und daran wollte ich Sie erinnern. Frau Hepp möchte sicher sein, dass wir Ihnen vertrauen können.«

»Klar doch«, versichert Karo, hebt die rechte Hand zum Schwur, kreuzt sicherheitshalber den Mittel- und den Zeigefinger der linken unter dem Tisch. Weil böse Mädchen nie wissen können.

Der Geschäftsführer ist zufrieden, entwickelt eine kumpelhafte Fröhlichkeit.

»In Ihrer ersten Arbeitswoche sollten Sie sich einfach die Zeit nehmen, sich zu akklimatisieren«, sagt er. »Machen Sie sich mit der Firma und mit Ihren Kollegen vertraut. Dann erst sprechen wir ausführlich über Ihre konkreten Aufgaben.«

Holla! Das erscheint Karo absolut großzügig. »Super Vorschlag«, sagt sie.

»Nun denn ...« Rolf Westenberger erhebt sich langsam. Was wohl ein Signal sein soll, dass er das Gespräch für beendet hält. »Ich wünsche Ihnen einen guten Start«, sagt er und wiederholt seinen kumpelhaften Schulterschlag von vorhin. »Sie finden allein zu Ihrem Arbeitsplatz? Oder soll ich Frau Fried rufen?«

»Bloß nicht«, rutscht es Karo raus. Sie besinnt sich. »Ich meine: Bloß nicht solche Umstände. Ich finde mich allein zurecht.«

In ihrem Büro ist unterdessen eine Wandlung vor sich gegangen. Die Lotosblume ist von der Fensterfront verschwunden. Stattdessen prunkt dort ein buntes Glas-Mandala. Karo nimmt es ab, hängt es wie eine Weihnachtskugel in die Zimmerlinde und beschließt, die neue Tunika vorerst im Schrank zu lassen.

Anhaltendes Regenwetter. Das Außenthermometer erreicht mit Mühe die Sechzehn-Grad-Marke. Hans-Bernward de Beer hat sich demonstrativ in seine wollene Tweedjacke gehüllt und einen Kaschmirschal um den Hals geschlungen. Auf Wunsch von Frau Fried bleibt die Heizung aus. Im Sommer zu heizen, sei ein Umweltfrevel sondersgleichen, hat sie gesagt, dabei die beiden S in »sonders« derart zischend hervorgebracht, dass ein wahrer Spuckeregen auf ihre nähere Umgebung niederging und niemand zu widersprechen wagte.

Sehr geehrte Damen und Herren ..., tippt Hans-Bernward mit lethargischem Tempo in die Tastatur. *In Beantwortung Ihres Schreibens vom ... beantworte ich gern Ihr Schreiben wie folgt ...*

Hans-Bernward müht sich vergeblich um Konzentration. Im Spalt der geöffneten Zwischentür blitzt immerzu die schmale, heute in allen Grauschattierungen gekleidete Gestalt der Neuen auf, die zwischen Schrank und Schreibtisch hin- und herwuselt, offenbar um Akten, Bücher und Arbeitsgerät neu zu ordnen. Warum macht sie das? War doch alles übersichtlich aufgeräumt.

Sie hat eben von nichts eine Ahnung. Ist sowieso eine Fehlbesetzung, wie man hoffentlich bald bemerken wird. Man hätte sich mit der Ausschreibung viel mehr Zeit lassen müssen. Die Neue weiß rein nichts von Anthroposophie, biologisch-dynamischer Landwirtschaft, geschweige denn Spagyrik. Nicht einmal über Marketing und Werbestrategie scheint sie orientiert. Dieses sei »hip« und jenes sei »flop«, entscheidet sie in ihrer hohlen Sprache. Aus dem wohl buchstäblich hohlen Bauch heraus, denn sie isst kaum einen Happen.

Er würde gar zu gern die Zwischentüre schließen, um die Neue nicht mehr im Blickfeld zu haben, ihre gelegentlichen Selbstgespräche: »Oups, was's das denn?«, begleitet vom Quietschen ihrer Plastikpantinen nicht mehr zu hören. Doch unvermittelt die Türe zuzumachen, wäre unhöflich. Unhöflichkeit ist nicht Hans-Bernwards Art.

Er könnte sie fragen, ob er ihr einen Zichorie-Trunk oder einen Grüntee aus der Kantine mitbringen solle, da er ohnedies beabsichtigt, sich dort etwas zu trinken zu holen. Dann könnte er nämlich die Tasse mit einem freundlichen Kopfnicken – ›Sie sind selbstverständlich eingeladen, Frau Rosenkranz!‹ – bei ihr absetzen, wie aus Versehen die Türe schließen. Und hätte seine Ruhe vor ihr. Doch sein Angebot dürfte keine Chance auf Erfolg haben. Schließlich ließ sie erst gestern wissen, dass sie sich am liebsten selbst mit einem Spezialgetränk aus Schwarztee und Bionade versorge. Tatsächlich bringt sie sich immer eine große bunte Picknickflasche mit undefinierbarer brauner Brause mit.

Ein klatschendes Geräusch aus dem Raum nebenan unterbricht Hans-Bernwards missliche Gedanken.

»Huch!« und »Autsch!«, stöhnt die Neue kaum verhalten.

Hans-Bernward sieht seine Chance. Nun kann er in allerritterlichster Manier seine Hilfe anbieten, anschließend die Tür zumachen. Ende des Problems.

»Haben Sie sich verletzt, Frau Rosenkranz?«

»Boah«, sagt sie, anstatt Antwort zu geben. Sie kauert über einem Ordner mit dem Schriftverkehr betreffs einer Apothekenfirma, die glaubte, ihre Hightech-Abnehmpülverchen vor der Wissbegier der Firma Hepp unter Androhung eines Rechtsanwalts verteidigen zu müssen. Ein absurder Briefwechsel, den Hans-Bernward vor gut einem Jahr zu führen hatte. Der Ordner sollte keinesfalls im Nebenraum stehen, der gehört in Hans-Bernwards Büro. Unter Verschluss gehört er.

In diesem Moment surrt das Telefon, vermutlich die Versandabteilung, die schon gestern irgendwelche Prospekte gesucht hat ... Er bückt sich, um den Ordner aufzuheben. »Ach, möchten Sie bitte mal rangehen, Frau Rosenkranz!«

»Möchte ich nicht. Ist ja Ihr Telefon!«, entgegnet sie bescheiden, als habe sie nur den Griff in eine Keksschachtel dankend abgelehnt. Wendet sich umgehend wieder den gehefteten Papieren zu, blättert fasziniert vor und zurück.

Impertinent ist sie auch noch! Hans-Bernward geht, um den Hörer abzunehmen, meldet sich mit knappem »Ja« und beschwichtigt die Versandabteilung: »Natürlich sind noch Prospekte da. Und zwar – äh – im Keller, links, hinten, rechts unten ...«

»Ist ja toll!«, empfängt ihn die weiterhin am Boden kauernde Neue mit aufgerissenen Augen, nachdem er die Versandabteilung endlich losgeworden ist.

»Bitte, liebe Kollegin, dies ist eine völlig überkommene

und ohnedies gegenstandslose Korrespondenz.« Er entreißt ihr mit sanfter Gewalt den Ordner und klappt ihn zu. »Inzwischen einvernehmlich beendet.«

»Ja, stellt denn die Firma Hepp auch Abnehmsuppen her? Das wusste ich gar nicht.«

»Man sagt nicht Abnehmsuppen, das ist unwissenschaftlich. Es muss Diätmahlzeiten heißen.« Hans-Bernward atmet tief durch, ihm ist in seiner Wolljacke nun doch etwas warm geworden. »Und nein, es gibt nur eine kleine Forschungsanlage. Außerhalb. Ein winziges Tochterunternehmen, das auch von hier aus verwaltet wird. Ein Projekt, wenn Sie so wollen, mehr nicht.«

»Ein spannendes Projekt.«

»Finden Sie?«

»Aber hallo! Suppen, mit denen man erfolgreich abnehmen kann, sind doch ein Thema. Jeder Zweite ist übergewichtig, habe ich gerade wieder gelesen.«

Hans-Bernwards Blick fällt auf seinen Bauch. Von den beiden in diesem Raum befindlichen Personen ist er zweifellos der Zweite. Und damit in der Defensive. »Das Projekt befindet sich in der Versuchsphase«, sagt er und macht eine wegwerfende Handbewegung. »Ob etwas daraus wird, wissen wir nicht. Und dieser Briefwechsel gehört eigentlich in mein Büro …«

Die Neue lässt nicht locker: »Finde ich toll, dass die Firma sich an so was ranwagt«.

Hans-Bernward windet sich. »Eigentlich widersprechen solche Produkte dem Vollwertgedanken, dem sich die Firma Hepp von ihrem tradierten Selbstverständnis her verpflichtet fühlt. Deshalb zunächst die Auslagerung des Projekts nach Tschechien. Bei der entsprechenden Reife der Rezeptur wird man dann prüfen, inwieweit sie in Bio-Qualität übertragbar ist.«

Die Rosenkranz scheint nicht zuzuhören. »Gibt's schon ein paar – äh – Diätmahlzeiten, die man probieren könnte? Ich würde mich jederzeit zum Testessen zur Verfügung stellen.«

»Unmöglich. Das Produkt kommt ausschließlich für Übergewichtige infrage.«

Sie sagt nichts, schaut ihn ernst an und rasch weg. Hans-Bernward weiß, was sie denkt. Vielleicht sollte er besser auf seinen Nachmittagskuchen verzichten, eine Weile wenigstens.

Da dreht sie sich um. Ihre Augen blitzen. »Und Sie? Wollen Sie nicht selbst einmal ...?«

Nein, sie muss den Satz nicht zu Ende formulieren, ehe er dazwischenfunkt: »Danke für die freundliche Empfehlung, Frau Rosenkranz. Die Produkte werden von einem unabhängigen Forschungsinstitut in einer wissenschaftlich überprüfbaren und nachvollziehbaren Weise getestet. An einer sicherlich ausreichend großen Zahl freiwilliger Personen.«

Hans-Bernward hat Mühe, seine Empörung zu verbergen. Doch wenigstens hat er jetzt einen Anlass, die Zwischentür zuzumachen. Er klemmt sich den Ordner unter den Arm, will den Ort seiner Schmach hoch erhobenen Hauptes verlassen – da rollt Hermann Hepp durch die Tür, geschoben von der Chefin selbst.

»Wir möchten der Belegschaft herzliche Grüße von Valentin ausrichten, der ja auf Pilgerreise in Nordspanien unterwegs ist«, sagt Gudrun fröhlich.

Der Senior nickt, als habe er selbst den Text verfasst, den sie nun vorträgt.

»Es geht ihm, abgesehen von einer Blase an der Ferse, sehr gut«, erzählt Gudrun weiter und schmunzelt dazu. Von der misslichen Situation der Firma derzeit wisse Valentin natürlich nichts, versichert sie und bittet die Belegschaft, ihm diesbezüglich auch keine Nachrichten zukommen zu lassen. Valentin solle seine Reise in vollen Zügen genießen.

»Das versteht sich«, sagt Hans-Bernward und hebt emphatisch beide Hände.

Die Rosenkranz lächelt gleichmütig.

Da beugt sich Gudrun zu Hermann hinab, dicht an sein linkes Hörgerät heran. »Schau, Onkel Hermann, unsere just eingestellte Mitarbeiterin der PR-Abteilung, Frau – äh – Rosenkranz ...«

Der Senior starrt sie an. Die Neue weicht zurück, scheint ungewohnt verlegen.

Wohl deshalb fährt Gudrun rasch fort. »Frau Rosenkranz, Sie werden unseren Jubilar schon erkannt haben, nicht wahr? Sie sehen den Mitbegründer unserer Firma, denjenigen, dem wir die Grundrezepte für unsere vorzüglichen Produkte verdanken ...«

»Rosa«, haucht er wie entgeistert, manövriert sich in seinem Rollstuhl auf die Neue zu, ergreift zitternd ihren rechten Arm.

»Karoline Rosenkranz – ein schöner Name, nicht wahr, Onkel Hermann?«

»O ja!«, sagt er, streichelt die zierliche Hand, als handele es sich um ein aus dem Nest gefallenes Vögelchen. »Ich begrüße Sie ganz herzlich im Namen der Familie Hepp!«

Gudrun sieht drein, als sei schon wieder ein Zündsatz hochgegangen.

Der Alte strafft sich. »Bitte besuchen Sie mich bald in meinem Kontor«, sagt er unvermittelt und ganz im Tonfall des Patriarchen, den Hans-Bernward einmal gut gekannt hat. »Sehr bald sogar, morgen früh! Ich, ja, ich ersuche Sie darum!«

Mit schlappen Knien und flauem Magen folgt Karo der Chefin zum Wohnhaus, wo Hermann Hepp sein »Kontor«

unterhält. Hat der Alte sie erkannt? Warum will er sonst mit ihr reden? Was, wenn er auspackt? Wenn er erzählt, dass sie am Tag des Anschlags in sein Schlafzimmer eingedrungen ist? Dann ist sie ihren Job gleich wieder los. Womöglich mobilisieren die Hepps die Staatsanwaltschaft: Hausfriedensbruch, Vorspiegelung falscher Tatsachen ... und als Folge Berufsverbot, vielleicht Geldstrafe. Knast?

Noch scheint die Chefin keine Ahnung zu haben. Geht federnden Schritts in ihren Klettverschluss-Sandalen voran, entschuldigt sich für die Blumenrabatten, die etwas vernachlässigt seien, da der mit der Pflege beauftragte Betrieb derzeit komplett Urlaub nehme. Nun sei der Rittersporn von Mehltau befallen und der Helianthus zeige verkrüppeltes Blattwerk. »Ein Jammer«, seufzt sie in spöttischer Überzeichnung der Lage.

Karo tut interessiert, scrollt die Beete mit den Augen ab, unterbricht mit gelegentlichem »Ach ja« und »Ach so«, hält ansonsten die Klappe, zumal sie keine Ahnung hat, welches von all den bunten Gewächsen ein Rittersporn und was ein Helianthus ist. Erst mal ruhig bleiben und abwarten, beschließt sie. Schließlich gilt der Alte als ein bisschen ballaballa und sie kann alles abstreiten. – ›Oh, nein‹, könnte sie beteuern, ›ich habe das Haus nie betreten. Wie könnte ich! Wurde ich doch von der Redaktion früh zurückberufen. Er verwechselt mich‹, könnte sie sagen und allergrößte Verwunderung vortäuschen.

Da! Zu Karos Entsetzen prescht ihnen Retrieverdame Trixi entgegen, springt Karo an, leckt ihr die Hand.

Gudrun Hepp zeigt freudiges Erstaunen: »Trixi scheint Sie sehr zu mögen.«

»Ich mag Hunde auch gern«, lügt Karo, wischt die nassen Finger unauffällig an der Rückseite ihres Kleids ab. »Besonders solche großen und – ähemm – lebhaften.«

Am Wohnhaus angekommen, müht sie sich, das sie ständig mit der Schnauze anstupsende Viech zu ignorieren und in den Small Talk der Chefin einzusteigen. Lobt die imposante Dachkonstruktion, die originelle asymmetrische Anordnung der Fenster, den grüßenden Sandsteinjüngling am Portal …

Gudrun Hepp quasselt wie eine Fremdenführerin, erzählt von einem begnadeten Konstrukteur, der darum bemüht war, die anthroposophische Bauweise mit Jugendstilelementen zu versöhnen. Das Haus stehe daher unter Denkmalschutz, was natürlich seine Umgestaltung nach energiesparenden Kriterien etwas erschwere, um es präziser zu sagen: extrem verteuere. Dabei kippt der weißblonde Helm schelmisch zur Seite, die graublauen Augen blitzen hinter dem Visier.

Karo lächelt artig, richtet ihren Blick wieder auf den Sandsteinjüngling und gibt Trixi einen Stups, um sie endlich auf Abstand zu halten.

Trixi winselt leise, leckt Karo die Finger.

»Guuuter Hund!« Karo folgt der Chefin durchs Entree in einen sechseckigen, von trübem Glasmosaik bedachten Innenhof in Hermann Hepps Kontor.

Der scheint sie schon zu erwarten, thront im Nadelstreifenanzug samt Weste und Fliege hinter einem von Büroutensilien spärlich bedeckten dunklen Schreibtisch. Deutsche Eiche, mindestens. In Fensternähe plätschert ein Zimmerspringbrunnen aus hellem Speckstein, verbreitet Blumenduft. Von der Stirnseite des Raums leuchtet ein impressionistisch getüpfeltes Aquarellgemälde herüber, zeigt eine Schar nackter Frauen, die einen Reigen auf blühender Wiese vollführen. Im Hintergrund eine Herde Schafe und ein Rudel Wölfe – allesamt grasend.

»Herzlichen Dank für Ihren Besuch, mein Fräulein, bitte

nehmen Sie Platz!«, sagt Hermann Hepp und weist mit einladender Geste auf eine weniger einladend aussehende Sitzgelegenheit mit fadenscheiniger Polsterung.

»Trinken Sie einen Tee mit mir?« Er blickt an Karo vorbei, gibt seiner Nichte einen Wink.

»Ja, bitte, danke …«, sagt Karo, froh, sich setzen zu können, denn ihre Knie schlottern vor Aufregung. Tapfer nimmt sie die lose Sprungfeder in Kauf, die der Polstersessel in ihren Po drückt. Trixi legt sich ihr zu Füßen.

Die Chefin persönlich organisiert die Bewirtung, ruft den Pfleger herbei, während Hermann Hepp »das Fräulein« kommentarlos mustert. Karo hat, um sich den Bekleidungskonventionen in der Firma Hepp anzupassen, ein graues Leinenkleid bei eBay ersteigert, für sage und schreibe zwei Euro plus Portokosten, Größe zweiundvierzig, also viel zu weit, dafür mit einem zerschlissenen Bindegürtel im Rücken. Sie musste bloß den Saum abschneiden und ausfransen, sich ein paar anthrazitfarbene Leggins dazu besorgen. In der Kombination würde sie sich glatt auf einen Laufsteg wagen.

Der Pfleger ist offenbar auch als Hausdiener engagiert. Er bringt eine Thermoskanne und zwei Teegedecke herein, cremeweißes Porzellan mit blauem Rand, wobei die Tassen beidseitig Henkel aufweisen. Dazu gibt es einen Teller mit Pralinen.

Hermann Hepp betrachtet das Arrangement, nickt eine Spur zu hoheitsvoll. »Gudrun, mein Herz, du hast sicher zu tun, nicht wahr? Du darfst uns allein lassen.«

Die Chefin scheint keineswegs verärgert, eher erleichtert. Keine zwei Minuten nach ihrem Verschwinden erklingt Klaviermusik.

Hermann Hepp rückt Karos Gedeck ein Stück näher zu ihr hin. »Bitte wundern Sie sich nicht. Ich benötige, um eine volle Tasse in Balance halten zu können, neuerdings zwei

Henkel. Nun hat meine Nichte ein ganzes Service dieser Art anfertigen lassen, wohl aus Rücksicht auf meine Gefühle. Sie ist ein Goldschatz, wissen Sie, möchte mir bei Tisch den Sonderstatus des Tattergreises ersparen.«

»Ich – äh – finde das Service sehr hübsch. Und – tja – praktisch«, sagt Karo und wundert sich über den Schalk in den faltigen kleinen Augen des Seniors. Also hat er sie doch erkannt, wird sie aber nicht verraten? Oder er ist auch so ein Ironiebolzen wie seine Nichte?

»Und Sie heißen Ros…?«

»Rosenkranz. Das ist mein Nachname.«

»Ein jüdischer Name, nicht wahr?«

»Ach ja? Fänd ich interessant! Aber ich glaub nicht. Meine Verwandten sind alle evangelisch oder katholisch. Oder gar nichts.«

Sein Kinn zittert, er schließt die Augen. »Seien Sie vorsichtig«, raunt er. »Den Nazis sind konvertierte Juden erst recht verdächtig.«

Karo weiß nicht, was sagen. Hat nie was von jüdischen Ahnen gehört. Bloß von einer orthodoxen Seitenlinie, die den Kontakt zum Rest der Familie abgebrochen hat. – Und überhaupt, was fragt er solche Sachen? Sie lächelt abwartend.

»Bitte nehmen Sie ruhig von dem Konfekt!«

Karo mustert den Teller mit Pralinen, summiert gute dreitausend Kilokalorien.

»Nehmen Sie nur!«

Sein Ton lässt keinen Widerspruch zu, Karo greift sich eine mit Kokos ummantelte Kugel heraus, beißt ein paar Raspeln ab und lässt den Rest zu Boden fallen, direkt vor Trixis Schnauze.

Der Senior nimmt sich eine dunkle Praline mit aufgeklebter Pistazie, kaut langsam, als denke er nach. »Diese Tätowierung auf Ihrem Arm. Darf ich sie mir näher ansehen?« Ohne die Antwort abzuwarten, beugt er sich über den Schreibtisch, äugt durch seine Goldrandbrille, verengt den Blick und liest atemlos: »A … C … Schrägstrich … D … C …«

»Ach das!«, sagt Karo. Sie hat sich vor ein paar Jahren den Namen der Hardrock-Gruppe in Rot und Blau auf den Oberarm stechen lassen. »Das ist total alt. Ich will es schon lange wegmachen lassen, aber so was ist aufwendig und teuer.«

Er sinkt zurück in seinen Rollstuhl, schließt schon wieder die Augen, schweigt. Schweigt lange. Eine Ewigkeit.

Guter Manitu, denkt Karo, was mach ich, wenn er jetzt stirbt?

Sie lauscht auf das Klavierspiel von nebenan. Zartes helles Geklimper, passend zum Plätschern des Zimmerspringbrünnleins. Karo entspannt sich, die Chefin wäre zur Not gleich greifbar.

Endlich wird der Senior wieder munter. »Und Ihr Vorname?«

»Karoline.«

»Das ist gut. Ja, sehr gut! Hervorragende Namenswahl. Vielleicht etwas altmodisch. Karoline hieß eine uralte Tante von mir.«

Karos Kaffeebecher kippelt trotz der zwei Henkel. Unter der uralten Tante dieses uralten Mannes kann sie sich nicht mal mehr ein Häuflein Knochen vorstellen. »Nennen Sie mich Karo, das tun die meisten.« Sie senkt den Blick und registriert mit Erleichterung, dass die Praline zu ihren Füßen verschwunden ist. Trixi hat ihre Schnauze auf Karos Pumps abgelegt.

Hermann Hepp wiegt den Kopf. »Bitte verstehen Sie mich nicht falsch. Ich spiele gerne Karten. Dennoch möchte ich Sie lieber Karola nennen. Ja, Karola. Das klingt schick und modern, nicht wahr?« Er schnalzt mit der Zunge, um anzudeuten, wie modern er den Namen findet.

Karola – auch das noch! Karo muss an die Dutt-Trägerinnen auf den Werbeprospekten der Firma denken. Doch warum soll man einem so alten Mann nicht einen vielleicht letzten Wunsch erfüllen. »Na gut«, sagt sie.

Er zwinkert ihr zu, nimmt einen Schluck aus seiner Tasse, setzt sie behutsam ab und faltet die Hände auf der Schreibtischplatte. Über den knochigen Handrücken mit wurmdicken Adern zieht sich eine Haut wie zerknittertes Seidenpapier. Karo sieht rasch weg.

Das Geklimper im Nebenraum wird lauter. Rasche Läufe die Tonleiter hinauf, immer heller, immer schneller: *Bi-bi-bi-bi-bi-bi* ... Dazwischen ein anschwellendes *Bommm-bommm* ... Dunkle Ahnung ... Spannung zum Zerreißen ... Jäher Abbruch und ein grauenhaft dissonanter Donner – ganz so, als bearbeite jemand die Tastatur mit der Faust.

Karo fährt zusammen.

»Meine Nichte spielt ausgezeichnet Piano«, sagt der Senior.

»O ja!«

»Das Klavierkonzert von Edvard Grieg ist enorm schwer.«

»O ja«, wiederholt Karo. Wobei ihr auffällt, wie ähnlich ›Grieg‹ und ›Krieg‹ klingen. Ob sie den Alten mit einem Trick noch mal zum Ausrasten bringen soll? Vielleicht wird er sogar noch gesprächiger als beim letzten Mal. Lieber nicht! Oder doch? Schwups ist das Stichwort draußen: »Ja, Krieg ist echt heftig«, hört Karo sich seufzen.

»G-grieg«, sagt er. Die Augenlider senken sich nachsichtig. »Edvard Grieg schreibt sich mit einem G. – Sie verstehen nicht viel von Musik, nicht wahr?«

Karo denkt an ihre vergeblichen Versuche, im Alter von sieben, acht Jahren ihrer Blockflöte ein verifizierbares *Fuchs-du-hast-die-Gans-gestohlen* abzuringen. »Von klassischer Musik wenig«, bekennt sie.

Ein erneut anschwellendes *Bommm-bommm,* nebst davoneilendem *Bi-bi-bi-bi-bi-bi,* gefolgt von dissonanten Donnerschlägen, füllt die nächste Gesprächspause.

»Meine Nichte hätte sich für ihren ersten öffentlichen Auftritt seit Jahren etwas Leichteres aussuchen sollen. Bach oder Händel hätten es auch getan. – Sie spielt nämlich ganz ausgezeichnet Piano.«

»Das glaube ich gern«, sagt Karo und sucht den Raum nach einem neuen Thema ab. Einem Thema, das es ihr möglich macht, aufzustehen und damit dem Sessel mit der Sprungfeder zu entkommen, die sich immer schmerzhafter in ihren Po drückt. Über einem Büchersideboard, in dem sich ein mehrbändiges Lexikon in Leder breitmacht, entdeckt sie eine Galerie Fotos.

»Das ist ja unverkennbar Frau Hepp«, ruft Karo und stürzt hin. Die meisten Bilder zeigen die Chefin als Baby, als Teenager, als Frau Mitte zwanzig, Anfang dreißig ... Karo staunt. Eine super Figur hatte Gudrun Hepp, fast Modelmaße, üppiges weißblondes Haar. Aber schon immer diesen ironischen Zug um den Mund, mit dem sie sich – absichtlich oder nicht – die Männer vom Leib gehalten haben dürfte.

»Ja, unsere Gudrun. Als sie ein Kind war, wollte sie Konzertpianistin werden. Stellen Sie sich vor, Fräulein Karola, Konzertpianistin! So eine brotlose Kunst! Nachdem Gudrun die Firma übernommen hatte, spielte sie kaum noch. Und nun gleich Griegs Klavierkonzert. Viel zu schwer, finden Sie nicht?«

»Und von wann ist diese Aufnahme?« Karo deutet auf ein Gruppenfoto in Waldlandschaft mit dem schon grauhaarigen, aber deutlich jüngeren Senior. Wie ein Klassenlehrer steht er links hinten im Bild, sehr aufrecht, würdig dreinblickend und alle überragend.

»Ach, das ist erst ein paar Jahre her! Es ist sicher auf der

Rückseite notiert. Solche Dinge hat meine Sekretärin immer ordentlich eingetragen. – Haben Sie saubere Hände?«

»Aber ja«, sagt Karo, denkt an Trixis Leckeinheiten und wischt ihre Finger unauffällig am Saum ihres Kleids ab.

»Dann dürfen Sie nachsehen!«

Sie nimmt das Bild von der Wand, schwingt sich aufs Sideboard, betrachtet in Ruhe die Gesichter. Da ist wieder Gudrun Hepp, hier schon mit Helmfrisur und sichtlich schlechter Laune. Neben ihr unverkennbar de Beer, verklemmt grinsend mit erstem Bauchansatz, und Bärbel Fried mit Fisselmähne, glupschäugig, wenig anders als heute. Karo dreht das Bild um, besieht sich den Rahmen, liest laut vor: »Betriebsausflug zum Donnersberg, im Juni 1981. Das ist schon dreißig Jahre her!«

»Sag ich ja, erst ein paar Jahre.« Er nickt bedächtig.

Karo kann nicht anders, als laut aufzulachen.

Seine Äuglein umgeben sich mit einem Strahlenkranz.

Karo muss noch eine Praline nehmen. Und dann noch eine.

Sie ist zurück, Hermann. Was sagst du dazu! Als ob nie was gewesen wäre, scharwenzelt sie hier herein, hopst auf die alte Bücherkommode und baumelt mit den Beinen. Genau wie früher! Fragt einem ein Loch in den Bauch und lacht über jeden dummen Scherz. Es ist das gleiche silberhelle Lachen wie damals, im Sommer 36, als wir mit unseren Motorrädern nach Nierstein gefahren sind. Weißt du noch? Sie trug das weiße Kleid mit den Häkelspitzen am Ausschnitt und um die Knie. Der Rock rutschte hoch, als sie auf dem Sozius saß, und ließ ihre schimmernden Strümpfe sehen. Du hast die Augen verdreht und gewitzelt, dass du bei so einem Anblick ja nicht auf den Verkehr aufpassen kannst. Und sie hat dich auf den Mund geküsst und gesagt: Verkehr ist sowieso erst nach der Hochzeit. Dann muss man nicht mehr so doll aufpassen.

Dabei hat sie so herrlich hell und fröhlich gelacht. Und du hast mitgelacht, Hermann, so unbändig und laut, dass die Leute in der Straße an ihre Fenster getreten sind und die Köpfe geschüttelt haben. Nicht weil ihr Scherz komisch war, hast du gelacht, sondern weil du glücklich warst. So über die Maßen glücklich. Du dachtest, sie hätte dir einen Wink geben wollen. Einen Wink, dass sie dich heiraten würde. Wenn du nur endlich den Mut hättest, sie zu fragen.

Rosa! Alle haben dich um sie beneidet. Dass sie Jüdin war, wussten wir damals noch nicht. Oder war es noch nicht wichtig?

Wie schön sie immer noch ist! Die meergrünen Augen, die fein geschwungene Nase, der üppige Mund – und doch sieht man ihr an, was sie erdulden musste. Abgemagert ist sie, blass, zittrig, ängstlich. Ihre herrlichen schwarzen Locken hat man ihr mit einer stumpfen Schere abgeschnitten, unebene Zipfel stehen vom Kopf ab, alles Haar ist verklebt wie lange nicht gewaschen. Ein zerschlissenes graues Kleid trägt sie. Sträflingskluft. Und eine eintätowierte Lagerbezeichnung: AC/DC. Diese elenden Nazischweine! Nichts ist ihnen heilig, nicht einmal die Schönheit einer so jungen Frau.

Sie möchte jetzt Karola genannt werden, stell dir das vor, Hermann. Karola, das ist gut! Das ist ein zweifelsfrei germanischer Vorname. Und wir werden sie nicht verraten. Nein, nicht noch einmal verraten. Wir werden sie aufnehmen. Gudrun wird sich darum kümmern. Wir sind ihr so viel schuldig, nicht wahr, Hermann, so viel schuldig. Sie soll sich satt essen dürfen, wir werden ihr die Haare legen lassen und elegante Kleider für sie bestellen. Die Tätowierung lassen wir entfernen. Das ist möglich heute. Wir übernehmen die Kosten. Das ist gar keine Frage!

Was faselst du da, alter Kretin! Siehst wieder Gespenster. Immer siehst du die alten Gespenster. Es kann nicht Rosa sein. Rosa ist tot! Wenn Rosa leben würde, wenn sie das alles überlebt hätte, dann wäre sie jetzt – zweiundneunzig wäre sie dann.

Oder?

Auch böse Mädchen können nicht immer Nein sagen. Zum Beispiel dann nicht, wenn eine Nachbarin um Begleitung zu einem unangenehmen Termin bettelt.

»Hab eine schriftliche Vorladung bekommen«, greint Bea und blickt noch düsterer als sonst.

»Echt? Von der Polizei?«

»Quatsch, von dem Heim, in dem Mira hockt.«

Karo lässt sich das geschäftsbriefmäßig im Langformat geknickte Blatt Papier reichen, liest und kann nicht anders als den Kopf schütteln. »Das ist doch nichts! Sie fordern dich total freundlich auf, den Elternsprechtag wahrzunehmen. – Warst wohl lange nicht da?«

»Du hast keine Ahnung, wie das runterzieht, das ganze pflegeleichte Inventar, die Kleckselmalereien, das Gekreische und Gehopse ...«

»Hat man doch in jedem Kindergarten.«

»Aber es ist nun mal kein Kindergarten«, jammert Bea. »Sind alles große Kinder, die meisten noch älter als Mira. Und lallen und heulen rum. Tragen Windeln wie Kleinkinder.«

»Mira aber nicht!«

»Dafür tut sie, als ob ich Luft wäre.«

»Das ist nun mal ihre Krankheit. Wo ist das Problem?«

»Bitte komm mit, du bist doch meine Freundin!«

Karo hat nie darüber nachgedacht, ob Bea ihre Freundin ist, hätte die Anfrage – außerhalb von Facebook – garantiert verneint. Aber warum soll sie ihr nicht den Gefallen tun? »Okay«, sagt sie, »wenn du dafür versprichst, für den Rest des Tages clean zu bleiben.«

»Danke!« Bea deutet ein Lächeln an.

Die Heimleiterin allerdings zeigt sich von Karos Auftauchen wenig begeistert, hatte nur mit der Mutter gerechnet.

»Ich bin die Tante, väterlicherseits«, behauptet Karo.

»Tja, wissen Sie, dies ist ein Elternsprechtag und ... «

»Tja, wissen Sie, Mira hat sonst keine Verwandtschaft. Und ich würde mich gern davon überzeugen, dass meine Nichte hier gut aufgehoben ist.«

Frechheit siegt, behauptet Karos Vater immer. Und diesmal stimmt es sogar. Die Heimleiterin lenkt ein: »Wenn die Mutter einverstanden ist.«

Bea hat das Gespräch mit offenem Mund verfolgt. Stammelt endlich: »Bitte ... danke ... ja!«

Die Heimleiterin beginnt, mit gespielt guter Laune, ein kleines Sündenregister aufzuzählen, denn Mira sei keinesfalls so pflegeleicht, wie es vielleicht den Anschein habe. Das Kind nehme immer wieder Schachbretter aus dem Gemeinschaftsraum mit und verstecke sie in ihrem Bett. Mira habe neulich einen Autoatlas aus dem Verwaltungsbüro entwendet und mittels einer Schere in kleine Stücke geschnitten. Sie sei mehrmals in der Nacht aus ihrem Bett entwichen, auf den Dachboden geklettert, um dort weiterzuschlafen. Sodass man diesen aus eben jenem Grund nun immer abschließen müsse. Und dann der unvermutete Ausflug in den Kaiser-Wilhelm-Ring, wo man sie aus der Wohnung einer Nachbarin habe holen müssen ...

Bea lässt den Sermon kleinlaut über sich ergehen. Karo grinst, tätschelt ihr die Hand.

Aber es gebe auch Erfreuliches zu berichten, fährt die

Heimleiterin mit angestrengtem Lächeln fort. Mira könne nämlich lesen.

»Sie kann was?« Beas Augäpfel verdoppeln ihre Größe.

»Es ist mehr als nur Lesen.« Die Heimleiterin tut geheimnisvoll, tippt in die Sprechanlage und beordert eine junge Therapeutin mit Doktortitel zu sich, die Bea und Karo in den Gruppenraum führt. Dort wartet Mira schon an einem der Tische. Ihre dunklen Kringellocken sind heute zu einem artigen Zopf im Nacken gebunden, der Blick irrlichtert wie immer im Raum umher, scheinbar an allen Personen vorbei.

»Mira, komm zeig deiner Mama und deiner Tante mal, was du kannst!«

Mira senkt den Kopf, ein Hauch von Röte überzieht das blasse Gesicht.

Die Therapeutin holt eine Registrierkiste aus der Bürowand, offenbar eine Kiste speziell für Mira. Ihr Name und ihr Geburtsdatum, der 8. März 2003, sind auf dem Rücken des Kartons notiert.

Miras Haltung strafft sich zusehends.

»Und nun zeig uns mal, wie du liest«, sagt die Therapeutin und reicht Mira ein Kärtchen mit der Aufschrift *Baum* in Druckbuchstaben. Mira greift in die Kiste, zieht nacheinander ein gutes Dutzend Fotos heraus, auf denen Linden, Buchen, Platanen, Tannen abgebildet sind, dann eine kindliche Darstellung von einem Baum mit dickem Stamm und grüner Haube, die Piktogramme eines Laub- und eines Nadelbaums, zuletzt ein weiteres weißes Kärtchen, auf dem das Wort *Baum* in Schreibschrift steht.

»Sehen Sie, sie kann nicht nur lesen, sie kann auch abstrahieren, also verschiedene Arten von Bäumen und deren Darstellung einander zuordnen.«

Beate und Karo verfolgen gespannt, wie sich ein ähnliches Spiel beim Wort ›Haus‹ wiederholt. Mira zieht alles aus der

Kiste, was ein Haus darstellt, von der Wellblechhütte über das Wohnsilo einer Trabantenstadt und den Luxusbungalow bis hin zum Schloss Bellevue. Sogar das Haus-vom-Nikolaus-Piktogramm, das Kindern zum Ausprobieren ihrer logistischen Fähigleiten dient, ordnet sie zu. Einen Fliegenpilz, der nach kindertümelnder Zeichnung zwei Fensterchen, eine Tür und einen rauchenden Schornstein aufweist, räumt sie beiseite. Ebenso eine Hundehütte und das Foto eines bunten Zelts, in dem Kinder spielen. Die Therapeutin legt beide zum Stapel mit den realistischen ›Häusern‹, doch Mira greift sie wieder raus und wirft sie zu Boden.

»Sie sehen, Ihre Tochter lässt nur echte Häuser und Haussymbole gelten, also wirkliche Bedeutungsbezüge. Fantasiegebilde gehören für Mira nicht dazu. Das ist ungewöhnlich für eine Achtjährige.«

Bea zuckt die Achseln. »Dass Mira ungewöhnlich ist, ist ja der Knackpunkt.«

Die Therapeutin bleibt unbeeindruckt. »Ich habe mich vermutlich nicht klar genug ausgedrückt. Mira hat die Differenzierungs- und Abstraktionsfähigkeit einer Erwachsenen. Einer überdurchschnittlich intelligenten Erwachsenen.«

Bea zittert, greint. »Ich würde sie so verdammt gern streicheln. Darf ich sie nicht mal streicheln?«

»Besser nicht. Mira reagiert sehr empfindlich auf Berührung. Sie erlebt ein Streicheln wie andere Menschen eine Sturmböe. – Aber daran arbeiten wir auch.«

Karo hat begriffen: »Beherrsch dich, Bea! Das wäre kein gutes Ende für diese wirklich nette Veranstaltung. Geh aufs Klo und beruhige dich.«

Beate gehorcht. Dann folgt der übliche Abgesang: Händeschütteln. Danke schön. Hat mich gefreut. Wiedersehen!

»Sie dürfen beim nächsten Mal gern wieder mitkommen«, raunt die Heimleiterin Karo zu.

Karo steuert ihren Golf durch die Innenstadt, Bea hockt neben ihr, hat sich offenbar in den Waschräumen des Heims was eingeworfen.

»Hast du das gehört? – Sag mal: Hat die echt was gesagt von ›einer überdurchschnittlich intelligenten Erwachsenen‹? Das hat die doch gesagt, oder?«

»Hat sie«, versetzt Karo möglichst trocken.

Bea beginnt, einigen imaginären Zuhörern im Fond des Wagens von ihrer Tochter zu erzählen. »So wunderschön ist sie und so wunderklug … Ihre Lehrerin ist von ihr begeistert. Dass sie ein bisschen eigen ist, dass man sie nicht mal streicheln darf …« Bea schluchzt schon wieder.

»Na und«, sagt Karo. »Und außerdem arbeiten sie dran.«

Montagmorgen, Karo hat verpennt. Um 9.20 Uhr betritt sie mit wehenden Rockschößen ihres neuen Baumwoll-Trenchcoats den Verwaltungsflügel der Firma Hepp. Sie wappnet sich gegen mögliche verdrießliche Bemerkungen mit der Ausrede, dass ihre pflegebedürftige Großmutter gestürzt sei, verpflastert und mit homöopathischen Kügelchen habe versorgt werden müssen und so weiter. Zum Glück nimmt niemand von Karo Notiz, geschweige denn von ihrer Verspätung.

Den Grund erfährt Karo erst, als sie in de Beers Büro kommt: Es gebe eine neuerliche Katastrophe zu beklagen, die das Unternehmen bereits am Freitagabend ereilt habe. Nein, keine Explosion sei es diesmal, sondern eine Art medialer Fallout: Die Tomatensuppe *Hepps Beste* hat bei dem Test des Verbrauchermagazins *gesund genießen* die Note ausreichend verliehen bekommen.

»Diese Schande ist jetzt an jedem Kiosk nachzulesen.« De Beer schiebt seine Unterlippe in Richtung Nase, während er den vergilbten Papierstapel auf seinem Schreibtisch zu sortieren versucht.

Personalbeauftragte Bärbel Fried verteilt heute eigenhändig und -füßig die Post, schenkt allen, denen sie begegnet, einen dramatischen Aufschlag der Augen und die Bemerkung, dass sie es schon immer geahnt habe.

Karo würde verdammt gern den Artikel lesen, aber die neue Ausgabe liegt vorerst beim Geschäftsführer auf dem Tisch, bewacht von Chefsekretärin Frau Meister.

»Was hatten die Tester denn auszusetzen?«, will Karo wissen.

De Beer unterbricht sich beim Sortieren, lehnt sich vor, als verrate er Karo ein Geheimnis: »Beanstandet werden zum einen der Geschmack ...«

Karo nickt. Die Grünkernsuppe, die sie sich neulich abends aufgebrüht hat, war bloß mit viel Salz und Chilipulver essbar.

»... und zum anderen der Zusatz von Hefeextrakt.«

»Hefeextrakt? Wozu ist der drin?«

»Um den Geschmack zu verbessern!«

»Aha!«, sagt Karo und überlegt, ob sie wegen der laxen Antwort beleidigt sein soll oder ob ein Tick Logik darin stecken könnte. Immerhin hat de Beer von solchen Sachen Ahnung.

»Hefeextrakt, also ein Extrakt aus Hefe?« Karo fallen die bleigrau schimmernden Würfel ein, die ihre Oma früher beim Kuchenbacken zerbröckelte und in Milch auflöste. Vermischt mit viel Mehl, Ei und Zucker war der Teig essbar. Das rohe graue Zeug dagegen roch und schmeckte, wie es aussah: scheußlich. »Vielleicht kann man die Hefe weglassen und was anderes drantun, Chili oder so?«

De Beers Augenbrauen heben sich. »Liebe Frau Rosenkranz, bitte wenden Sie sich mit Rezeptvorschlägen direkt an die Entwicklungsabteilung. Ich habe im Moment keine Zeit, mich näher damit zu befassen.«

»Mach ich«, sagt Karo und will das Stichwort Hefeextrakt in das Memo ihres Smartphones eintippen, als die Lautsprechanlage dazwischenfunkt: Herr de Beer und Frau Rosenkranz möchten in die Entwicklungsabteilung kommen – aus aktuellem Anlass.

Eine derart prompte Chance, eine ihrer Ideen anzubringen, bekommt Karo selten. Sie steckt ihr Phone in die Hosentasche und wischt durch die Tür.

»Warten Sie«, ruft de Beer. Er muss seinen Notizblock suchen.

Die Entwicklungsabteilung ist innenarchitektonisch gesehen eine Enklave des Labors. Statt des in der Firma üblichen goldbraun gemaserten, nach Bienenwachs duftenden Kiefernholzes dominieren kalkweißer Kunststoff und Krankenhausgerüche.

Drei junge Männer, bekleidet mit weißen Kitteln, bis in die Stirn gezogenen Plastikhäubchen und geraffeltem Mundschutz, versinken zwischen Mikroskopen, Phiolen und Reagenzgläsern und scheinen bemüht, die Auseinandersetzung zwischen Geschäftsführer Rolf Westenberger und Laborleiter Willi Weber zu ignorieren. Weber, ein untersetzter Mittvierziger, steht trotzig wie der Stumpf einer gefällten Eiche im Zentrum des Labors, ebenfalls weiß bekittelt, aber ohne Häubchen über der Halbglatze und den Mundschutz kriegerisch um den Hals geschlungen. Umringt wird er von der kompletten Chefetage und dem wie immer bemerkenswert aufrecht in seinem Rollstuhl hockenden Senior.

»Verstehen Sie doch, Herr Weber, es gilt, in den kommenden Wochen einer katastrophalen Umsatzeinbuße zu begegnen. Wir können uns angesichts dieser Wertung nicht einfach tot stellen«, erklärt Geschäftsführer Westenberger und schlägt dem Laborchef aufmunternd auf die Schulter.

Der dreht sich ungeschickt weg. »Hefeextrakt erfüllt zwar die gleiche Funktion wie ein synthetischer Geschmacksverstärker, ist aber ein vollkommen natürliches Produkt«, beharrt er. Sein Gesicht hat eine ähnliche Farbe wie *Hepps Beste* angenommen.

»Sagen wir eher, es handelt sich um ein Produkt auf Basis der Natur«, schlägt Westenberger vor, »das aber dem heutigen Anspruch an gute Zutaten nicht mehr voll entspricht.«

»Seit Jahrzehnten verwenden wir Hefeextrakt und niemand hat es je beanstandet ...«

Gudrun Hepp schüttelt ihre Helmfrisur, ungeahnte Haarzipfel verselbstständigen sich. »Herr Weber, Sie lesen offenbar nicht die Fachliteratur. Der Extrakt ist schon seit einiger Zeit in der Kritik. – Und warum soll ein Verzicht nicht möglich sein? Zu Zeiten der Firmengründung kam man auch ohne aus.«

Der Senior räuspert sich, kräht: »Als ich meinen Freund Werner Kollath 1940 in Rostock traf, sagte er zu mir, lasst unsere Nahrung so natürlich wie möglich, und so ...« Er bricht unvermittelt ab, als er Karo entdeckt.

Auch Gudrun Hepp wendet den Blick. Ihre Lider flattern. »Gut, dass Sie beide schon da sind. Hans-Bernward, bitte kümmere dich um eine Stellungnahme gegenüber der Redaktion *gesund genießen.* Frau Rosenkranz, formulieren Sie einen Newsletter, den wir an Groß- und Einzelhandel verschicken können.«

»Noch heute?«, fragt de Beer.

Statt einer Antwort entriegelt die Chefin den Rollstuhl des Seniors mit einem vernehmlichen Klicken. »Sie alle werden verstehen, dass mein Onkel nun etwas Ruhe braucht«, sagt sie. »Wir ziehen uns zurück.«

Der Senior winkt mit nach außen gedrehter Handfläche wie die Monarchen in alten Schwarz-Weiß-Filmen und lässt sich unter Mithilfe zweier Laboranten durch die Flügeltür und eine Rampe hinunter aus dem Verwaltungsgebäude bugsieren.

Newsletter? Karo fühlt sich hilflos wie selten, scheut nicht mal einen suchenden Blick zu de Beer. »Was schreiben wir denn? Ich meine: inhaltlich.«

De Beer seinerseits fixiert Geschäftsführer Westenberger, der seine Arme verschränkt hält und sinniert. »Nun, ehmmm …«

Laborleiter Weber spreizt sich: »Schreiben Sie: Die Kritik Ihrer Redaktion am Einsatz von Hefeextrakt ist hanebüchen und gegenstandslos.«

Westenberger reibt sich die Schläfe. »Nein, schreiben Sie: Wir nehmen Ihre Kritik ernst und bemühen uns um Abhilfe.«

»Schreiben Sie: Hefeextrakt ist eine unverzichtbare Zutat«, diktiert Weber.

»Nein, besser so: Wir überprüfen derzeit die Verzichtbarkeit von Hefeextrakt in all unseren Produkten …«

»Es gibt keine geschmacklich überzeugende Alternative«, ruft Weber dazwischen und haut auf den Arbeitstresen, dass die Reagenzgläser klirren.

Westenberger atmet hörbar durch: »Besser so: Wir bemühen uns – mit Blick auch auf unsere kritischen Kunden – intensiv um geschmacklich überzeugende Alternativen.«

Karo notiert sich sicherheitshalber beide Varianten. Und besinnt sich auf die Idee, die sie in de Beers Büro überfallen hat. »Was wäre, wenn man die Suppen statt mit Hefeextrakt mit was anderem würzt?«

»Ach, und mit was bitte?«, keift Weber.

Mit Chili oder Curry, will Karo sagen. Da fällt ihr gerade noch rechtzeitig Regel Nummer neun ihres Karriereratgebers ein: *Formulieren Sie Vorschläge nicht allzu konkret, sonst werden Sie angreifbar. Wählen Sie Ihre Worte stets so, dass Ihr Kontrahent sich selbst um Konkretion bemühen muss. So gerät er in die Defensive.* Also zuckt Karo die Achseln und sagt leichthin: »Vielleicht mit Würze?«

Weber steht starr, blinzelt nervös.

Die Steilfalten zwischen Westenbergers Augenbrauen vertiefen sich.

»Die junge Kollegin hat, finde ich, einen interessanten Vorschlag gemacht«, sagt einer der Laboranten, der seine Gläser beiseitegeräumt, Mundschutz und Plastikhaube abgenommen hat. »Die Originalwürze von Herrn Hepp war sicher frei von Hefeextrakt und Aromastoffen. Sie wäre zumindest von der Akzeptanz der Verbrauchermedien her eine Alternative. Wir könnten prüfen, ob sie wieder als geschmacksgebende Basis infrage kommt.«

Der Laborant ist maximal dreißig. Dunkle Löckchen, introvertierter Blick. Und was für einen sexy Dreitagebart er hat! Karo spürt eine lang nicht mehr gekannte Hitze in sich aufsteigen. Wie Justin Timberlake sieht er aus!

»Schau mal einer an, unsere beiden Neuen«, witzelt Westenberger. »Die zeigen uns die Innovationen auf!«

»Aber echter Gemüseextrakt käme zu teuer!« Webers Stimme kiekst.

»Erst mal lassen wir den jungen Mann ein Exposé erstellen, dann werden wir die Produktionskosten veranschlagen!« Westenberger gewinnt erkennbar seine gute Laune wieder. »Zehn bis zwanzig Cent pro Packung würde der Konsument durchaus akzeptieren«, meint er.

»Aber nur, wenn das Endprodukt geschmacklich dem Konsumenten besser schmeckt«, glaubt de Beer.

»Und wenn die Kalorien stimmen«, rutscht es Karo heraus.

Weber und Westenberger runzeln synchron die Stirn, de Beer fixiert die bauchigen Kappen seiner Lederhalbschuhe.

Nur der schöne Laborant scheint ungerührt. »Die Kalorien«, sagt er und strahlt Karo an, »dürften gar kein Problem sein.«

2

WEGGETRETEN

Jetzt fragen sie wieder nach deinen Rezepten, wie findest du das, Hermann? Suchen deine Aufzeichnungen überall, krempeln das Archiv um und um, fehlt noch, dass sie das Kontor auf den Kopf stellen. Ob es nicht einen geheimen Tresor gibt, wollen sie wissen. Sie haben wohl irgendwo vernommen, dass du deine Rezepte im Tresor verwahrtest. Du wusstest ja, was sie wert waren.

Mein Gott Hermann, wie viele Jahre Arbeit hast du dafür gebraucht? Sechs? Sieben? Noch mehr? Aus frischen Gemüseabfällen eine Würze zu entwickeln, mit der selbst die Wassersuppen der Tagelöhner und Arbeitslosen so kräftigend gelingen sollten, als habe man Rindfleisch darin gekocht. Das war dein Ziel, dein hehres Ziel. Eine vegetarische Variante zu Liebigs Fleischextrakt sollte es werden, vor allem aber eine gehaltvolle Alternative zu Maggis brauner Plörre. Nicht nur Geschmack, auch Substanz sollte Hepps Gemüsebouillon vorweisen. Dafür hast du gearbeitet. So viele Jahre!

Weißt du noch, die Laube? Damals war sie von lauter Blumenbeeten umgeben. Du hattest dir ein Versuchslabor darin eingerichtet. Zwischen die Düfte von Rosen, Lavendel und Jasmin mischten sich Schwaden von Rauch und Essensdämpfen. Zwiebel, Sellerie, Petersilienwurzel, Thymian … Nicht immer roch es angenehm. Die Eltern, die Geschwister nahmen keinen Anstoß. Im Gegenteil, sie waren neugierig auf das, was in dem zerbeulten alten Kochgeschirr auf dem Herd vor sich hin brodelte. Wenn die Töpfe schepperten, sich die Deckel vom Dampf hoben und Flüssigkeit austrat, sodass es auf der heißen Platte zischte, dann äugten alle durch die vom Dunst beschlagenen Scheiben und sahen dich, wie du mittendrin standst, Hermann, umnebelt, mit glühenden Wangen und an der Stirn klebenden Haaren. Unser Herr Vater ahnte damals schon, dass ein Geschäft damit zu machen wäre, wenn, ja wenn du Erfolg hättest. Es waren die seltenen Momente in deinem Leben, in denen er ein wenig Respekt vor dir hatte – ein wenig Respekt.

Du warst schon fast dreißig. Hast dich längst nicht mehr von ihm beeindrucken lassen. Wolltest weder ihn noch andere wirklich teilhaben lassen an deinen Experimenten. Ein Schild hast du an der Tür angebracht. *Betreten verboten. Unkundigen droht Lebensgefahr* – mit drei Ausrufezeichen dahinter. Das war natürlich übertrieben. Doch die Worte erfüllten ihren Zweck, denn sie hielten sogar unsere Großeltern auf Distanz, die deine Versuche eine Sünde und Gotteslästerung nannten und das Gartenhäuschen am liebsten ausräumen und verschließen lassen wollten. So aber begnügten sie sich damit, dich täglich in ihr Gebet einzuschließen.

Und dein Rezept gelang. Ja, es gelang! Hepps Gemüsebouillon schmeckte nicht nur hervorragend. Sie enthielt auch wertvolle Vitalstoffe, wie dir das Reichsministerium für Ernährung bestätigte. Max Otto Bruker und Werner Kollath kamen, um die Sensation zu begutachten. Und die Versuche mit Kranken zeigten, dass die nach Vorschrift bereitete Bouillon selbst Todkranken eine gewisse Linderung und Kräftigung brachte.

Immerhin hat dein Inventar den Krieg überstanden. Doch was bekamen wir, um die Kessel zu füllen? Nur Reste vom Acker, Hermann, altes überlagertes, verschmutztes, zum Teil verwelktes, sogar schimmelndes Gemüse. Biologisch angebaut? Ha, wer hätte das je prüfen können, damals! Dass mit den erdverkrusteten Würzelchen kein guter Geschmack zu machen war und wir die Maggi-Würze en gros einkaufen mussten, um Hepps Gemüsebouillon wieder halbwegs so schmecken zu lassen wie vordem – schweig darüber!

Später musste man alles billiger und billiger produzieren. Die meisten setzten auf Chemie, die Hepps auf Hefe. Beziehungsweise auf das, was von der Hefe übrig bleibt, wenn man sie autolysiert, abfiltert ... Dein Rezept aus der Anfangszeit hat keinen mehr interessiert. Zu teuer, zu aufwendig, hieß es.

Hat nicht neulich im Radio jemand die künstlichen Würzen in Zusammenhang mit Alzheimer gebracht? Ein Professor aus Heidelberg. Ha! Dann willkommen Alzheimer! Ich habe jahrzehntelang anstelle von Hepps Gemüsebrühe leidigen Hefeextrakt genossen. Ich weiß nichts mehr, gar nichts mehr weiß ich.

Gegen diesen Geruch kommt kein Mittel an. Nicht die elektrischen Luftentfeuchter, die Hans-Bernward de Beer vor Jahren hat installieren lassen, nicht die erst kürzlich modernisierte Belüftungsanlage. Nicht einmal diese markante Aromamischung namens *Lebensfreude*, die Bärbel Fried, in mehrere Duftstein-Rosetten eingespeist, überall verteilt hat! Der Staub von zwanzig Jahren ist mit der Wandfeuchte des Souterrains eine unlösbare und vor sich hin miefende Verbindung eingegangen. – Ja, zwei Jahrzehnte ist es wohl her, dass das Archiv auf Wunsch des Seniors aus dem Wohnhaus der Familie ins Souterrain des Firmengebäudes umgezogen ist.

Hans-Bernward hasst diesen Geruch, doch er kommt nicht umhin, sich heute für Stunden damit zu umgeben. Frau Rosenkranz und er haben die Aufgabe erhalten, Hermann Hepps Aufzeichnungen aus den Jahren 1940 bis 1943 im Werksarchiv zu suchen. Die junge Kollegin geht die Sache mit einem für de Beer wenig nachvollziehbaren Schwung an. Weder der Mief scheint sie zu stören noch der lose Staub auf den Büchern, Ordnern und Foldern, der die Fingerkuppen grau und pelzig werden lässt. Nicht einmal die vor lauter Flugrost quietschenden Ordnerscharniere scheinen an ihren Nerven zu sägen. Beherzt greift sie in die endlosen Regale, sichtet, in orthopädisch fragwürdiger Haltung an einem winzigen Beistelltisch hockend, das uralte Papier.

»Warum eigentlich nur die Jahre 40 bis 43?«, fragt sie mit bedauerndem Unterton.

Es geht nichts über die Begeisterungsfähigkeit der Jugend! Vielleicht sollte de Beer seine Kollegin öfter zum Aufräumen hinunterschicken. Insbesondere der Briefwechsel mit dem Bundesverband Naturkost und Naturwaren aus den Neunzigerjahren wartet noch darauf, sortiert, gelocht und abgeheftet zu werden. Dann hätte Hans-Bernward die allzu engagierte junge Frau bei den aktuellen Angelegenheiten aus den Füßen.

»Warum nur die paar Jahre?«, insistiert sie erneut und blickt aus ihrer Katzenbuckelhaltung zu ihm herauf.

Hans-Bernward schiebt sich die Lesebrille auf die Stirn und wischt seine Hände mit einem Papiertaschentuch notdürftig sauber. Weil die Chefin es so angeordnet hat. Und weil man froh sein kann, wenn man die drei Jahre betreffenden sechs Regalreihen durchhat, will Hans-Bernward antworten, besinnt sich aber rasch auf eine andere Erklärung. »Der Senior wurde im Jahr 43 in eine Nervenklinik eingewiesen, dann in die Schweiz überführt. Und kam erst 46 wieder nach Hause. Wussten Sie das nicht?«

»Wusste ich wohl! Aber was ist mit vor 1940? Und nach 46?«

»Frau Hepp sagt, es sei unwahrscheinlich, in älteren oder neueren Ordnern etwas Brauchbares zu entdecken. Aber sie wird kaum etwas dagegen haben, wenn Sie anderswo weitersuchen, im Fall, dass wir hier nichts finden«, erklärt er in der Hoffnung, dass sich die Diskussion damit erschöpft hat.

Was nicht der Fall ist. Die Rosenkranz reckt sich, lehnt sich auf ihrem Holzstühlchen zurück und starrt nachdenklich herüber. »Wieso hat man diese wertvollen Rezepte nicht gesondert verwahrt?«

»Eine gute Frage!« Er fährt sich mit dem Handrücken über das verstaubte Gesicht. Hätte man nämlich auf seine Mutter gehört, würden die Originalrezepte des Seniors mitnichten in staubigen Aktenordnern im Keller schlummern. Man hätte sie, ordentlich präpariert, in sauberen Vitrinen der Öffentlichkeit präsentiert, zusammen mit einigen Fotos von damals: der geniale junge Hermann Hepp vor seiner Laube, die vollständige Familie fleißig jätend und erntend inmitten der Gemüsebeete, alles anschaulich, die Zeit dokumentierend ... Ja, ein kleines Museum hatte Thekla de Beer, seinerzeit Sekretärin und Faktotum im Hause Hepp, angeregt. An einigen Tagen im Jahr hätte man es für Historiker, Journalisten, Neugierige öffnen können. Und eine Art Kompendium hätte man herausbringen können, schlicht und im Eigenverlag, bestellbar gegen eine geringfügige Schutzgebühr vielleicht.

Doch die Familie hat den Vorschlag vehement verworfen, insbesondere der Senior selbst soll dagegen gewesen sein. Mit ihm sei kein »Personenkult« zu machen, soll er verkündet haben. So hat es Thekla de Beer erzählt und dazu den Kopf geschüttelt. Nicht einmal den Ort des experimentträchtigen Geschehens, die Laube, hatten die Hepps erhalten wollen. Die wurde nach einem Brand gänzlich abgerissen, weil sie angeblich die Gartenarchitektur störte. Thekla de Beer dagegen befand, dass jede Form von Nischenkultur, die den Faschismus überdauert hatte – und Hermann Hepps Tätigkeit gehörte für sie ohne Frage dazu –, es auch wert war, dokumentiert zu werden. Selbst dann, wenn die Rezepturen schon in den Jahren des sogenannten Wirtschaftswunders als nicht mehr zeitgemäß galten.

Doch wozu soll Hans-Bernward das alles dieser dreisten Person erzählen, die ihre Nase nur zu gern in Angelegenheiten steckt, die sie nichts angehen? Zum Glück enthebt ihn ein Klopfen an der halb offenen Tür einer erschöpfenden Antwort.

»Hi«, sagt der Labormitarbeiter, dem man die lästige Suche der Originalrezepte überhaupt zu verdanken hat, und kommt auch schon hereingeschritten, ohne dass Hans-Bernward ihn auch nur mit einer Geste dazu eingeladen hätte. Diese ganze Generation erscheint ihm ungemein schlecht erzogen.

»Ich hatte neulich keine Gelegenheit, mich vorzustellen. Mein Name ist Rick Bruss.«

Die Neue schwebt auf ihn zu und reicht ihm eine schmutzige kleine Hand: »Karoline Rosenkranz.«

Sie lächeln sich an. Lange. Eins, zwei, drei Sekunden … Das Neonlicht scheint sich zu erwärmen.

Hans-Bernward wird heiß vor Peinlichkeit. Doch es gilt, in jeder Lebenslage die Form zu wahren. Er räuspert sich, reicht dem Eindringling seinerseits die Hand. »De Beer, angenehm. Sie sind gewiss nicht gekommen, um sich vorzustellen.«

Der Laborkollege – wie heißt er? Brass? Broll? – lacht, als habe Hans-Bernward einen Scherz gemacht. Er wolle nur melden, dass man alle Akten durchforstet habe, die im Labor selbst abgeheftet seien, sagt er. »Die ältesten Aufzeichnungen, die wir finden konnten, stammen aus dem Jahr 1947. Damals war schon Hefe vorgesehen, und zwar …«

»Gut, danke, dann müssen wir uns nur die Jahre davor vornehmen!«

»... und zwar in höherem Anteil als in späteren Produkten.«

»Aha«, sagt die Rosenkranz, an den Lippen dieses Schnösels hängend. Ihr Gehirn scheint immerhin leidlich zu arbeiten. Sie stellt eine Frage, die Hans-Bernward sich soeben selbst beantworten wollte: »Dann stammen diese neuen Rezepte nicht vom Senior. Der müsste doch damals noch in dem Schweizer Sanatorium gewesen sein, oder?«

Dazu gibt Hans-Bernward gern Auskunft: »Ganz offenkundig hatte Heinrich Hepp, also der Vater von Herrn Hepp, die breite Verwendung von Hefeextrakt bereits eingeleitet – was kein Wunder war. In der Nachkriegszeit war den Menschen alles recht, um die karge Kost schmackhaft zu machen.«

»Dann müssen wir hier weitersuchen. Vielleicht kann man Sie eine Weile freistellen, Herr Bruss?«, schlägt die Rosenkranz vor. »Es gibt eine Menge Papier und alles ist sehr staubig. Meine Haare sehen bestimmt schon ganz grau aus!« Sie fährt sich mit beiden Händen durch den wie eh und je strubbeligen Schopf und schaut zu Boden.

Dieser Bruss streicht über sein unrasiertes Kinn. »Sie sehen auch mit grauen Haaren hübsch aus!«

Hans-Bernward traut seinen Ohren nicht. Man flirtet nicht, wenn Dritte im Raum sind! – Impertinent, dieser Mensch! Und offenkundig ein Schwerenöter. Die arme kleine Rosenkranz, sie scheint völlig verwirrt. Sie schweigt, errötet, ihre Augen leuchten wie grüne Ampeln. Und Hans-Bernwards Ohren beginnen zu sirren. Ist das wieder sein Tinnitus? Oder wandelt – wie Bärbel Fried in solchen Fällen behauptet – ein Engel durch den Raum? Hans-Bernward beschließt, die Toilette aufzusuchen.

Gäbe es homöopathische Globuli gegen chronisches Überengagement oder überhaupt eine probate Arznei, Gudrun würde sie allzu gern Frau Fried anempfehlen. Da steht sie wieder einmal ohne Vorwarnung in der Türe zum Wohnhaus, trotz des Nieselregens und trotz Gudruns Wunsch, nur in dringenden Angelegenheiten gestört werden zu wollen. Mit vor Eifer glühenden Wangen plappert die Personalbeauftragte drauflos, eine Aktenhülle aus Recyclingpappe unter den angewinkelten linken Arm gepresst, mit der anderen Hand einen Regenschirm umklammernd, der sowohl ihre Mähne als auch das wertvolle Transportgut vor Nässe schützen soll.

Natürlich muss Gudrun sie hereinbitten, obwohl sie dringend den Fingersatz im dritten Satz von Griegs Klavierkonzert überarbeiten muss. Doch vielleicht genügt Frau Fried ja ein Stehempfang im Flur.

»Heut is eine Mail von unserm Valentin gekomme«, verkündet sie in bemühtem Hochdeutsch, zieht einen Papierbogen aus ihrem Folder. Dies sei am frühen Morgen im Postfach von dem Herrn Westenberger eingetroffen, und zwar mitsamt »einem liewe Gruß an die Mitarweider – und nadürlich ganz besonners an die Frau Hepp«. Und der Herr Westenberger hätte telefonisch gebeten, die Nachricht in Kopie an die Frau Hepp weiterzureichen.

Gudrun lächelt so begütigend, wie ihre Ungeduld es zulässt, will äußern, dass Frau Fried doch in derartigen Fällen auch die probate Weiterleitungsfunktion des firmeneigenen Mailsystems nutzen könne, anstatt sich durch den Nieselregen eigens herzubemühen …

Frau Fried hat indes schon angehoben, den Mailtext laut vorzutragen:

Ich genieße das schöne Wetter und die Landschaft sehr, auch wenn der Marsch wie erwartet anstrengend ist. Ein Wegbegleiter, ein Theologiestudent aus Berlin, mit dem ich mich dieser Tage angefreundet habe, hat neulich das anliegende Foto aufgenommen, als ich auf einer Bank vor Müdigkeit eingeschlafen bin …

Frau Fried hat es sich nicht nehmen lassen, einen verwischten semicolorierten Auswurf ihres betagten, aber mit dem blauen Engel ausgezeichneten Tintenstrahldruckers auf Recyclingpapier mitzubringen. Das Bild zeigt Valentin in Jeans und T-Shirt auf einer Holzbank, zusammengesunken und an seinen Rucksack gelehnt. Eine Gudrun bislang unbekannte Schirmmütze beschattet seine Augen, die Arme hängen schlaff herab.

»E lusdisches Foddo hat de Valentin mitgeschickt, gell«, freut sich Frau Fried.

Ein eher peinliches Foto, befindet Gudrun im Stillen. Seit wann lässt Valentin sich in solch würdeloser Haltung ablichten? Und gibt das Ergebnis auch noch zum Besten? Sie nimmt den Computerausdruck entgegen, betrachtet die Einzelheiten, während Frau Fried mit der Intonation heftigen Mitleids weiter vorträgt:

Aber leider habe ich mir gestern Abend den Fuß verstaucht und muss hier bei Burgos eine Pause einlegen, sodass sich meine Tour wohl etwas in die Länge zieht. Sonst geht es mir gut und ich hoffe, dass auch bei Euch alles in Ordnung ist. Euer Valentin

Da ist es wieder, das *Euer!* Dieses Possessivpronomen, das Valentin in seinen Mails, Postkarten oder Briefen eher vermeidet. Es sei uncool und kitschig, befindet er.

Gudrun erhält keine Chance, lange darüber zu sinnieren, denn Frau Fried stimmt gerade eine Arie darüber an, was für ein »liewer Bub« der Valentin immer gewesen sei, eine Familienanekdote nach der anderen packt sie aus, um zu belegen, dass er ja doch besonderer Zuwendung wert sei. Und sie könne das beurteilen, weil sie selbst drei Kinder großgezogen habe.

Ist da ein Vorwurf in ihrem Blick, ihrer Stimme? Gudrun fühlt sich unangenehm berührt. Schuldgefühle, dem »liewe Bub« von Anbeginn an nicht genug Zuwendung entgegengebracht zu haben, quälen sie ohnehin. Doch das muss niemand wissen. Also nickt sie verständnisinnig, hütet sich, Frau Fried in ihrer Schwärmerei zu unterbrechen.

Von jeher ist es Gudrun schlecht gelungen, ihr Umfeld darauf aufmerksam zu machen, dass sie ihren Neffen erst vierzehnjährig näher kennengelernt hat. Als man ihn ihr in Form einer weiteren Lebensaufgabe – als Zusatzlast zu der keinesfalls angestrebten Firmenleitung – ins Nest gelegt hat. Ein sperriger, lethargischer Junge ohne Charme, mit Sommersprossen, Brille und orthodoxem Weltbild. Soll sie vor versammelter Belegschaft aufzählen, was sie alles unternommen hat, damit das Familienunternehmen in Valentin einen würdigen Erben gewinnt? Als da wäre, ihn zu adoptieren und ihm den Nachnamen Hepp zu sichern, da sein Geburtsname Metzger unpassend im Zusammenhang mit einer vegetarisch arbeitenden Firma gewesen wäre. Soll sie bekennen, was der Besuch der Privatschule gekostet hat, in der ihm schließlich – nach nur einer einzigen Wiederholung der elften Klasse – ein leidliches Abitur gelang? Soll sie allen auf die Nase binden, wie undankbar er ist, das für ihn ausersehene Betriebswirtschaftsstudium auszuschlagen? Weil ihn angeblich nur Philosophie und Religion begeistern. Und weil ihn die Übernahme des Familienunternehmens keinen

Deut interessiere, wie er kürzlich bekannt hat. Zu seinem neunzehnten Geburtstag wollte er seine Firmenanteile ausbezahlt bekommen, um das Geld einer Tierschutzorganisation zu spenden. Man stelle sich so etwas vor! Zum Glück konnte Rolf ihm dies ausreden. Konnte ihn dazu bewegen, bis zum Ende seines Studiums, welches Studiums auch immer, zu warten. Dann könne Valentin ja sein Geld gezielt für eigene Projekte verwenden, hat Rolf argumentiert. So ist wenigstens Zeit gewonnen. Hoffentlich genug Zeit, um Valentins Verstand auf die Sprünge zu helfen. – Ach, Rolf! Warum ist Rolf schon wieder weg, so weit weg!

Als könne sie Gudruns Gedanken lesen, schlägt Frau Fried einen enormen thematischen Bogen von der Kindererziehung im Wandel der Zeiten über die Abwesenheit der Väter als männliche Vorbilder im Allgemeinen bis zur Abwesenheit des Geschäftsführers im Besonderen. »Wie bedauerlisch, dass de Herr Westenberger jetzt schon widder nach Tschechie musst«, sagt sie und schüttelt den Kopf, dass ihre Fissellocken zittern.

»Tja«, sagt Gudrun, »seine Anwesenheit dort ist gelegentlich nötig.«

Es sei leider nötig, den Mitarbeitern des beauftragten Diätinstituts in Cheb bei ihren Testanordnungen auf die Finger zu sehen, so hatte Rolf ihr gegenüber ausgeführt. Der Wissenschaftsbegriff in diesem Land sei mit dem unseren nun einmal nicht identisch. Und wenn man nicht korrigierend eingreife, dann käme niemals eine Studie zusammen, die überzeugend genug wäre, um, wie angestrebt, in der renommierten Forschungszeitschrift *nature* veröffentlicht zu werden. »Hieb- und stichfest müssen die Daten sein, hieb und stichfest …«, hatte er betont. Seine fahrigen Gesten und das Zucken seiner Lider hatten bei Gudrun den Verdacht geweckt, dass er log.

»Hieb- und stichfest müssen die Daten sein«, erklärt Gudrun, öffnet der Personalbeauftragten schwungvoll die Türe, um sie hinter ihr mit allem Nachdruck wieder zu schließen. Aufatmend nimmt Gudrun an ihrem Flügel Platz und spielt – als kleine Lockerungsübung – das herrliche Andante aus dem zweiten Satz, das sie schon recht gut beherrscht. Doch unweigerlich folgt der dritte Satz, der einen neuen Fingersatz erfordert.

Leider ist das Notieren von Fingersätzen nicht gerade eine fesselnde Tätigkeit. Und so schweifen Gudruns Gedanken bald wieder ab: Was lockt Rolf immer wieder nach Tschechien, wenn nicht eine andere Frau? Nicht, dass er ein Filou wäre, ein Casanova oder seinem Trieb unterworfen. Gudrun ist weiß Gott erfahren genug, um sich nicht auf solche Kerle einzulassen. Nein, Rolf ist durchaus beständig in seinem libidinösen Engagement. Umso begründeter sind Gudruns Befürchtungen. Wenn Rolf eine Affäre hat, dann steckt keine austauschbare Bettgespielin dahinter, sondern etwas Ernstes.

Umso besser, dass Gudrun seine Heiratsanträge bislang konsequent abgelehnt hat. Wenn er es wagen sollte, sich mit einer anderen Frau einzulassen, dann ist ihrer beider Liebesbeziehung genauso beendet wie ihr Arbeitsverhältnis. Dann fliegt er.

Ja, dann fliegt er! Wut kocht in Gudruns Magengrube, rast in die Arme, die Hände, die Finger. Sie wirft die Notenblätter zu Boden, haut in die Tasten. *Do-do-do-domm-domm …* Der stürmische Einstieg in den dritten Satz Allegro moderato molto e marcato klappt jetzt viel besser. Ja, dann fliegt er! Ab mit ihm nach Cheb. *Do-do-do-domm-domm …*

Gudrun hat die Türklingel wohl ein paarmal überhört. Als sie öffnet, steht der Kommissar mit der zur Faust erhobenen Rechten da, als habe er gerade anklopfen wollen.

»Donnerwetter, Sie spielen ja richtig gut!«

»Danke.«

»Was war das?«

»Grieg.«

»Es klang so ergreifend, dass ich hätte weinen mögen.«

»Ergreifend?«

»Ich störe Sie ungern.«

»Ich weiß.« Gudrun will sich keinesfalls anmerken lassen, wie genervt sie ist. Zumal der Kommissar allzu ernst dreinblickt. »Nehmen Sie bitte Platz, Herr, äh – «

Er wiederholt seinen unaussprechlichen Namen und erklärt fast feierlich, dass die bisherigen Recherchen unter früherem Werkspersonal nicht ergiebig waren.

Gudrun hält den Atem an. Der Gedanke, dass der Bombenleger nicht einmal im Visier der Polizei ist, mag beunruhigend sein. Noch beunruhigender ist der Verdacht, den der Kommissar prompt antippt: Im Tierschützermilieu habe man zwei Personen ohne Alibi gefunden, die sich außerdem durch widersprüchliche Aussagen verdächtig gemacht hätten. »Allerdings ...«, der Kommissar ringt die Hände, schaut Gudrun aufmerksam in die Augen. »Beide beschuldigen Ihren Großneffen Valentin.«

Gudrun gibt sich gelassen. »Aber er ist doch in Spanien. Sehen Sie mal!« Sie überreicht ihm Frau Frieds Mail- und Fotoausdruck.

Der Kommissar lächelt gütig wie ein Pastor beim Abendmahl. »Die Originalmail bitte ich Sie, keinesfalls zu löschen!«

»Ich werde es veranlassen.«

»Trotzdem müssen wir Ihren Neffen persönlich befragen. Ich hoffe, Sie verstehen das. Bitten Sie ihn, die nächste Maschine nach Hause zu nehmen. Wenn er per Handy nicht erreichbar ist, richten Sie ihm per Mail aus, dass wir ihn sprechen wollen.«

»Ich werde es veranlassen«, wiederholt Gudrun, öffnet dem Kommissar die Tür.

Kaum dass er draußen ist, schlägt sie die Hände vors Gesicht und winselt kaum verhaltener als die seit Tagen wieder einmal darmkranke Trixi.

Valentin erwacht, als vier starke Arme nach ihm greifen, ihn behutsam von seinem Lager ziehen, ihm Fesseln und Augenbinde abnehmen, zu einem Krankenwagen führen. Ja, eine Art Krankenwagen ist das. Erleichterung steigt in ihm auf. Jetzt wird alles gut. Ein Blick zurück offenbart, wo er eingesperrt war: in einem abgewrackten Baucontainer inmitten eines Schrottplatzes.

Aber wo ist Rolf? Was haben die Entführer mit Rolf gemacht? Und wo ist Valentins Rucksack mit seinem Ausweis, seinem Handy? Wo ist seine Brille? Ohne Brille kann er nicht gut sehen.

Die Männer reden wenig. Und ausländisch. Er versteht kein Wort. Auch warum seine Beine so lahmen, versteht er nicht. Und warum seine Zunge sich so aufbläht, dass sie im Unterkiefer festzustecken scheint. Er will den Männern danken, will sie fragen, wie die nächste Stadt heißt, doch er bringt nur ein gedehntes Lallen heraus und die kleinste Geste löst eine Schwindelattacke aus. Eine Droge! Sicher hat er eine Droge intus, die die Entführer ihm gespritzt oder ins Essen getan haben. Zum Beispiel in die Kartoffelsuppe, die Valentin nicht essen mochte, weil Speckstücke darin schwammen. Und die er dann aber aß, bis auf den letzten Rest auslöffelte, als der Hunger übermächtig wurde und die Suppe zu schimmeln begann. Man hatte ihm tagelang nichts anderes gebracht als Wasser, Brot und diese Suppe. Vor Ekel würgen hätte er können, als er die Fäule auf seiner Zunge wahrnahm, als der schleimige Speck seinen Schlund hinabglitt. Doch sein Magen hatte alles behalten.

Vorbei! Er lebt! Die Wirkung der komischen Droge wird nachlassen, bald.

Die beiden Männer umhüllen ihn mit einer Filzdecke, setzen ihn auf einen Polstersitz in der hinteren Reihe, schnallen ihn an. Die Fahrt beginnt. Eine Fahrt in gemäßigtem Tempo, bei der Valentins Kopf, an die Stütze gelehnt, angenehm hin- und herschaukelt. Sanfte Hügel ziehen vorbei, fast wie zu Hause in Rheinhessen sieht es hier aus. Nur dass es mehr grünes Brachland gibt. Und kleinere Dörfer. Valentin schläft ein.

Schläft, bis er unangenehm in eine Kurve gedrückt wird. Wieder und wieder. Felswände und struppiges Gebüsch säumen die Straße. Ein Ortsschild taucht auf, das Valentin ohne Brille nicht entziffern kann.

Egal, diese Männer werden ihn in ein Krankenhaus bringen, wo er untersucht wird, wo ihm geholfen wird, wo man das Gift aus seinem Körper holt. Dann wird er reden. – Was reden?

Er versucht, die Müdigkeit abzuschütteln, sich zu konzentrieren. ›Mein Name ist Valentin Hepp‹, wird er sagen, ›ich bin Unternehmersohn und angehender Student der Theologie, ich wohne in Mainz, Mainz am Rhein. Ich bin entführt worden, ich weiß nicht, von wem, weiß auch nicht, warum … Ich habe Mist gebaut, aber ich wollte niemanden verletzen … Ich vermisse meinen Freund Rolf. Rolf Westenberger. Er ist auch entführt worden. Aber mit mir in dem Container war er nicht …‹

Das Auto fährt in eine Stadt ein, eine Stadt mit pastellfarbenen Plattenbauten. Und hält vor einer klassizistischen Villa mit Gitterstäben vor den maroden Stuckfenstern; über die bröckelnde Sandsteintreppe führt eine Rampe aus rostigem Eisen. Wie ein Krankenhaus sieht es nicht aus, eher wie …

»Wo sind wir?«, will er fragen, doch die Zunge klebt noch immer zwischen seinen Zähnen.

Die Pfleger scheren sich nicht um ihn, lassen ihn allein im Wagen sitzen, verschwinden hinter der Tür über der Sandsteintreppe.

Valentin will aussteigen, seinen Gurt lösen. Mit zitternden Händen greift er nach der Schnalle, sie löst sich nicht. Er fingert nach dem Türöffner. Der gibt nach. Schnappt zurück. Die Tür bleibt zu.

Da kommen die Männer wieder, schleppen eine junge Frau mit sich, übergewichtig, mit rundem Gesicht und schmalen Augen. Downsyndrom! Sie lächelt entrückt, als sie neben Valentin gesetzt wird. »Marga«, sagt sie und streicht über ihre Stoppelfrisur.

Noch so eine Marga wird herbeigeführt, blond, ein wenig älter, ein wenig dicker, dafür lebhafter. Sie lacht kehlig und plappert in einem fort Wörter, die Valentin nicht versteht. Zuletzt schieben die Pfleger einen Mann im Rollstuhl heran. Der scheint mit offenen Augen zu schlafen, sein Kopf baumelt von den Schultern, er starrt ins Leere. Die Pfleger hieven den schlappen Mann auf den vorderen Sitz, stützen seinen Kopf mit einer Nackenmanschette.

Alles Behinderte! Valentin wird zusammen mit lauter Behinderten herumkutschiert! Man hält ihn für verrückt, weil er nicht gehen, nicht sprechen kann. Und er ist im Ausland. In was für einem Ausland?

Eine Frau im weißen Kittel tritt aus dem Haus. Der Fahrer des Autos muss irgendwelche Papiere unterschreiben. Die Frau kommt näher, ein zusammengekniffenes Augenpaar wirft einen Blick durch die Scheibe, überfliegt das Wageninnere, sieht in Valentins Gesicht, direkt in sein Gesicht und sofort wieder weg. Valentin nimmt alle Kraft zusammen, um seine Zunge, seine Lippen zu bewegen: »Hil-fe! Hil-fe!«

Doch das Augenpaar verschwindet, der Kittel entfernt sich. Jemand sagt was. Gelächter. Der Wagen fährt an, fährt weiter.

Alles wird sich aufklären. Alles wird gut. Valentin kann ja Englisch, Englisch versteht jeder. *My name is Valentin Hepp*, wird er sagen. *I live in Mainz, Germany. Someone kidnapped me … I have failed, but I didn't want to hurt anyone … I am not mentally disabled, please believe me, I am filled up with drugs, but I am not mentally disabled …*

Das Fräulein Karola will es immer ganz genau wissen. Wie es damals war, als man dich eingesperrt hat in ›die Anstalt‹, die ›Hoppla‹, wie man sie oft noch heute nennt, als wäre sie ein überaus lustiger Ort. Und wie es dir dort erging. Was sie mit dir gemacht haben. Ohne jedes wohlige Schaudern in der Stimme fragt sie, sie will sich gewiss nicht an den Einzelheiten weiden, wie manche es tun, die dich aushorchen wollen – dich aushorchen wollen.

Das Fräulein Karola fragt aus reiner Anteilnahme. Sie ist ein gutes Kind, da kannst du sicher sein, Hermann. Aber sie muss nicht alles wissen, nicht wahr?

Wieso man dich als schizophren bezeichnet hat, fragt sie auch. Weil das doch eine schlimme Krankheit wäre. Ha, bei den Nazis gab's nur drei Möglichkeiten, sage ich ihr dann. Entweder man war für sie, dann hatte man in der Partei einzutreten und blieb vor ihren Nachforschungen verschont. Bis auf Weiteres. Oder man war gegen sie, dann war man ein Volksfeind, wurde verhaftet, kam ins KZ. Oder man war weder das eine noch das andere. Dann war man schizophren. Und kam in die Hoppla. So einfach sei das gewesen, sage ich. Und lache dabei. Das Fräulein ist höflich, schmunzelt. Sie glaubt mir nicht.

Weißt du noch, Hermann, dein erster Anfall? Der passierte wenige Tage vor deinem neunten Geburtstag. Es war ein Montag, schwül und wie angespannt von einem dröhnenden Gewitter, das aber ausblieb … So hat die Mutter es aufgeschrieben, in einem ihrer vielen Haushaltsbücher. Die Haushaltsbücher waren das Einzige, was der Vater nicht kontrollierte. Er wäre sich wie ein Geizknochen vorgekommen dabei, denn sie ging sorgsamer mit Geld um als jede andere Frau in Eden. Der Vater hatte sich beim Abendessen erregt, weil die Milch sauer geworden war und wir Kinder sie nicht mehr trinken mochten. Erst schalt er die Mutter, die besser darauf achten solle, dass die Milch nicht verderbe. Dabei war die Sommerschwüle schuld gewesen, denn die Milch hatte keineswegs offen in der Küche gestanden, sondern verdeckt und verdunkelt in der Speisekammer. Immer mehr ereiferte sich der Vater, beschimpfte uns Kinder als undankbar und hoffärtig, weil wir die saure Milch nicht trinken mochten, die uns Gott der Herr geschenkt habe.

Da hast du, wie es deine Art war, eine skeptische Miene aufgesetzt und gefragt, weshalb Gott der Herr so leicht verderbliche Gaben wie die Milch erschaffen habe, wenn es ihm nicht egal sei, ob die Menschen diese trinken oder etwas anderes. Und ob nicht jede Gabe Gottes so gut sei wie die andere, sodass es ihm genauso recht sei, wenn Kinder süßen Apfelmost trinken anstatt saurer Milch.

Unsere Mutter presste vor verhaltenem Lachen die Lippen zusammen und holte den grauen Steingutkrug mit dem Most. Doch den Vater ergriff die Wut, er packte dich am Kragen, zog dich von deinem Stuhl und schlug dir ins Gesicht, zwei Mal, drei Mal, vier Mal … so heftig, dass du zu Boden fielst und zittertest, nicht aufhören wolltest zu zittern. Du würdest bloß ein Theater abziehen, behauptete der Vater, nahm den Stock und prügelte weiter auf dich ein, bis sich deine Fingernägel in den Dielenboden krallten und Blut aus deinem Mund quoll, denn du hattest dir in die Zunge gebissen. Unsere Mutter lief schreiend auf die Gasse, flehte die Nachbarn um Hilfe an, weil sie dachte, der Vater würde dich umbringen in seinem Zorn. Als man ihn endlich durch gutes Zureden so weit besänftigt hatte, dass er von dir abließ, lagst du weiter zitternd am Boden, schaumige Spucke rann aus deinem wie zum Schrei geöffneten, aber stummen Mund. Bis du nach einer gefühlten Ewigkeit in Ohnmacht sankst und lange nicht aufwachen mochtest. So hat es die Mutter aufgeschrieben.

Du konntest dich am Tag danach wohl an den Anlass bei Tisch, doch nicht mehr an deinen Sturz und das Zittern erinnern. Vielleicht war das der Grund, dass dich die Prügel durch den Vater keineswegs geknechtet hatten, ganz im Gegenteil. Du hast deine Aufmüpfigkeit kultiviert, zumal er seit jenem Tag davon absah, dich noch einmal so heftig zu schlagen.

»Möchten Sie eine Tasse Gottesgabe, werte Dame? Oder lieber etwas anderes?« So sollten wir einander fragen, wenn wir in der Unterführung am Bahndamm Wirtshaus spielten. Wir hatten Tücher über ausgediente Wagenräder gebreitet. Das waren die Tische. Lindenblätter nahmen wir als Teller, kleine Zweige als Besteck. Und die Glockenblumenblüten, das sollten die Tassen sein. Als Ältester hast du gern die Regie in unserem Spiel übernommen. Und die einzig richtige Antwort auf die Frage nach der Gottesgabe, die kannte schon die kleine Heidemarie, kaum dass sie mitmachen durfte. Man hatte hinter vorgehaltener Hand zu flüstern: »Nein, ich will keine saure Milch, ich will Apfelmost!« Dann durfte gelacht werden.

Später haben wir oft darüber gerätselt, was unseren Herrn Vater so aufgebracht hatte. Deine Frage war altklug und spitzfindig, das schon, aber kein Grund für solchen Zorn. Vielleicht hat er geahnt, was für ein Querkopf und Spötter du werden solltest. Vielleicht hat er auch schon geahnt, dass die Zeiten für Querköpfe und Spötter denkbar schlecht bestellt sein würden. Wer weiß.

Eine Freundin der Mutter, Gertraude hieß sie, oder Gertrude, eine wallende graue Mähne und auffallend große Zähne hatte sie, galt als Heilerin. Sie erklärte dem Vater, dass nicht die Ohrfeigen, sondern ein Mangel an Lebenskraft spendenden Vitalstoffen schuld an dem Anfall gewesen sei. Man solle uns Kindern mehr Obst reichen, wintersüber auch Schlehen und in Frühjahr Rhabarber mit etwas Honig. Wenn aber ein Kind um Apfelmost bitte, dann solle man ihn ihm geben, denn solches Verlangen sei ein Hinweis der Seele, was dem Leib fehle, um gesund zu bleiben.

So begannen wunderbare Zeiten für uns Kinder, oft gab es Beeren- und Pflaumenkompott zum Abendbrot. Über Winter bekamen wir eingemachte Pfirsiche und Birnen zu essen, auch Backäpfel, Rosinen und getrocknete Aprikosen. Das bedeutete ein Festessen für uns an fast jedem Tag.

Nur, dass die Diagnose falsch war, Hermann, und dass deine Anfälle sich trotz der vielen Vitalstoffe und ansonsten unabhängig von weiteren Prügelstrafen durch unseren Vater wiederholten. Eine Untersuchung in der Schweiz bestätigte, was die Eltern schon ahnten: Epilepsie. Ein Schock, besonders für den Vater. *Mens sana in corpore sano* war sein Credo. Unmöglich, dass bei der gesunden Lebensweise, die wir in Eden führten, eine Geisteskrankheit ausbrach. Es sei denn, jemand verletzte heimlich den Essenscodex, nahm Schweinefleisch, Zucker und weißes Brot zu sich. Oder aber da wären erbliche Dinge im Spiel, eine Unsauberkeit der

Gene, irreparabel in einer Familie verankert, eine Schande – auch für Eltern und Geschwister.

Nun entschloss sich der Vater, uns täglich zu stählen. Durch Kniebeugen und Liegestütze, durch Wassertreten nach Kneipp, durch Lichtbäder nach Felke. Besonders durch trockenes Vollkornbrot, das wir ohne jede Flüssigkeit zigmal kauen und dann hinunterschlucken mussten. An der Anregung Gertrudes, viel Obst zu essen, hielt er fest, auch als wir größer wurden und gerne auch einmal ein Rührei mit Speck zu Abend gegessen hätten.

Doch alles Stählen, Turnen und Vollkornbrotkauen war umsonst. Die Anfälle wiederholten sich, die Nachbarn warfen scheele Blicke und wir flohen aus Eden, wo jeder jeden kannte. Zu den Großeltern in die Stadt am Rhein. Das Versteckspiel begann.

Mein Gott, Hermann, was für ein Versteckspiel dann begann! Hauslehrer. Privatärzte. Schweigegeld. Und noch mehr Schweigegeld, nachdem bei Vater der Muskelrheumatismus ausbrach. – Zwei vermeintlich erbliche Leiden in der Familie? Ein gefundenes Fressen für die Rassenhygieniker, die ihre Schnüffeltour durch die Krankenakten schon begonnen hatten. – Zeckenbisse. Alles Folgen von Zeckenbissen. Ab 1934 hatten wir es dank der Parteimitgliedschaft der Eltern sogar schriftlich.

Seitenweise falbfarbenes Papier mit blasser Courierschrift und braunen Tupfen wie Altersflecken entlang der Blattränder. Das kleine e hüpft überall aus der Reihe. Karo atmet genüsslich den schwach metallischen Duft alter Druckertinte ein. Sie fährt mit dem Finger die Einrisse in den Briefbögen nach, wo jemand sie gekniffen haben muss, damit sie in die Briefumschläge passen. Briefumschläge, die zusammen mit den Briefen abgeheftet wurden und jeweils einen Posteingangsstempel bekommen hatten …

»Macht dir Spaß, hier rumzuwühlen, hab ich recht?«

Karo fährt zusammen, dreht sich nach der samtenen Stimme um.

Rick lehnt im Türrahmen, verschränkt die Arme und zeigt sein Justin-Timberlake-Lächeln. Hat er sie beobachtet? Die ganze Zeit?

»Hi«, sagt er, kommt näher. »Tut mit leid, wenn ich dich erschreckt hab.«

Mehr als ein atemloses Hallo bringt Karo nicht raus.

»Bin hier, um dir zu helfen!«

»Ah – eh – so.«

»Schon was gefunden?«

»Keine Rezepte zu Würzmitteln. Aber hier«, sie hebt den Order an, den sie auf dem Schoß liegen hat, »ist seitenweise von Suppen aus Linswurst die Rede.«

»Lins-wurst?«

Karo versucht ein kesses Grinsen. »Hab schon nachgesehen. Nicht mal Google weiß, was damit gemeint sein könnte.« Sie streicht eine nicht vorhandene Strähne von ihrer Stirn.

»Zeig mal!« Rick kommt auf Tuchfühlung nahe, beugt sich über ihre Schulter. Sein Atem streift ihr Ohr, ein perfekter Mix aus Pfefferminzöl und Sandelholz weht Karo an.

»Da steht was von Leguminosen.« Er richtet sich auf. »Wahrscheinlich was Ähnliches wie Erbswurst.«

»Ach ja, natürlich, Erbswurst«, sagt Karo. Zum Glück klingt es staubtrocken humorig.

Er lacht. »Eine Art Instantbrühe mit Erbsenmehl, war wie eine Wurst geformt. Sehr nahrhaft. In ein paar Läden gibt's die heute noch.«

»Schmeckt das denn?«

»Keine Ahnung! – Aber apropos schmecken: Ist dir klar,

dass du neulich im Labor, als es um *Hepps Beste* ging, was ganz Revolutionäres gesagt hast?«

»He?«

»Du hast vorgeschlagen, einen Ersatz für die synthetischen Würzmittel zu finden.«

»Hab ich das?« Karo überlegt angestrengt.

»Die Verbraucherschützer sind nämlich neuerdings schlecht auf die Stoffe zu sprechen, mit denen Firmen den pikanten Geschmack von erhitztem Fleisch imitieren. Es heißt, davon würden die Leute fett.«

»O nein!« Karo ist entsetzt. Geht das zusätzliche Pfund, das ihre Waage heute Morgen anzeigte, womöglich auf das Konto der kleinen Veggiewürstchen, die sie manchmal in der Kantine isst?

»O doch! – Und besonders bei den rein pflanzlichen Würzen wird nach Alternativen gesucht, weil nicht mal Knochen und andere Schlachtabfälle für die Aromatisierung infrage kommen. Deshalb sind neuerdings echte Geschmackgeber gefragt.«

»Wie Hermann Hepps Originalwürze?«

»Genau! Wär toll, wenn wir das Rezept fänden. Und mir scheint, du wühlst gern in Archiven.« Er betrachtet eingehend ihr Gesicht.

»Na ja, das ist spannender, als die Bürohilfe für de Beer zu machen.«

»Das nehm ich dir sofort ab. Der ist bestimmt kein unkomplizierter Vorgesetzter.«

»Es geht. Euer Laborchef scheint mir auch nicht gerade ein Charmebolzen zu sein.«

»Ist ein bisschen cholerisch. Aber sonst passabel. Ich arbeite ganz gern hier.«

»De Beer lässt mich nicht an die Presse, nicht an die Website, nicht an die Anzeigen. Hab ihm vorgeschlagen, dass ich mich um das Ding in Tschechien kümmere. – Dann hätte ich direkt mit Westenberger zu tun. Wär sicher angenehmer.«

»Stimmt. Westenberger ist echt okay. – Aber was weißt du über das Projekt in Tschechien?« Die Timberlake-Augen weiten sich.

»So gut wie nix. Hab nur einen Briefverkehr gefunden. Sie entwickeln da Abnehm… äh, Diätmahlzeiten oder so.«

»Und das interessiert dich?«

»Total.«

»Damit würde ich keine Zeit verschwenden! Ist alles bloß ein Remake von Pülverchen, die es längst gibt. Wie bei der Linswurst. Erfolgloses Unternehmen, wenn du mich fragst.« Er fährt sich durchs Haar.

Wie süß, ich mache ihn nervös, denkt Karo und hüstelt, um die sich anschließende Gesprächspause zu füllen.

»Tschja«, sagt Rick und schickt einen Blick in die Regale.

Karo tut, als vertiefe sie sich in den nächsten Ordner.

Rick greift sich den übernächsten, hockt sich damit unweit von ihr auf den Boden, blättert und blättert, eine quälende Gesprächspause lang.

»Du bist oft beim Senior«, sagt er unvermittelt. »Der belegt dich geradezu mit Beschlag.«

»Ist super sympathisch, der Alte. Nur ein bisschen abgedreht. Nennt mich abwechselnd Fräulein Karola und Fräulein Rosa.«

»Wenn dir das gefällt, nenn ich dich auch so.«

»Wehe!«

»Wenn ich Journalist wäre, würde ich mal einen Artikel über sein Leben schreiben.«

»Hab ich auch schon dran gedacht. Aber jenseits der Firma hat der Mann ja keine Biografie – außer seiner Zeit in den Nervenheilanstalten. Und über die verliert er kein Wort.«

»Schon mal nachgebohrt?«

»Die hätten ihm Betäubungsmittel gespritzt, sagt er, und deswegen erinnere er sich an nix.«

»Da gibt es noch die irre Geschichte, dass er Juden versteckt hat …«

»Echt? Juden versteckt?«

»Eine komplette jüdische Familie soll das gewesen sein. Er hat sie unter falschen Pässen bei der Feldarbeit eingesetzt. Aber vergeblich. Sein Bruder hat sie gefunden. Und zwei von ihnen sofort erschossen, die anderen den Nazis ausgeliefert.«

»War das dieser Helmut?«

»Exakt! Ein überzeugter Nazi. Wie die Eltern. Die haben Hermann Hepp kurz drauf ins Irrenhaus einweisen lassen. Dabei soll er alles andere als verrückt gewesen sein. Sondern verdammt gescheit. Und tough. War immer gegen Hitler. Hat sich dem ganzen Zack-zack-marsch-marsch von Anfang an entzogen.«

Karo ist ergriffen. »Wahnsinn! – Aber, sag mal, woher weißt du das alles?«

»Aus der Dorfkneipe. Hat mir ein steinalter Mann schon beim zweiten Bier erzählt, kaum dass ich ihm verraten hatte, für wen ich arbeite.«

Aus der Dorfkneipe! Karo schweigt. Es wurmt sie von jeher, dass sie nicht wie jeder männliche Kollege eine Kneipe betreten und unauffällig Stammtischbrüder aushorchen kann. Sofort hätte sie die Typen an der Wäsche. Frau zu sein, ist manchmal ein Riesenhandicap beim Recherchieren.

»Vielleicht findest du was im Archiv nebenan«, sagt Rick. Er deutet in Richtung eines Nebenraums, abgegrenzt durch ein paar Stufen nach unten und ein Metallgitter.

Karo späht durch Stäbe, macht in der Dunkelheit ein Holzregal aus, in dem ein paar Pappordner und antike Margarinekisten der Firma Rama gestapelt sind, die Klinke lässt sich problemlos drücken, die Tür klappt auf.

»Da könnten zum Beispiel Fotos und Briefe drin sein. Zeig sie ihm, vielleicht macht ihn das gesprächiger.«

»Gute Idee. Morgen früh fang ich damit. Kommst du auch?«

»Ich fahr für drei Tage zu einem Seminar in Dresden.«

»Drei Tage?« Karo hat alle Mühe, einen bedauernden Unterton zu unterdrücken. »Dresden ist sicher 'ne tolle Stadt!«

»Aber heute Abend hab ich Zeit. Willst du mit mir was trinken gehen?«

»In die Dorfkneipe?«

»Ich dachte eher an eine nette kleine Straußenwirtschaft. Und hinterher ins Kino. Da läuft ein neuer Film mit Cameron Diaz.«

»Und mit Justin Timberlake!« Karo verbirgt ihre garantiert knallrote Birne rasch hinter einem aufgeklappten Ordnerdeckel. »Okay«, sagt sie.

Großes Kino war das. Erst im Film und dann im Bett. Rick hatte alle Farben Präservative und sämtliche Geheimnisse des Kamasutra parat. Nix und niemand kann Karo am nächsten Morgen ernüchtern, weder der eisgraue Himmel noch Bärbel Frieds ganzheitliche Gymnastikkommandos. Widerspruchslos sortiert sie de Beers Ablage, beantwortet aggressive Kundenmails mit werblichen Floskeln, während ihr komplettes Inneres abdriftet, sie Ricks Glied in sich spürt, was sie nachträglich schier noch mal in Extase versetzt.

Angesichts ihrer Gesichtsblässe mutiert de Beer zum Gesundheitsberater, referiert, dass mit niedrigem Blutdruck nicht zu spaßen sei und spendiert eine große Tasse Milchkaffee aus der Kantine, die sie ausnahmsweise dankbar annimmt.

Erst als sie gegen elf Uhr ins Archiv entlassen wird, setzt der Plan, einem Naziverbrechen auf die Spur zu kommen, endlich wieder die linke Gehirnhälfte in Gang. Wer war Helmut Hepp? Was hat er angerichtet? Und vor allem: Wo ist er abgeblieben?

Der Verschlag hinter der Gittertür hat auf den ersten Blick wenig Spannendes zu bieten: uralte Geburts-, Hochzeits- und Todesanzeigen der weitverzweigten Hepp-Dynastie, die offenbar von jeher eine Vorliebe für alliterierende Vornamen hegte. Da paradieren Hartmut, Hermine, Hiltrud, Horst, Hoimar und Heinrich Hepp, alle mitsamt Taufschein sowie den Rechnungen über ihre Beerdigungskosten. Zwei leere Regalbretter darunter füllen Arzthonorarabrechnungen eines gewissen Dr. Trieb für Hermann, Helmut und Heidemarie die Ordner.

Karo wühlt weiter, findet Belege über Fassaden- und Dachreparaturen am Wohnhaus, Quittungen über Ankäufe oder Veräußerungen von nicht näher definiertem Goldschmuck, zweier Porzellanengel sowie eines Feh- und eines Persianermantels … alles aus den Jahren 1930 bis 1940. Im untersten Regal kauert eine verbeulte Margarinekiste, diesmal von der Marke Sanella. Karo lüftet den Deckel, findet mehrere Büchlein in marmorierter Pappe und mit ornamental umrandeten Aufklebern auf der Vorderseite. Schwarze Serifen verkünden: *Dies ist das Haushaltsbuch von …* Darunter ist säuberlich per Hand ein Name in Sütterlinschrift eingefügt, den Karo nicht lesen, sich aber auf Anhieb erschließen kann: Luise Hepp, die Mutter des Seniors. Im Innern linierte Seiten mit einem roten Strich längs durch die Mitte wie bei Vokabelheften.

Karo erkennt Wörter wie *Soll* und *Haben*, das Reichsmark-Zeichen, das alte Pfund, jede Menge Ziffern. Nicht immer scheint es um Buchführung zu gehen. Eingestreut sind ganze Sätze samt Kommata, Punkten und Ausrufezeichen. Sehr vielen Ausrufezeichen.

Aber die vielen Wörter drum herum? Lauter eckige Buchstaben flirren vor Karos Augen, überall scheint Rick Rick Rick zu stehen. Und wo gar nichts steht, scheinen seine Augen, seine Lippen, seine Hände wie Hologramme eingefügt. Karos Stammhirn hat offenkundig wieder die Regie in ihrem Kopf übernommen. Ist ja grausam, wie verknallt sie ist! Ihre Schoß zieht sich zusammen, ein prickelnder Schmerz klettert herauf bis in die Brust, die Augendeckel sinken auf Halbmast. Eine zweite Tasse Milchkaffee und damit weitere achtzig bis hundert Kalorien werden fällig.

Beim Entziffern der Sütterlinschrift helfen die allerdings nicht. Mühselig erschließt sich Karo einzelne Wörter wie *Kind*, *Milch* und *Arzt*, der Zusammenhang bleibt unverständlich. Aber für investigativ arbeitende Journalistinnen wie Karo kann Sütterlin kein Problem sein! Bestimmt findet sie im Internet eine Leseanleitung. Andererseits – was soll in Luise Hepps Haushaltsbüchern schon anderes stehen als Gejammer über ranzige Butter und zu kleine Kartoffeln?

Karo wühlt weiter, findet am Boden der Margarinekiste eine flache Pappschachtel, illustriert mit einem Pfoten leckenden Kätzchen samt rosa Schleife um den Hals. *Katzenzungen* verraten geschwungene rosarote Buchstaben. Karo schaudert es. Was früher nicht alles als Delikatesse galt! Mit spitzen Fingern hebt sie den Deckel der Kiste an, späht hinein, atmet auf. Erst vor Erleichterung, dann vor Entdeckerfreude: Da lagert ein wohlbehaltenes Dutzend alter Schwarz-Weiß-Fotos mit gezacktem weißen Rand auf Seidenpapier. Karo steckt die Nase rein: muffig süßlicher Duft – ein bisschen wie Schokolade.

Sie nimmt die Fotos heraus, breitet sie einzeln vor sich aus. Eines zeigt fünf nackte Frauen, die auf einer Wiese eine

Art Reigen vollführen. Die gelösten taillenlangen Haare flattern um die gelupften Brüste, die rundlichen Popos und Hüften schimmern in der Sonne. Karo schüttelt den Kopf. Komische Ästhetik! Für moderne Maßstäbe wären diese Frauen allesamt übergewichtig.

Es folgt ein ganzer Satz Aufnahmen von Menschen bei der Gartenarbeit, im Mittelpunkt jeweils ein blondes Baby, das mit zusammengekniffenen Augen in einem Bollerwagen hockt, dicht bei ihm eine junge Frau mit Kopftuch und zu großer Schürze, die wie selbstvergessen Furchen in ein unbewachsenes Beet harkt. Unweit dahinter zwei Jungen in kurzen Hosen an einem Pumpbrunnen, damit beschäftigt, eine Gießkanne zu füllen. Auf der zweiten und dritten Aufnahme hockt das Baby im Klee, die Frau bückt sich, zupft Unkraut, die Jungen hängen wie Äffchen in einem Obstbaum, winken in die Kamera. Im Hintergrund Getreidefelder, darüber Schäfchenwolken. Wären die Fotos farbig, könnten sie die Vorlage für einen alten Heimatfilm abgeben.

Weitere Aufnahmen scheinen die Entwicklung des blonden Babys bis zum Schulkind zu verfolgen. Doch dann findet Karo ein Porträt der ganzen Familie. Das Mädchen hockt beinebaumelnd im hellen Rüschenkleid auf einem gedrechselten Tischlein, die Hände fromm im Schoß gefaltet. Flankiert wird es von seinen halbwüchsigen Brüdern in steifen Matrosenanzügen, beide einen Punkt neben dem Betrachter fixierend. Rechts und links hinter ihren Kindern thronen die Eltern auf klassizistischen Ohrensesseln und in zeittypisch dunklem Sonntagsornat. Unverkennbar die Frau vom Gartenbild – und unverkennbar ihre Söhne. Drei Mal das gleiche schmale Gesicht, die feine Nase, ein Grübchen im Kinn. Der größere, ältere Junge hat etwas dunkleres Haar als der Rest der Familie. Kein Zweifel, das ist Hermann Hepp im zarten Alter von vielleicht vierzehn oder fünfzehn Jahren.

Zuunterst in der Katzenzungenschachtel eine Serie von fünf Fotos, die die beiden erwachsenen Brüder als Teilnehmer einer Gruppe junger Wanderer vor einer Hügelformation zeigen.

Karo wird schwindelig. Was diesmal nicht bloß an ihrem lahmen Kreislauf liegt. Eine Sensation ist dieser Fund! Das wird ihr jetzt erst bewusst. – Hat der Senior nicht gesagt, alle privaten Fotos aus der Zeit vor 1945 seien mitsamt einem Gartenhäuschen verbrannt?

Kurz entschlossen schleppt Karo die Margarinekiste mit den Haushaltsbüchern ins Geschäftsarchiv, versteckt sie zwischen den untersten Regalreihen – zur vielleicht späteren Verwendung.

Die Katzenzungenschachtel samt Inhalt trägt sie mit der Souveränität eines ehrlichen Finders zum Senior hinüber, der sie zwar nicht eingeladen hat, aber wie immer freudestrahlend begrüßt.

»Diese Fotos haben Sie sicher schon vermisst, nicht wahr, Herr Hepp?«

Er kaut seine Unterlippe. »Ich wusste nicht mehr so recht, wo sie waren. – Schön, dass Sie sie entdeckt haben.« Er greift nach dem Bild mit den tanzenden Nackedeis, streichelt mit der Zeigefingerkuppe den blondesten der Schöpfe. »Das war meine Frau Mamá.« Nach hochherrschaftlicher Manier betont er die zweite Silbe.

»Haben Sie sie – geliebt?«, fragt Karo, verfolgt sein Mienenspiel, rechnet fest mit einer verhaltenen Bärbeißigkeit, die die Linien zwischen Nase und Mundwinkeln zu tiefen Kratern zusammenstürzen lässt.

Im Gegenteil, sein Gesicht glättet sich. »Sie war der Stern in meiner Kindheit.«

»Ach!« Karo beschließt, ihm das zu glauben. Dass seine Mutter ihn als Erwachsenen in eine Klapsmühle gesteckt hat, eine Klapsmühle der Nazis, muss nicht heißen, dass sie ihn schon als kleinen Jungen misshandelt hat.

Der Senior entwickelt zusehends gute Laune. Er schlägt sich auf die Schenkel vor Lachen, als er die Gartenbilder betrachtet, schwärmt von den Obstbäumen in Eden, den wunderbaren Äpfeln, Zwetschgen, Kirschen, von dem Pumpbrunnen, den Bächen, Wäldern, erzählt von seiner lieben Mamá. Sie habe ihre Kinder vor dem oft recht strengen Vater in Schutz genommen …

Karo greift zu der Studioaufnahme, die die versammelte Familie zeigt. Zwischen dem steifen Arrangement und den fröhlichen Gartenfotos scheinen Welten zu liegen.

»Was für ein reizendes Foto«, sagt Karo. »Nur Ihre – äh – Frau Mamá sieht etwas mürrisch drein.«

»Ja, der Fotograf wollte es so. Wir mussten todernste Mienen machen, etwa so …« Hermann Hepp zieht die Augenbrauen in die Höhe und spitzt den Mund, gleicht mit einem Mal seiner Nichte Gudrun, wenn sie von der Verpflichtung der Firma gegenüber der biologischen Anbauweise spricht. »Es war ein ungewöhnliches Unterfangen, sich damals von einem Berufsfotografen ablichten zu lassen, wissen Sie. Deshalb haben alle pariert, fast alle …«

»›Fast‹ alle?«

Seine kleinen Augen glitzern. Auf der oberen Hälfte seiner faltenzerfurchten Wangen wölben sich zwei rosa Bäckchen. In aller Ausführlichkeit fängt er an zu erzählen, was für ein skurriler Zwerg mit Schnurrbart der Herr Fotograf gewesen sei, wie teuer die Unternehmung kam und wie bemüht daher alle in der Familie waren, ihm zu gehorchen. Außer der kleinen Heidemarie, die in einen Weinkrampf ausbrach, als der Zwerg etwas von Blenden erzählte. Und dass es fast eine Stunde gedauert habe, ehe man den Nachhauseweg antreten konnte.

Karo hört nur mit halbem Ohr zu, unterbricht ihn endlich: »Und Ihr Bruder?«

»Wir waren schon älter und verständiger, haben uns nicht gemuckst.«

»Sie sahen einander sehr ähnlich«, versetzt Karo und zieht wie zum Beweis eines der Fotos hervor, die die erwachsenen Brüder mit leinenen Rucksäcken in typisch rheinhessischer Hügellandschaft zeigen. Die Haare des älteren sind erkennbar dunkler, die Nase des jüngeren etwas kleiner, ansonsten scheinen Zwillingsgesichter in die Kamera zu lachen.

»Die Aufnahme muss von 1938 stammen, ein Ausflug zur Weinheimer Trift. Das Foto hat ein Freund gemacht.«

»Was ist aus Ihren Geschwistern geworden?«

»Heidemarie ist nach dem Krieg mit einem Amerikaner durchgebrannt und irgendwo in Florida gestorben. Aber sie hat uns ja Gudrun dagelassen.« Er lächelt.

»Und Ihr Bruder ist auch schon tot?« Karo beißt sich auf die Lippen. Im Kontext der Verwandtschaftsbeziehungen eines Hundertjährigen ist ›schon tot‹ ein dämliches Statement.

»Im Krieg gefallen. Vermutlich anno 44 auf der Insel Krim.«

»Das muss ein Schock für Sie gewesen sein.«

Er nickt.

»Ist er freiwillig in den Krieg?«

»Damals war nichts freiwillig. Alles war Zwang, mal offen, mal verdeckt. Man musste einen sehr starken Charakter haben, um zu widerstehen.«

»So wie Sie?«

Er macht den Mund auf, als wolle er reden, schließt ihn wieder, sinniert vor sich hin.

»Ich habe auch einen toten Bruder – Verkehrsunfall«, lügt Karo, schon immer Einzelkind. »Es tut mir heute leid, mit ihm gestritten zu haben.«

Der Senior senkt die Lider, verknotet die Hände und schweigt.

»Unter Geschwistern gibt es oft Streit. Bei Ihnen sicher auch«, sagt Karo in der Hoffnung, dass er nun endlich ein paar aufschlussreiche Bemerkungen über seinen braunen Bruder fallen lässt.

Stattdessen schüttelt Hermann Hepp traurig den Kopf. Seine Gesten geraten ebenso fahrig wie sein Tonfall. »Wir haben uns nie gestritten.«

»Nie?«

»Als Kinder kaum, als Erwachsene nie.«

»Und diese Fotos stammen vom gleichen Ausflug?« Karo weist auf die Aufnahme der Wandergruppe.

»Ja, das war wohl der gleiche Tag.«

»Das war 1938? Aber niemand trägt eine braune Kluft.«

»Nein, an dem Tag nicht.«

»Die Uniformen waren vielleicht in der Wäsche?«

Er grinst boshaft. »Manche hatten keine. Sie waren nämlich Juden.«

»Juden – ist das wahr?«

Er nickt, atmet schwer. »Zum Beispiel der hier: Joachim Blum. Und hier: Wolfgang Blum.« Er deutet auf zwei dunkelhaarige Männer in heller Sommerkleidung, der eine lacht frech in die Kamera, der andere steht mit ernster Miene am Rand.

»Und sie?« Karo deutet auf eine junge Frau zwischen den Hepp-Brüdern. Sie trägt die dunklen Haare hoch aus der Stirn gekämmt, ab Ohrhöhe zu Schillerlocken gedreht, neigt den Kopf kokett zur Seite.

»Das war Rosa. Rosa Blum.«

»Rosa Blum? Was für ein witziger Name. Manchmal nennen Sie mich auch Rosa, aus Versehen.«

»Oh! Dann entschuldigen Sie einen senilen alten Mann. Das kommt daher, dass Sie mich an sie erinnern.«

»Das nehm ich glatt als Kompliment. Sie war ja wahnsinnig hübsch. Sie haben sie geliebt, stimmt's?«

»Nein, nein, das nicht. Rosa war mit meinem Bruder verlobt.«

»Waren Sie da nicht neidisch auf Ihren Bruder?«

»Nein.«

»Kein bisschen?«

»Wo denken Sie hin!« Die Stimme des Seniors gefriert. »Die Verlobte meines Bruders hätte ich nicht angerührt. Nicht einmal in Gedanken.«

Mit einem einzigen Blick erfasst Karo, wie rote Flecken den sehnigen Hals masern. Sie muss verdammt noch mal sofort das Thema wechseln, bevor er einen Herzinfarkt kriegt. »Und dies ist sicher Ihre Schwester Heidemarie?« Karo stippt mit dem Finger auf ein kess dreinblickendes Mädchen mit blondem Flechtekranz um die Stirn.

Er nickt stumm.

»Sie ist Gudrun Hepps Mutter«, schätzt Karo, obwohl die junge Frau wenig an die Chefin, dafür an die kleine Tischhockerin auf dem Familienfoto erinnert.

Der Senior nickt wieder. Straff aufrecht sitzt er wie immer in seinem Rollstuhl, doch die Schultern sacken herab. Er murmelt etwas von seinem Freund Werner Kollath und natürlicher Nahrung, bricht ab, legt eine Hand vor die Stirn, als habe er Schmerzen. Schweigt.

»Ist Ihnen nicht gut, Herr Hepp?«

»Doch, doch!« Er lässt die Hand sinken, seine Schultern nehmen wieder Form an. Er wolle nicht unhöflich erscheinen, erklärt er, aber er sei etwas müde und würde sich gern hinlegen. Das Fräulein Karola möchte ihn bitte für heute entschuldigen.

Karo reicht ihm die Hand und macht, dass sie wegkommt. Klammheimlich hat sie eins der Fotos behalten. Sie betrachtet es, während sie den Tag mit einem gekochten Ei und einer Grapefruitsaftschorle beschließt. Auch dieses Bild zeigt die Wandertruppe. Mittendrin die schöne Rosa Blum, wie sie ihre Arme um einen der Hepp-Brüder schlingt und die Lippen spitzt, als wollte sie ihn im nächsten Moment küssen. Es ist der Dunkelhaarige. Es ist Hermann Hepp.

Es sind nur ein paar Fotografien. In verblasstem Sepia, modrig riechend, der gezackte Weißrand abgegriffen und manchmal eingerissen … Und doch flanieren schon wieder die alten Gespenster zwischen Traum und Halbschlaf herum, als wäre dein armes seniles Hirn ihre rechtmäßige Behausung. Und wenn du still daliegst, dann hörst du, wie sie lachen, singen, unsere Namen rufen.

»Hermann, wo steckst'n? Willste an so ei'm schön'n Sonntag wieder am Herd stehn wie unsre Küch'nmamsell?«

Hast du gehört? Die tenorhelle Stimme mit dem nuschelnden Unterton? Joachim. Rosas Bruder Joachim. Er trug an Sommersonntagen wie heute ein reinweißes Hemd aus Kunstseide, das ihm zu groß war. Denn als er die Universität verlassen und bei Erdal schwitzen musste, da magerte er ab wie ein Schwindsüchtiger – da magerte er ab wie ein Schwindsüchtiger. Damit es weniger auffiel, wrang er sein Sonntagshemd in der Taille zusammen und stopfte es in seine sandgraue Hose. Dazu trug er gern eine Schildmütze, die er schief in die Stirn zog, sodass sie die Blicke der Damenwelt direkt auf seine moorbraunen Augen lenkte. Ja, er war eitel und so manche Frau machte er verrückt.

Da war diese Blonde mit dem Puppengesicht aus Saulheim. Helga hieß sie. Weißt du noch, wie sie um Joachim herumscharwenzelte, ihn neckte, bis es ihm zu viel wurde? Da überzog er sie mit einem Schwall jiddischer Vokabeln, verkündete, dass er anderntags werde »malochen« müssen und dass er immer »Zoff« mit dem Vorarbeiter habe, der völlig »meschugge« sei. Haha, wie die Puppenäuglein sich da verengten. Alle vom Jiddischen abgeleiteten Wörter waren verpönt, wenn nicht verdächtig. Selbst solche, die uns jahrzehntelang geläufig waren. Joachim tat, als sei nichts dabei, steckte sich eine Zigarette an und blies Kringel in die Luft. Rosa aber ritt der Teufel. Sie zerstreute jedweden Zweifel dieser Helga im Nu mit der Bemerkung, dass sie am Vortag in der Synagoge ihr Silberkettchen verloren habe und noch einmal hingehen müsse, um es zu suchen. »Och«, rief Joachim, »das echt silberne mit'm Davidstern?« Da verwandelte sich das Puppengesicht in eine Schweinsfratze, eine hässliche kleine Schweinsfratze. Und weg war es, das Fräulein aus Saulheim, ließ sich nie wieder blicken.

Solche Weiber wären ihm sowieso zu ungebildet, sagte Joachim dann. Er würde nur eine heiraten, die wie er studiert hätte ... War ein lieber Kerl. Aber ein bisschen großspurig. Da, schau ihn dir an, auf der Fotografie, wie er das Kinn hebt, den Betrachter anlächelt, die linke Augenbraue spöttisch hochgezogen. – Auch sein Vergleich von dir mit einer Küchenmamsell hatte etwas Großspuriges. Die Blums hatten längst kein Personal mehr. Joachim tat gern, als sei alles wie früher ... »Du gibst an, wie 'ne Tüte Mücken, Joachim«, tadelte Rosa andauernd. Ja, ›wie eine Tüte Mücken‹, sagte sie. Es war so eine Redewendung damals.

Und da links, schau, da ist Wolfgang. Es tut immer noch weh, ihn zu sehen. Ach, so weh, Hermann! Mit seinen Hosenträgern und seinem artigen Seitenscheitel. Ganz am Rand steht er auf dem Bild, sieht nicht in die Kamera. Wolfgang stand immer irgendwie am Rand. Sah uns nicht in die Augen, wenn er mit uns sprach. Wenn er überhaupt mit uns sprach. Du mochtest ihn nicht. Dachtest, dass er hinterhältig und verlogen sei, und hast ihm misstraut, immer misstraut. Hast nicht bemerkt, du Depp, dass es andersherum war, dass er dir misstraute, uns allen. Weil wir uns ausgrenzten von den anderen, die du Spießer nanntest. Wolfgang glaubte, er käme davon, sogar als Jude käme er davon, wenn er nur ein braver Krankenpfleger bliebe, wenn er nicht rauchte, nicht Swing tanzte oder gar Lieder aus Brechts Dreigroschenoper sang ...

Brechts Dreigroschenoper! Hörst du sie singen? Rosa, deine süße kleine Rosa mit ihrem Bruder Joachim? »Und der Hai-fäsch, där hat Zäh-nä, und die trägt är im Gäsächt ...« Ihre Stimmen klangen, als hätten sie jeder ein Reibeisen verschluckt. Wir haben dazu die Maultrommeln gezupft: *Bäng-bäng-bäääng-bääng* ... Der metallische Geschmack der Maultrommel auf der Zunge, das Vibrieren sämtlicher Zähne und das bittere Lied im Kopf.

Manchmal in der Morgendämmerung, da träume ich wieder von Haifischen. Aus der rheinhessischen Wellenlandschaft tauchen Gestalten mit Haifischleibern auf, fallen über uns her, beißen uns die Köpfe ab, formen Kanonenkugeln daraus und schießen sie in den Rhein, dass das braune Wasser aufspritzt. Plötzlich stehst du bei ihnen, stehst bei den Haifischen, kopflos, marschierst mit ihnen mit. Und Rosas Schreie gellen aus dem blutroten Himmel. »Was machst du da, du Verräter! Du elender Verräter ...«

Immer und immer wieder solche Träume, nass vor Schweiß aufwachen, zitternd nach dem Knopf der Nachttischlampe tasten. Durchatmen. Nach der Lesebrille greifen, nach der Zeitung ... Lies! Es ist vorbei. Alles vorbei. Wir haben wieder eine Republik, ganz lange schon. Und in Berlin ist jetzt eine Frau Bundeskanzler. Bundeskanzlerin ist sie. Was für ein komisches Wort: Bundeskanzlerin. Was sagt man dazu, Hermann!

Nun auch noch das! Fassungslos starrt Gudrun auf den Schirm ihres Laptops, überfliegt den während der Nacht eingegangenen Mailtext ein zweites, ein drittes Mal, schlägt beide Hände vor den Mund, um nicht laut aufzujaulen.

Sag der Polizei ruhig, dass meine Mitstreiter von der FFA die Wahrheit gesagt haben. Den Sprengstoffanschlag habe ich allein zu verantworten. Es war eine Torheit, die mir jetzt leid tut ...

Torheit? Ja, er schreibt Torheit!

Mir ist inzwischen klar geworden, dass ich Menschen gefährdet habe. Das wollte ich nicht. Ihr könnt beruhigt sein, ich werde mein Handeln nicht wiederholen, obwohl ich es nicht ertrage, dass unsere Firma sich unter deiner Leitung an massenhafter Tierquälerei beteiligt ...

»Tsss!« Gudrun kichert bitter. Retrieverdame Trixi, bis eben noch eingerollt neben Gudruns Schreibtisch dösend, streckt die Vorderpfoten von sich und richtet ihre Triefaugen zur Zimmerdecke.

Der absurde Vorwurf passt natürlich zu Valentin. Der Ausdruck *massenhafte Tierquälerei* sowieso. Aber: *mein Handeln* – noch so ein seltsam antiquierter Ausdruck für einen Neunzehnjährigen. Gudrun wird schwindelig vor lauter Befremden.

Wenn du morgen früh diese Mail erhältst, bin ich auf dem Weg in einen anderen Teil der Welt, wo ich versuche, mir ein neues Leben aufzubauen. Ich habe genug Bargeld. Meine Firmenanteile überschreibe ich meinem einzigen

Freund Rolf. Aus diesem Fundus könnt ihr den durch den Anschlag entstandenen Schaden begleichen. Dann bleibt wohl immer noch genug übrig, um es in dein unethisches Hühnerprojekt zu stecken. Die Vollmacht für Rolf habe ich in einem Schließfach am Frankfurter Hauptbahnhof deponiert. Der Schlüssel erreicht euch per Einschreiben. Sucht mich nicht und lasst mich nicht suchen. Ich kehre nie wieder zurück. Valentin

Gudrun fröstelt es. Wie wenig sie doch ihren Neffen kennt! *Neues Leben aufbauen* und *ich kehre nie wieder zurück* – so viel Pathos hat sie ihm nicht zugetraut. Immerhin schließt er diesmal nicht mit *dein Valentin*, sondern gewohnt prosaisch, mit *Valentin* – sonst nichts.

Gudruns Blick fällt auf die geöffnete Tastatur ihres Flügels, auf die Notenblätter des dritten Satzes von Griegs Klavierkonzert. Da musste sie nun sechsundfünfzig Jahre alt werden, ehe sie zum ersten, zum allerersten Mal die Chance zu einem großen öffentlichen Auftritt bekommt. Sie wünscht sich nur ein bisschen Zeit, Ruhe, Muße, um sich angemessen vorzubereiten ... in ein paar Tagen ist die erste Orchesterprobe und die Läufe im zweiten Satz – *da-da-daaa-da-li-da-daa-da* – muss sie dringend noch einmal üben. Die Philharmoniker sollen mit ihr zufrieden sein, die müssen mit ihr zufrieden sein!

Heute Nachmittag, komme, was da wolle, wird Gudrun üben. Jetzt allerdings muss sie diesen Kommissar anrufen, diesen Herrn ... Oder zuallererst Rolf? Natürlich! Als Erstes muss sie Rolf von dieser Mail erzählen. Der ist bestimmt in seiner Wohnung, hat sich heute freigenommen. Gudrun greift nach dem Telefon, will die Nummer eintippen, da surrt das Gerät schon los und zeigt auf dem Display Rolfs Festnetznummer. Dankbar drückt Gudrun die Annahmetaste.

»Sei jetzt ganz stark, mein Liebling! Ich hab ein Bekennerschreiben von deinem Neffen bekommen«, sagt er, als spreche er zur einer Todgeweihten.

»Ich auch.«

»Ach, du auch?«

Gudrun trägt ihm den schwülstigen Mailtext vor, den sie schon auswendig kennt.

Rolf hört zu, ohne sie zu unterbrechen. »Meine Mail ist natürlich an mich gerichtet, aber sonst fast identisch«, sagt er schließlich.

»Tja«, Gudrun schiebt ihren Laptop von sich, »ich informiere dann mal diesen Kommissar. Wenigstens einer, der sich freuen wird. Aber ich fahre hin, will nicht, dass er schon wieder hier aufkreuzt und alle Mitarbeiter verstört. – Ob die Polizei den Fall damit abschließt?«

»Das nehme ich an. Jedenfalls, wenn wir unsere Anzeige zurückziehen. Valentins Spur weiter zu verfolgen, wäre zu aufwendig. Und wäre auch nicht in unserem Sinn.«

»Ich ... ich weiß nicht ...«

»Was weißt du nicht?« Rolfs Stimme klingt ärgerlich. »Stell dir vor, sie fahnden nach ihm, nehmen ihn fest, stecken ihn ins Gefängnis – und dann stell dir vor, was die Presse daraus macht!«

»Es ist nur ... die Wortwahl in dieser Mail verwundert mich. Er schreibt sonst ganz anders.«

»So? – Das ist sicher die Aufregung. Ich glaube kaum, dass ihn das alles kaltlässt.«

»Ich möchte den Kommissar trotzdem darauf hinweisen. Es könnte ja sein, dass die Mail nicht von Valentin stammt. Ein anderer könnte sie geschrieben haben, jemand, der sein Passwort herausgefunden hat ...«

»Gudrun, mein Herz! Es wäre albern, sein Geständnis der Polizei gegenüber zu zerpflücken. Man würde die liebende

Tante und Ersatzmama wittern, die den Tatsachen nicht ins Auge sehen will.«

»Das ist mir gleichgültig. Womöglich ist er entführt worden, wird irgendwo festgehalten. Ich kann ihn nicht einfach so fallen lassen, aufgeben.«

»Ach, und seine Entführer schenken uns, anstatt uns zu erpressen, seine Firmenanteile? Damit wir den Schaden begleichen, den sie angerichtet haben? – Gudrun, du machst dich lächerlich.« Rolfs Stimme klirrt vor Spott.

Gudrun beißt sich auf die Lippen. Schweigt. Massiert sich die Stirn, um besser denken zu können. Ja, Rolf hat recht. Wieso sollte ein Entführer, statt eine Geldforderung zu stellen, Papiere in sechsstelligem Wert ankündigen?

»Gib es doch zu«, sagt Rolf und seine Stimme überschlägt sich, »im Grunde bist du froh, dass Valentin weg ist. Und dass er nicht wiederkehrt.«

Gudrun wird heiß vor Scham, sie bringt keinen Ton mehr heraus.

Rolf schnauft ins Telefon, lacht, sein Ton wird allmählich versöhnlicher. Er kündigt an, sich rasch zu duschen und zu rasieren, eine Kleinigkeit zu frühstücken und dann mit ihr ins Kommissariat zu fahren. »Aufgeregt wie du bist, solltest du kein Auto steuern«, sagt er, so liebevoll wie sonst auch. »Und ich will dich begleiten bei diesem schwierigen Termin.«

»Gut, danke dir!« Gudrun seufzt und legt auf. Rolf will ihr helfen. Mein Gott, was wäre, wenn sie Rolf nicht hätte!

Das Telefonat ist seit Minuten beendet, das Gerät liegt bäuchlings auf Gudruns Schreibtisch, gleich neben dem Laptop. Gudrun kann ihren Blick nicht davon lösen, ihre Gedanken kreisen um alles, was Rolf gesagt hat. Stimmt es denn nicht? Kann sie nicht froh sein, diesen querköpfigen

Jungen los zu sein? Einerseits. Andererseits ist er ein Hepp, gehört zur Familie. Blut ist dicker als Wasser, sagt Hermann immer. – Überhaupt Hermann. Wie soll sie dem alten Mann Valentins dauerhaftes Verschwinden erklären, ohne ihm das Herz zu brechen? Und selbst wenn Valentin in den Anschlag verstrickt ist, was allemal wahrscheinlich ist, er ist so jung! Er sollte eine zweite Chance bekommen. Ja, Gudrun wird dem Kommissar von ihren Zweifeln erzählen, zumindest erzählen, was ihr aufgefallen ist und ihm das weitere Vorgehen anheimstellen.

Sie druckt Valentins Mail aus und packt den Papierbogen in ihre Handtasche, zieht ihr Sakko über und tritt vors Haus, atmet tief ein. Die Vormittagssonne wärmt ein wenig, Schmetterlinge tanzen über den Staudenbeeten. Drüben beim Teich steht die kleine Rosenkranz, ihre Hände um Onkel Hermanns Rollstuhl gekrallt. Offenbar weiß sie nicht, wie sie das Gefährt arretieren kann. Unschlüssig nickt sie herüber, signalisiert mit einer ungelenken Geste, dass Hermann eingeschlafen ist.

Gudrun müht sich, eine ausgeglichene Miene zu zeigen, und geht hinüber. »Überlassen Sie meinen Onkel ruhig seinem Pfleger«, flüstert sie. »Gehen Sie wieder an Ihre Arbeit.«

Die Rosenkranz wirft einen unschlüssigen Blick auf Hermann. »Okaaay.«

»Wieso sind Sie überhaupt mit ihm hier?«

»Er wollte es so.«

Gudrun wundert sich. Aber ein bisschen Anerkennung sollte sie demonstrieren. Der alte Mann hat nun mal einen Narren an der Kleinen gefressen. »Nett von Ihnen«, sagt sie. Da fällt ihr ein, dass sie die neue Mitarbeiterin ohnedies fragen wollte, wo all die schönen alten Fotos aufgetaucht sind.

»Das war purer Zufall«, antwortet die Rosenkranz und erzählt wortreich von einer Katzenzungenschachtel, die zwischen zwei Regalen eingeklemmt gewesen sei. Die sei ihr aufgefallen, als sie einen Ordner mit altem Werbematerial herauszog. Sie habe nämlich gehofft, in so einem Behältnis könnten die Originalrezepte liegen.

»Die Originalrezepte? Ich fürchte, die finden wir nie«, sagt Gudrun, beschließt im Stillen, dass die Rosenkranz nun endlich auch die Aufgaben übernehmen sollte, deretwegen man sie eingestellt hat. Zumal niemand wissen kann, ob solche Fundsachen an familiären Belangen rühren, die niemanden etwas angehen.

»Tja, ich zieh dann mal«, sagt die Rosenkranz.

»Warten Sie!« Gudrun nickt ein paarmal verbindlich. »Ich möchte Ihnen danken, dass Sie sich so freundlich um meinen Onkel kümmern. Ich selbst komme dieser Tage ja nicht dazu. Es ist sicher nicht die Art von Arbeit, die Sie sich bei uns vorgestellt haben.«

»Och, ist schon okay. Ihr Onkel ist so ein netter Mensch, macht Spaß, mit ihm zu reden. «

Spaß? Gudrun ist verblüfft. Doch als sie den bedauernden Blick auffängt, mit dem die Rosenkranz ihre Baumwolltasche mit dem Firmenlogo vom Griff des Rollstuhls nestelt, ist sie überzeugt. Lächelt, nickt, greift nach dem Rollstuhl.

»Wissen Sie, was mich erstaunt?«, fragt die Rosenkranz amüsiert und wendet sich im Gehen nochmals um. »Dass Ihr Onkel sogar im Schlaf total aufrecht sitzt. Andere Leute kippen zur Seite oder lassen wenigstens den Kopf baumeln.«

»Ja, das ist eine Besonderheit der Hepp-Dynastie.« Gudrun freut sich. Ist es nicht das erste Mal, dass es auch einer Fremden auffällt? Speziell die männlichen Familienvertreter, so heißt es, verfügen von jeher über die Fähigkeit, in vollendeter Haltung zu schlafen. Eine geringe Stabilität im Rücken und ihre Wirbelsäule scheint sich bis hinauf zum obersten Lendenwirbel zu verfugen. Unter verschwägerten

Angehörigen wurde darüber gelästert, dass die drakonische Erziehung der Vorväter dahinterstecke. Bis der überaus verwöhnte Valentin, kaum zwölfjährig, die gleiche Fähigkeit bewies. Und als er bei seiner Konfirmationsfeier recht angetrunken einschlief …

Vali! Gudrun sträuben sich die Nackenhaare. Mit einem Mal ist ihr klar, was an dem »lusdische Foddo«, das Frau Fried für sie ausgedruckt hat, nicht stimmt. Es zeigt ihren Neffen wie eine schnurlose Marionette, halb gegen die Banklehne gesunken, halb über seinem Rucksack kauernd. Nicht nur, dass Valentin sich ungern in solcher Verfassung ablichten lassen würde. Nicht nur, dass er kaum je ein solches Foto von sich verschicken würde. Nein, wenn Valentin so da hing, dann konnte er nur ohnmächtig sein.

Oder tot.

Bunte Schatten flattern um sein Bett. *Ahoj,* sagen sie. Lächeln. Dann beginnt eine Seefahrt. Blau. Alles hellblau. Und uringelb. Meer und Abwasserkanal. Fluten. Wellen. Alles schaukelt, hebt ab, die Wände, die Fenster. Die Schatten kreisen. Dann Häuser, Bäume, Himmel, alles kreist und schaukelt. Außer Valentin. Sein Körper klebt wie eine Galionsfigur auf dem Schiff fest. So fliegt Valentin dahin, unter uringelben Lichtern den Weißschatten entgegen. Und sagt Ahoj. Und lächelt den Weißschatten zu und schläft ein.

Wenn Valentin erwacht, wenn die bunten und weißen Schatten verschwunden sind, dann ist es immer so … so … Valentin weiß das richtige Wort nicht. In Rheinhessen sagen sie ›duschter‹. Nicht dunkel, nicht dämmrig, sondern dazwischen. Als ob es nie ganz Tag wäre und nie ganz Nacht. Da fallen matte Strahlen aus der Wand. So wie jetzt. Einer Wand, die so dick scheint wie die alter Burgen.

Ja, genau! Es ist ein Lichteinfall wie in Mittelalterfilmen, wo sie ein Kellerverlies zeigen wollen. Kaspar Hauser. So sah das aus in dem Keller von Kaspar Hauser. Es muss mit einem anderen Leben zu tun haben. Was war das für ein Leben? War das in Mainz? War das im Fernsehen? Das Fenster war kein Fenster, keins mit Scheiben zum Öffnen, sondern ein kastenförmiges Loch ins Freie, das ein wenig Tageslicht einließ. Licht, das sich zylindrisch auf dem fest getretenen Lehmboden abzeichnete. Dem Lehmboden in Kaspar Hausers Keller. Wo Kaspar Hauser eingesperrt war.

Hier ist der Boden anders, gelb gefliest. Und das Licht ist matt gefiltert wie von einer Stromsparbirne in den ersten Sekunden nach dem Einschalten. So dünn, so diffus. Duschter … *My name is Kaspar Hauser. I live in Mainz. Germany. – Ich will meine Brille zurückhaben. Und ich will nach Hause. Bitte, ich will nach Hause …*

3

ÜWERZWERSCH

Was Rick als Dorfkneipe bezeichnet hat, liegt an der Hauptstraße und heißt *Zur Sonne.* Dank wechselnder Führung während der vergangenen Jahrzehnte hat das Gasthaus ein liebenswertes multikulturelles Flair entwickelt. Allein die Speisekarte vereint ganz Europa: elsässische Zwiebelsuppe, schlesischer Jägertopf mit Pommes, Balkanteller mit Krautsalat ... Nicht zu vergessen die zwölf Sorten Pizza. Das Mobiliar folgt vordergründig einer alpinen Ästhetik in heller Buche, die mit Toskanalandschaften in Tempera farbenfroh kombiniert wird. Modellschiffe, Fischernetze und Meeresgetier-Imitate tragen zu einer gewissen nautischen Note bei. Und dank der dunklen Holztäfelung entlang der langen Wandseite und der schmiedeeisernen und plastikumgrünten Trennwände ist auch der urdeutsche Charme der Gaststätte keineswegs verblichen.

Urdeutsch erscheint Karo speziell das Publikum, das an den runden Tischen im ›Hof‹ thront, einem gefliesten, von umgebauten Stallungen umgebenen offenen Karree in der Größe eines Kinderzimmers. Plexiglasdächer, Markisen und etwas Baumbewuchs schützen die trinkfreudigen Gäste sogar vor anhaltendem Nieselregen, erlauben somit Inhaber Salvatore hier das Rauchverbot außer Acht zu lassen. Vermutlich aus diesem Grund soll Salvatore demnächst die silberne Ehrennadel des Heimatvereins verliehen bekommen, wie Karo erfährt. Wobei Stammgäste finden, es dürfte gerne auch die goldene sein.

Zu diesen Stammgästen gehört in vorderster Front ein

betagtes Zwillingspaar, das entfernt an die Wildecker Herzbuben erinnert: der Walter und der Willi, beide mit kugelrundem Wams und von Couperose durchzogenen Hängebäckchen. Zugesellt hat sich ihnen der hagere Schorsch, dessen Knollnase wie eingeklebt aus zwei scharf gezeichneten Nasolabialfalten ragt. Die drei Männer begrüßen Rick wie einen artigen Neffen, den sie möglicherweise in ihrem Testament bedenken werden. Er darf dem Walter einen umgefallenen Gehstock aufheben und zurück an die Stuhllehne hängen, darf dem Schorsch eine Zigarre kupieren und anschmauchen. Karo wird als Ricks »Braut« in Augenschein genommen und respektvoll goutiert: »Was e schee Meedsche!« Anschließend aber ignoriert, zumal die Bedienung des Lokals, eine Polin namens Kamilla, weit mehr Dekolleté samt Busen aufzuweisen hat.

Die Männer lassen sich wortreich zu Themen von weltpolitischer Bedeutung aus, kommen von der Eurokrise zur Energiewende, vom Frauenfußball auf die Ehec-Bakterien. Rick scheint den Weisheiten der alten Herren zu lauschen, schiebt unterdessen die Zehenkappe seiner Sneakers Karos nackte Wade hinauf.

Karo betrachtet Rick verstohlen: schief gelegter Kopf, aufgerissene Augen, die von einem Redner zum anderen blicken. Ein perfektes Mienenspiel. Sie unterdrückt ein Kichern.

Endlich meldet er sich zu Wort, zieht den Bogen vom Thema Gaddafi zu dem im Frühsommer auf freien Fuß gesetzten John Demjanjuk und lässt die drei Saufköpfe ihre Philosophien dazu entwickeln.

»Die arm Sau«, meint der Walter, »war doch bloß 'n Kriegsgefangener. Was hätte die mit dem gemacht, wenn der net gespurt hätt, damals? Na, Rick, was hätte die wohl mit dem gemacht?«

Rick zieht sich die Handkante quer über seine Gurgel. »'nen Kopf kürzer hätten sie ihn gemacht.«

Der Willi nickt und der Walter pladdert weiter: »Der musst doch die Judde in die Gaskammern bugsier'n damals, damit er selwer net neikommt!«

»So isses«, sagt der Schorsch und zieht geräuschvoll an seiner Zigarre. »Da werd der Kerl von de Judde selver mangels Beweise freigesproche, aber mir Deitsche müsse den verurteile für Dausende von Euro Prozesskoste ...«

»Ei, wieso dann von den Judde?«, will der Willi wissen.

»Ei, in Israel halt.« Der Schorsch setzt seinen Bierhumpen an und trinkt ihn halb aus.

»Und dann wissen die Ämter nicht, wohin mit dem kranken Mann«, wirft Rick ein.

Das scheint das passende Stichwort zu sein. Prompt ereifert sich das Trio derart, dass ein wahrer Sprühregen bieraromatisierter Spucke niedergeht. Karo lehnt sich zurück, um nicht nass zu werden.

»Und dann lasse se den Mann aus humanitäre Gründe frei, damit er im Seniorewohnheim a Vollpension hat.«

»Alles uff Koste vom Steuermichel!«

»E Sauerei is des«, mischt sich jemand vom Nebentisch ein. Ungefähr so alt wie die Herzbuben ist er, aber schlanker, hat eine dicke und wie von einem Waffeleisen geprägte Gesichtshaut und eine Stimme, die auf wenigstens dreißig Roth-Händle am Tag schließen lässt. »Fünf Joahr hot der krieht – des is für so 'n alde Mann grad so gut wie lewenslänglisch«, versetzt er.

Offenbar hat er nicht so exakt verstanden, worum es geht. Aber egal, der Walter, der Willi und der Schorsch wiehern los, schlagen sich auf die Schenkel. Sie prosten einander zu und trinken auf ex. Kamilla bringt Nachschub.

Der Hagere legt eine Reihe ockergelber Zähne frei, stellt

sich Rick und Karo vor. »Bin de Gernot. Un schon schlappe achtzig.«

»Hätt ich nie gedacht«, schleimt Rick, legt seine Linke auf Karos Knie, während die Rechte sein Pils ergreift. Rick nippt an seinem Glas, sagt »Ahhh!« und wischt sich theatralisch das Kinn. Um sofort wieder den Kopf zu neigen, die Augen aufzureißen und die plappernden alten Saufköpfe reihum zu fixieren.

Karo ist beeindruckt. Glänzender Schauspieler. Nur dass er plötzlich kein bisschen mehr wie Justin Timberlake aussieht. Eher wie – ja, wie wer denn? Sie durchforstet ihr visuelles Gedächtnis, schickt Ricks Physiognomie durch all ihre Gehirnwindungen. Es will ihr nicht einfallen.

»Und ihr arweidet im Irrehaus?«, fragt der Gernot.

Rick und Karo nicken.

Alles lacht. Der Gernot gibt eine Runde Doppelkorn aus. Ricks ›Braut‹ bekommt einen Kräuterlikör.

Wie alt dieser Naziverbrecher aus dem Dorf, dieser Bruder vom alten Hepp, jetzt wohl wäre, fragt Rick so unvermittelt in die Runde, dass Karo zusammenzuckt. Aber die Ohren aufspannt.

»Tjaaa, de Bruder von euerm Seniorchef ...« Der Gernot massiert sich die Waffeleisenwangen, als säße darin sein komplettes Erinnerungsvermögen. »So circa fünfundneunsisch, glaab isch.«

Der Walter und der Willi tippen eher auf »hunnertunfünf«.

Sie diskutieren die Frage rauf und runter, können sich aber nicht mal darauf einigen, wer von den beiden Hepp-Brüdern der ältere und wer der jüngere gewesen ist.

Karo grinst in sich hinein, denkt an Regel Nummer fünf ihres Karriereratgebers: *Wenn Sie etwas besser wissen als Ihre Kollegen, plaudern Sie es nicht sofort aus. Vielleicht ergibt sich eine Gelegenheit, bei der Sie mit Ihrem Wissen besser punkten können.*

Aber sich ins Gespräch einschalten, das will Karo jetzt. Sie versucht sich als ebenso talentierter Stichwortgeber wie Rick: »Den Kerl hat man sicher damals gar nicht erst versucht zu schnappen. Die meisten Nazis hat man ja laufen lassen – auch hier im Dorf, oder?«

Ha, Volltreffer! Der Walter und der Willi schütteln synchron die Köpfe, dass ihre spärlichen Haare zittern.

»Awwer naaa«, ruft der Gernot und reckt die Faust wie ein Altkommunist. Erzählt von einem Blockleiter, der in den Vierzigern ein ganz scharfer Hund gewesen sei. Den hätten die Amis verhaftet und erst nach sechs Jahren wieder rausgelassen. Dann musste der im Bahnwärterhäuschen hocken und die Schranken rauf- und runterkurbeln. Und die Buben am Ort hätten straffrei Steine nach ihm werfen dürfen.

Tja, aber den Helmut Hepp, so erzählt der Gernot weiter, den hätten sie tatsächlich nie gekriegt. Dabei hätten Leute von der Zeitung immer drauf gelauert, dass er aus der Kriegsgefangenschaft heimkehrt. Da wären die sicher über ihn hergefallen. Aber es hieß, er sei auf der Insel Krim vermisst. Manche haben das nicht geglaubt, haben behauptet, der würde längst irgendwo in Südamerika hocken und es sich gut gehen lassen. Wie so viele andere Naziverbrecher.

Als wäre das Kommando dazu ergangen, heben alle ihr Glas und nehmen einen tiefen Zug, allerdings ohne sich zuzuprosten. Es folgt eine Schweigeminute.

Rick bestellt ungefragt eine zweite Weißweinschorle für seine ›Braut‹ und stellt die Frage, die Karo auch auf der Zunge liegt: »Was war denn damals genau los, bei den Hepps?«

Was damals los war, weiß der Gernot nur vom Hörensagen. Dass nämlich der Hermann Hepp Juden versteckt habe, die sein Bruder Helmut irgendwann entdeckt und erschossen habe und dafür mit einem Orden oder so ausgezeichnet worden sei. Die Geschichte gehört so weit auch zum innerdörflichen Allgemeinwissen. Wie Hermann Hepp daraufhin ins Irrenhaus kam und wie lebendig wieder raus, scheint Stoff für Legenden, zumal die Hepps dazu eisern schweigen. Es gab Gerüchte, wonach sie Beziehungen zu einem Gauleiter gehabt hätten. Dann hieß es wieder, ein Schweizer Arzt habe die Nazis bestochen, Hermann Hepp nach Zürich zu verlegen. Von da sei er dann geflohen.

»Is awwer alles Spekulatius«, sagt der Schorsch und lässt sich von Rick noch eine Zigarre anschmauchen.

»Aber war dieser Helmut Hepp nicht sogar mit einer Jüdin verlobt?«, fragt Karo.

Die Männer überhören ihre Frage, käsen sich erst mal darüber aus, dass der Hermann Hepp von jeher als »üwerzwersch« gegolten habe.

»Als was?« Rick kennt den rheinhessischen Ausdruck nicht.

»Üwerzwersch, des haast so viel wie dorschgedreht«, erklärt der Willi. Aber »die Familljе«, lästert er weiter, die wäre insgesamt »e bissje komisch«, besonders die Gudrun Hepp, weil sie immer in Wiesbaden einkauft. Und der Neffe, der Valentin, der sei ein ganz »Gemoschderder«.

»Gemustert«, übersetzt Karo. »Heißt quasi das Gleiche wie üwerzwersch.«

»Aha«, sagt Rick.

Alle vier Alten sind sich sicher, dass der Neffe »die Bomb in der Firma gelescht hot«.

»Aber war der Bruder, dieser Helmut Hepp, nicht sogar mit einer Jüdin verlobt?«, wiederholt Rick Karos Frage von vorhin.

Der Walter und der Willi überlegen lange, zucken die Schultern, worauf sie beide der Schluckauf ereilt. Nur der

Gernot hebt theatralisch die Hand und entblößt seine gelben Zähne, zum Zeichen, dass er was zu sagen hat. »Naaaa«, belehrt er, »net de Helmut, sonnern de Hermann soll damals mit 'ner Jüdin rumpoussiert hawwe. Un zwar zu Zeite, als des schon strengschdens verbode war.«

Der Walter nickt. So hat er's auch erzählt bekommen. Aber der Hermann sei sowieso gegen die Nazis und nicht in der Partei gewesen »ganz im Geschedeil zum Rest von de Famillje«.

Und soweit der Gernot weiß, hat die Braut vom Hermann mit zu den versteckten Juden gehört. Was keinen verwundert hat. Bestimmt wär's ihm gerade darum gegangen, sie vor den Nazis zu verstecken.

»Nach dieser Sache müssten die Hepps total zerstritten gewesen sein«, lenkt Karo ein.

»So isses! Der ganze Ort hot sich gewunnert, dass de Hermann üwerhaupt widder haamkomme is. Nach der Geschischt!«

»Sin halt all a bissje üwerzwersch«, lacht der Schorsch.

Karo und Rick müssen mit darauf anstoßen, dass sie sich nicht anstecken lassen von den »Gemuschderten«, mit denen sie dauernd zu tun haben.

»Keine Gefahr«, versichert Rick »Wir passen aufeinander auf.« Er drückt Karo einen Kuss auf die Lippen, krabbelt mit der Hand unauffällig unter ihren Rock.

Erotische Wallungen kommen Karo ungelegen. Ihr ist furchtbar schlecht. Nichts gegessen, aber zwei Weinschorlen und einen Kräuterlikör gekippt. – Und dann solch kryptische Botschaften.

Sie flieht durch die Tür mit der Aufschrift *Toiletten*, folgt einem Flur, dessen kalkweiße Wände sich zu drehen scheinen, das bronzene Emblem eines auf dem Töpfchen hockenden Mädchens gerät in ihr Blickfeld. Karo lässt sich auf die Klobrille fallen, lauscht dem schwachen Strom aus ihrem Innern in die Kloschüssel, stützt den Ellbogen aufs Knie und das Kinn auf die Hand, um sich besser konzentrieren zu können: Wenn Hermann Hepp behauptet, sein Bruder sei mit Rosa verlobt gewesen, und wenn sich alle erzählen, Hermann Hepp sei mit einer Jüdin zusammen gewesen, dann ... dann ist Hermann Hepp entweder tatsächlich schizophren. – Oder, und das erscheint Karo wahrscheinlicher: Der Senior hat sich neulich verplappert, weil er die schöne Rosa damals mit einem starken Tabu belegt hatte. Dann wäre Hermann Hepp in Wahrheit Helmut Hepp. Das würde auch erklären, weshalb er sich nicht an die Originalrezepte erinnert – obwohl er sonst alle erdenklichen Details in der Vergangenheit abspinnen kann. Der jüngere Bruder könnte die Identität des Älteren angenommen haben. Des von den Nazis ermordeten Älteren. Um vor den Alliierten abzutauchen, dem Entnazifizierungsprogramm zu entgehen. Und Karo wäre ihm heute, mehr als sechzig Jahre danach, auf die Spur gekommen. Wahnsinn!

Im Fernsehen bringen sie immerzu Dokumentarfilme über das Kriegsende. Zerbombte Städte, verkrüppelte Soldaten, Flüchtlingstrecks ... Kriegsgefangene ... Kriegsheimkehrer. Heute Abend wieder, im Spätprogramm. Das Fräulein Karola hat gefragt, ob ich mir den Film nicht anschauen will. Ich hätte, glaubt sie, in meinem Spital in der Schweiz nicht viel mitbekommen vom Kriegsende. Und es müsste mich doch interessieren, wie meine Verwandten und Freunde diese Zeit erlebt hätten.

Sie ist ein gutes Kind, hat Mitgefühl für andere Menschen. Dabei ist sie temperamentvoll und sehr, sehr wissbegierig. Wie deine Rosa, Hermann, wie deine Rosa.

Ich habe ihr geantwortet, dass ich immer zeitig schlafen gehe, deshalb den Film nicht sehen kann. Sie wollte ihn mir im Internet zeigen, weil, was im Fernsehen lief, hinterher auch im Internet ist. Ich habe geantwortet, dass ich Internet nicht mag. Das hat sie nicht verstanden, glaube ich.

»Lassen Sie die Toten ruhen, Fräulein Karola«, sage ich immer, wenn sie mich ausfragen will über Faschismus und Krieg, über das Euthanasieprogramm, den Holocaust. Dann nehme ich ihre kleine Hand und lächle. Sie soll mich nicht leiden sehen, soll nicht wissen, dass das Hebbel-Zitat anders lautet – ganz anders lautet: *Lassen wir die Toten ruhen, die uns nimmer ruhen lassen; meine Brust ist ein Sarg, ich lege das teure Bild hinein und schraube ihn niemals wieder auf.*

Meine Brust ist auch so ein Sarg. Ein Sarg für dich, Hermann. Für uns beide. Sie sollen uns ruhen lassen – beide ruhen lassen.

Mittwoch. Karo hat sich freigenommen. Den Vormittag nutzt sie zu einem Besuch beim *Tagblatt*, denn die drei Wochen auf der Strafbank sind um. Und jetzt wundern sich alle, dass Karo eine Verlängerung ihrer Auszeit will. »Eine Art Sabbatical«, so hat sie es vorab per Mail angekündigt.

Lokalchef Löffler erwartet sie mit gefalteten Händen und dem gewohnten Dackelblick. »Aber Sie planen wiederzukommen, ja?«

»Klar«, sagt Karo.

»Und wann? September?«

»Eher Mitte September.«

Der Löffler macht sich eine Notiz. »Na gut. – Sie werden ganz schön vermisst, wissen Sie das?«

Karo gibt sich gleichmütig, zuckt die Achseln und studiert ihre Fingernägel. In Wahrheit vermisst sie ihren Job selbst.

Musste sich eben noch angesichts eines nasepopelnden Schülerpraktikanten an ihrem Platz ein paar Tränen verkneifen. Und auf dem Flur kam Nanette angestürmt, fiel Karo um den Hals. »Ach, Mädelchen, wo bist du bloß abgeblieben? Bin plötzlich so einsam hier.«

»Das können Sie mir ruhig glauben, Karo!« Die Dackelaugen strahlen. »Sogar Alex hat angekündigt, mit Ihnen Frieden schließen zu wollen.«

Dann fress ich einen Hochdruckreiniger, denkt Karo, versichert aber mit treuherzigem Augenaufschlag, dass sie sich ihrerseits große Mühe geben wird, gut mit Alex auszukommen. Heißt es nicht in Regel Nummer dreizehn ihres Karriereratgebers: *Wenn Sie Ihren Kontrahenten nicht übertrumpfen können, umarmen Sie ihn! Beschwichtigen Sie seinen Ehrgeiz! So bekommen Sie Ihre eigene Chance vielleicht umso früher.*

»Und Sie wollen uns nicht verraten, was Sie derzeit treiben?« Der Löffler neigt den Kopf, schaut ihr von unten herauf direkt in die Augen.

»Nöö«, sagt Karo und setzt ihr Pokerface auf. Klar könnte sie – Kopf hoch, Brust raus – sagen, dass sie für den Webauftritt der Firma Hepp textet. Sogar auf die Gefahr hin, dass jemand aus der Redaktion den Hepps steckt, was Karo am Tag des Anschlags im Wohnhaus der Familie getrieben hat. Eine Entlassung ist inzwischen eher unwahrscheinlich. Bestimmt würde der Senior sich persönlich für sie ins Zeug legen, ohne jede Ahnung davon, dass sie im Begriff ist, seine dunkelbraune Vergangenheit bloßzulegen.

Andererseits wäre es einigermaßen peinlich, jemand von den Kollegen fände heraus, dass Karo ihr Geld im Wesentlichen als Wühlmaus im Archiv der Firma Hepp verdient. Beziehungsweise als Alten- und Hundesitter. Der Löffler würde sich an die Stirn fassen, andere würden lästern. Vorzeigbar ist Karos ganzes Projekt erst, wenn sie ihn überführt hat, den international gesuchten Naziverbrecher Helmut Hepp. Oder hätte etwa Günter Wallraff damals irgendwem gesteckt, dass er sich bei der *BILD-Zeitung* verdingt hat, um deren Praktiken zu recherchieren? Unmöglich! Unprofessionell! Also hat Karo nicht mal Rick von ihren Plänen erzählt. Der glaubt, dass sie eine wunderschöne Biografie über den lieben guten Onkel Hepp schreiben will, der Juden versteckt hat und dafür in den Klapsmühlen der Nazis feststeckte.

Das Gespräch mit dem Löffler ist endlich ausgestanden. Karo schlendert durchs Foyer des Verlagsgebäudes, grüßt diesen und jenen, quatscht ein bisschen mit der Kollegin aus der Anzeigenabteilung, flirtet mit dem Portier, wendet sich dem Drehportal nach draußen zu – da hechtet jemand aus dem Aufzug hinter ihr her. Schwarze Hose, weißes Sakko, Eichenmoosodeur: Alex.

»Karo, Karo warte mal, wollt dir sagen, dass es mir leid tut. Hab nicht gewollt, dass sie dich freistellen.«

Zweimal ›wollt‹? Karo drückt ein Grinsen weg. So was passiert doch keinem vielversprechenden Nachwuchsjournalisten!

Er senkt den Blick, schabt mit der Innenkante seiner Budapester über die Fliesen.

Karo glaubt ihm kein Wort. Vielleicht hat er ihretwegen selbst Ärger gekriegt. Und macht jetzt auf kooperativ. »Ist schon in Ordnung«, sagt sie in exakt dem hoheitsvollen Tonfall, den sie dem Senior abgelauscht hat.

»Ich wollte dich was Wichtiges fragen, denn ich hab …«

»Gern ein andermal«, sagt Karo, dreht sich um und rennt davon. »Muss meinen Bus erwischen, sorry!«

»Ruf mich an, okay?«

Karo macht eine Handbewegung, die man ebenso gut als kollegialen Abschiedswink wie als Fick-dich-Signal auffassen könnte, und rennt weiter. Einen Scheiß wird sie tun, den Schleimer anzurufen!

Karos Bus fährt um 11.50 Uhr. In Wahrheit kein Problem, den noch zu kriegen. Der Bus soll sie in die City bringen. Sie braucht dringend neue High-Heels, die aus ihrer aktuellen Naturlookgarderobe einen Hingucker machen. Schließlich kann sie nicht in Gestalt eines Landeis mit Rick auf die Piste. Nach dem Shoppen will Karo in einem der vielen Straßencafés einen Espresso trinken und ausführlich darüber nachdenken, wo und wie sie bei ihren Recherchen zum Thema Helmut Hepp übers Wochenende weitermachen kann.

An der Bushaltestelle wartet ein schmusendes Pärchen, beide jünger als Karo. Das Mädel ist schwanger, trägt den prallen Bauch unter einem engen T-Shirt. Der Bauchnabel glotzt wie ein überdimensionales Hühnerauge heraus. Sie lacht laut unter dem Schwall von Küssen ihres Liebhabers, schnickt ihre lange Mähne und bewirft Karo mit provozierenden Blicken. Als wollte sie sagen: Schau her, ich habe eine feste Beziehung zu einem Mann, der mich liebt. Ich bekomme ein Kind von ihm. Ich bin glücklich. Du nicht.

Dumme Kuh, denkt Karo und guckt weg. Heiraten, Kinder kriegen heißt Ende Gelände, die große Karriere auf unbestimmte Zeit vertagt. Stattdessen ein Frondasein wie in Bananenrepubliken.

Und als hätte Karo sie herbestellt, eilt just eine Mutter mit plärrendem Baby im Buggy über den Zebrastreifen. Ihre um die Schulter gebundene Einkaufstasche klatscht mit jedem Schritt gegen ihre Beine. Die Frau will offenbar den Bus erreichen, der gerade heranfährt. Ihr Kind strampelt und kreischt, dass der Buggy schlingert.

Die Schwangere lacht nicht mehr, guckt angestrengt in eine andere Richtung.

Der Bus hält, Karo stellt sich aufs Trittbrett, verharrt vor der Lichtschranke, bis die geplagte Mutter samt Kind, Buggy und Einkaufstasche die Fahrkarte gelöst hat, hilft ihr einzusteigen und das Baby festzuhalten, das sich aus seinem Gurt herauswinden will.

»Danke! Danke vielmals«, sagt die Mutter, nimmt Karo gegenüber Platz, das Baby auf ihrem Schoß. Sie riecht nach Schweiß, hat dunkle Schatten unter den Augen, die Haare schreien nach einem Friseurtermin.

»Keine Ursache«, sagt Karo.

Das Baby ist still, zwei Tränen kleben an seinen Pausbacken.

»Hoppe, hoppe, Reiter«, trällert die Mutter und wippt mit den Beinen.

Das Baby lacht. Lacht Karo an. Blaue Augen hat es und eine winzige Himmelfahrtsnase.

»Na, du Süßes«, sagt Karo und kitzelt das Baby am Bauch.

Es quiekt und keckert, versteckt sein Gesicht im Haar der Mutter, um sich nach ein paar Sekunden wieder nach Karo umzudrehen.

»Jannis mag Sie«, sagt die Mutter.

Karo wird verlegen. »Er ist hinreißend«, sagt sie. Und sie meint es sogar. »Wie alt ist er?«

»Zehn Monate. Haben Sie auch Kinder?«

»Nein, noch nicht«, hört Karo sich sagen. Und findet es plötzlich gar nicht mehr ausgeschlossen, selbst mal so einen kleinen Kerl auf dem Schoß sitzen zu haben. Vielleicht. Irgendwann einmal. Später. Viel später.

Jannis sieht Karo direkt in die Augen, streckt ihr eine flache Hand mit gespreizten Fingerchen entgegen.

»Das heißt: *give me five*«, übersetzt die Mutter. Die dunklen Ringe unter den Augen sind fast verschwunden.

Karo fährt ihre rechte Hand aus und patscht gegen Jannis' Finger. Er kräht vor Vergnügen.

Babys sind schon was Tolles, denkt Karo. Aber was, wenn irgendwas schiefgeht. Wenn Karo … wenn Karo zum Bespiel ein Kind wie Mira bekäme. Eines, das plärrt und schreit und verrückte Dinge tut. Aber niemals zurücklächelt. Niemals Give-me-five spielt. Einem nicht einmal in die Augen sieht. Würde sie dann durchdrehen, in eine Parallelwelt abhauen wie Bea? Karo hat keine Ahnung, was sie dann tun würde. Muss sie auch nicht wissen. Sie hat ja kein Kind, keins wie Jannis, keins wie Mira. Besser so!

»Höfchen/Listmann«, kündigt der Leuchtriemen an der Busdecke die nächste Haltestelle an. Karo erhebt sich erleichtert, nickt Jannis und seiner Mutter noch einmal zu und steigt aus. Folgt dem Bürgersteig in Richtung Fußgängerzone – und traut ihren Augen nicht: Entlang der Geschäftsfassaden tapert Mira. Oder eine Doppelgängerin: schmale Gestalt, schulterlange braune Locken, die unter einer Baseballmütze hervorquellen. Das Mädchen geht langsam, schaukelnd, so wie Mira oft. Fassenachter würden ans Schunkeln denken: *Gell, du host misch gelle-gern, gelle isch disch aach …* Üwerzwersch würde der Schorsch das nennen. Vielleicht ist Karo auch schon üwerzwersch? Mira ist in einem Heim untergebracht. Wie soll sie hierher gekommen sein? Das Mädchen ist bloße Einbildung, ein kurzzeitiges Aussetzen der Neurotransmitter im Gehirn. Oder, wenn man so will, eine Reinkarnation von Gedanken, wie Frau Fried sie zuhauf an sich beobachtet.

Vor lauter Irritation stolpert Karo über einen Rehpinscher, findet endlich ihre Balance wieder, kann Hund und Herrchen mit einer Demutsgeste beruhigen und sich mit Bedacht umsehen: Kaufhaus, Fotoladen, Reisebüro – alles wie sonst auch. Das Mädchen ist weg. Na also!

Karo atmet auf, geht langsam weiter, biegt in die Fußgängerstraße ein. Das erste Schuhgeschäft auf ihrer Strecke ist nicht mehr weit. Sie besinnt sich auf das, was sie sucht: hellbeige Sandaletten, Stiletto-Absatz und hauchdünne Riemchen. Das mache extrem lange und sexy Beine, so stand es neulich in einer Modezeitschrift. Um die hundert Euro dürfen die Schuhe gern kosten, wo Karo jetzt so viel Geld verdient.

Da! Hinter der ersten Biegung taucht es wieder auf, das Mira-Gespenst. Es folgt einer Girlande weißer Steine, die – in rotes Sandsteinpflaster eingelassen – die Fußgängerzone verzieren. Bei der Schwelle zu einem asphaltierten Abschnitt bleibt es stehen und hüpft mit geschlossenen Füßen drüber. Eine froschgrüne Kindergartentasche springt unter der unförmigen Strickjacke vor, baumelt am Rücken.

Karo steht wie angekettet. Das Kind ist echt. Das Kind ist Mira. Mit seitlich geneigtem Kopf, als denke sie nach, steht Beates autistische Tochter mitten in der City und mustert das Pflastermuster. Nestelt sich die Tasche vom Hals, holt etwas raus, kniet sich hin und malt damit einzelne rote Klinker weiß an. Die Baseballmütze scheint zu stören. Mira legt sie, Wölbung nach unten, Kuhle nach oben, neben sich ab.

Eine grau melierte Dame im Kostüm bleibt stehen, lässt eine Münze in Miras Mütze fallen. Andere Passanten werden aufmerksam, lächeln gerührt, zücken ihre Portemonnaies und werfen einige Cents dazu.

Mira nimmt davon keine Notiz, malt wie besessen.

Bis ein Mensch mit Schnauzbart stutzig wird. Kein Wunder, Mira ist zu klein, um mit Einverständnis der Stadtverwaltung zur kulturellen Bereicherung der Innenstadt beizutragen. Der Mann beugt sich zu ihr hinunter, sagt etwas.

Sie ignoriert ihn, malt weiter.

Er streicht ihr mit der Hand übers Haar.

Dann kommt, was kommen muss: Mira springt auf und kreischt, schlägt um sich …

Karos Starre löst sich, sie gibt ihre Deckung auf, stürzt auf den Schnauzbart zu. »Fassen Sie sie bitte nicht an! Sie mag das nicht.«

»Sie sin die Mudder? Schicke Ihne-Ihr Dochter zum Bettele?«

»Ich bin nicht … Sie bettelt nicht. Sie ist … ist behindert.«

»Ei, umso schlimmer!«

Eine Traube Leute sammelt sich. Der Schnauzbart wird laut: »E behinnerdes Kind zum Bettele schicke, des geheert sisch net!«

»Sie bettelt nicht«, wiederholt Karo, »sie malt doch nur. – Komm, Mira, wir gehen jetzt ein Eis essen.« Sie bückt sich nach der Mütze, schüttelt sie, dass die Centstücke dem Schnauzbärtigen vor die Füße kullern. »Und das, guter Mann, ist für Sie!«

Miras Blick flackert, sie lässt ihr Kreidestück fallen.

»Ich kauf dir ein großes Vanilleeis, Schätzchen«, sagt Karo und schultert Miras Kindergartentasche, überlegt dabei verzweifelt, wie sie das Kind von der Stelle bekommt, ohne einen noch größeren Menschenauflauf zu verursachen …

Da geschieht ein Wunder. Mira steht auf, stellt sich dicht neben Karo und wartet ab. Karo geht einen Schritt und Mira folgt einen Schritt. Karo geht noch einen Schritt, Mira folgt. Karo geht drei Schritte, Mira folgt. Langsam, aber unbeirrt tapert sie die Fußgängerzone entlang hinter Karo her. Dabei scheint ihr Blick die Fassaden der Häuser abzuscannen. Vielleicht hat das Wunder mit dem Stichwort Eis zu tun? Egal, sie erreichen das kleine italienische Café, wo just ein Tisch in der Sonne frei wird.

Karo bestellt drei Kugeln Eis für Mira. »Vanille, Schoko und … und noch mal Vanille.« Mira isst nämlich nichts mit

Stückchen oder Körnchen drin. Und nichts Süßsaures. Das hat Bea Karo mal erzählt. Dafür liebt Mira Sahne. »Und bitte eine Extraportion Sahne«, sagt Karo.

Die Bedienung schreibt mit.

»Für mich einen Espre… äh, nein, einen Eiskaffee. Auch mit Vanilleeis. Und mit – äh – ohne Sahne, bitte!«

»Mit? Oder ohne?«

»Mit!«

Die Bedienung petzt die Lippen zusammen und notiert es sich.

Mira behält artig Platz, setzt ihre Mütze auf, legt ihre Tasche auf dem freien Stuhl neben sich und baumelt mit den Beinen. Wie ein ganz normales Kind. Ja, wirklich! Das Einzige, was hier verrücktspielt, ist der flirrende Schatten eines eingepflasterten Laubbäumchens neben ihren Sitzplätzen. Karo sieht sich um. Niemand wirft komische Blicke. – Oder doch? Zwei Halbwüchsige gucken her, allerdings fixieren sie nicht Mira, sondern Karos Leinenbeutel, aus der *Big Girl Now* von Lady Gaga anschwillt. Es ist die Heimleitung. Mira sei verschwunden und da die Mutter nicht erreichbar sei …

»Hab sie schon gefunden«, lacht Karo. »Alles okay. Wir sitzen in der Innenstadt und essen Eis. – Wie sie hergekommen ist? Tja, das sollten Sie rasch mal rausfinden. Wenn Mira lesen kann, dann schafft sie wohl auch andere Dinge. – Abholen lassen? Nein, bitte nicht, ich bringe sie später bei Ihnen vorbei. – Nein, das macht mir keine Umstände. Nein, ganz bestimmt nicht!«

Was tun, wenn eine Frau mit den Tränen kämpft? Wenn die Frau, die man liebt, mit den Tränen kämpft? Hans-Bernward de Beer weiß es sehr wohl, hat es in seiner geschiedenen Ehe mit einem ehemaligen Funkenmariechen –

einem auch jenseits der dreißig noch überaus kapriziösen Temperament – schmerzvoll erlernt: Man muss die Frau, die man liebt, sofort in den Arm nehmen, ihr sagen, dass sie die Schönste ist und so weiter. Hans-Bernwards vorderstes Bestreben wäre es daher, exakt diese Form der Zuwendung in diesem Augenblick seiner geliebten Gudrun angedeihen zu lassen. Aber es ist ihm nicht möglich. Seine beiden Hände umkrallen das Steuer von Gudruns Volvo, um selbigen unfallfrei durch den Innenstadtverkehr zum Staatstheater zu manövrieren, wo in einer Viertelstunde die Orchesterprobe beginnt. Die Augen muss Hans-Bernward auf die Fahrbahn heften, denn von links und rechts drängen andere Pkw auf seine Spur. Erschwerend hinzu kommen die vielen Radfahrer, die aus dem Hinterhalt heranwuseln.

Die allergrößte Widrigkeit indes hat nicht mit dem Innenstadtverkehr zu tun, sondern damit, dass Hans-Bernward zwar Gudrun liebt, Gudrun aber einen anderen.

»Rolf nimmt mich nicht ernst ... hält mich für ... verrückt«, jammert sie.

»Na, na«, sagt Hans-Bernward und schüttelt den Kopf. Mehr nicht. Denn er hält Rolf für ein ... Nein, er verwendet das Wort, mit dem er Rolf Westenberger charakterisieren würde, nicht einmal in Gedanken. Das verbietet ihm seine Kinderstube.

»Es ist ... wegen ... Valentin. Er hat nämlich ... eine Mail geschickt.« Sie würgt jedes Wort einzeln heraus, das letzte in Begleitung eines Pfefferminzbonbons gegen schlechten Atem.

»Halten Sie sich links. Dann biegen Sie rechts ab«, sagt das Navigationsgerät.

»Aber ... die Mail ... ist gar nicht von Vali ... glaube ich ... manchmal«, fährt Gudrun fort.

»Aha!«, sagt Hans-Bernward, obwohl er nichts verstanden hat. Aber wenn eine Frau weint, besonders, wenn die Frau, die man liebt, weint, dann muss man Verständnis zeigen. Selbst in dem Fall, dass man nichts versteht.

»Biegen Sie rechts ab. Dann biegen sie rechts ab«, sagt das Navigationsgerät. Es hat eine weibliche Stimme. Das ließe sich ändern. Auch wenn diese Maßnahme an den mitunter kryptischen Nachrichten nichts ändern würde.

Gudruns würgende Sprechweise lässt sich aktuell ebenfalls nicht ändern. Dabei sind ihre Worte noch kryptischer als die des Geräts: »Ich glaube … manchmal … er ist entführt worden … vielleicht umgebracht … Und ich bin … schuld …«

Glücklicherweise kennt Hans-Bernward, ebenfalls aufgrund seiner Ehe mit dem ehemaligen Funkenmariechen, die einzig mögliche Antwort auf eine solche Äußerung. Beinahe automatisch kommt sie ihm von den Lippen: »Nein, Gudrun, du bist keinesfalls schuld!«

»Doch!« Sie schluchzt laut auf. Jetzt laufen tatsächlich die Tränen.

Hans-Bernward steuert den Volvo in eine Seitenstraße, hält vor einer Lkw-Einfahrt an und löst seinen Gurt. Nein, er traut sich nicht, Gudrun in den Arm zu nehmen. Er ergreift ihre Hand.

»Erzähl mir alles, es ist kein Drama, wenn wir ein paar Minuten zu spät kommen. Egal, was ist und was Rolf dazu gesagt hat! *Ich* nehme dich ernst.«

»Ich weiß, deshalb erzähle ich es dir ja.« Das klingt, als habe Gudruns logische Denkfähigkeit wieder eingesetzt.

»Also, dann erkläre mir erst mal: Wie kommst du darauf, dass eine Mail von Valentin nicht von Valentin selbst ist?«

Hans-Bernward wartet geduldig ab, bis Gudrun ihm eine kleine Expertise über sprachstilistische Unterschiede bei Jugendlichen und Erwachsenen vorgetragen hat. Schlägt dann vor, herauszufinden, von wo die Mail abgeschickt wurde. »Hast du sie aufgehoben?«, fragt er.

»Die Polizei braucht dafür eine Art Erlaubnis von der Staatsanwaltschaft. Es genügt nicht, wenn ich ihr meinen Laptop überlasse.«

»Aber ich könnte doch ...«

»Kannst du das denn?«

» ... einen Bekannten bitten. Der ist ein begnadeter IT-Fachmann.«

»Ein Hacker?«

Hans-Bernward überlegt, ob er seinen früheren Schwager, den Bruder des Funkenmariechens, der seine komplette Freizeit damit verbringt, Daten von Prominenten auszuspähen und an Boulevardzeitungen zu verkaufen, als Hacker bezeichnen soll, und entscheidet sich für ein klares Ja.

»Hmmm ...« Gudrun wackelt skeptisch mit dem Kopf.

»Ich werde ihm dein Notebook natürlich nicht einfach so überlassen. Ich werde neben ihm sitzen und ihm genauestens auf die Finger gucken, wenn er die Quelle der Mail entschlüsselt.«

»Gut, ich zahle dem Mann, was er verlangt – und dir natürlich die Überstunden.«

Hans-Bernward schweigt beleidigt.

»Lass mich hier raus, ich geh die paar Schritte bis zum Haupteingang. Hol mich einfach in drei Stunden wieder ab, ja?« Sie trocknet ihre Tränen. Pudert ihre Nase. Zieht ihre Lippen mit einem kolorierten Bienenwachsstift nach. »Sehe ich verheult aus?«

Er betrachtet sie aufmerksam. Die Lider sind rot gerändert, die Wimpern verklebt. Dazwischen glänzen ihre blassblauen Augen wie Mondsteine. »Kein bisschen«, sagt er.

»Und meine Frisur?«

»Perfekt!«

Sie lächelt dünn. »Wenn ich nicht schon so viele graue Haare hätte – spätestens jetzt würden sie mir wachsen.«

Graue Haare? Hans-Bernward erinnert sich so deutlich, als sei es vorhin erst gewesen. »Sie sehen auch mit grauen Haaren sehr hübsch aus«, hat dieser junge Schnösel zur Rosenkranz gesagt. Worauf diese ihn wie verzaubert anblickte – und es schien, als ob einer dieser von Frau Fried beschworenen Engel durch den Raum schwebte.

»Du – ehem – siehst auch mit grauen Haaren wunderschön aus«, sagt er.

Gudrun, den Türgriff schon in der Hand, hält inne, dreht sich zu ihm, lächelt, legt ihm die Hand auf die Schulter, gibt ihm einen Kuss auf die Wange, steigt aus, winkt und geht davon.

Schwebt jetzt ein Engel durch die Straße? Nein. Ein Lasterfahrer hupt, gestikuliert, schneidet zornige Grimassen, weil Hans-Bernward wie benommen hinter dem Steuer hockt und mit Gudruns Volvo die Einfahrt versperrt.

Leidet Karo unter Verfolgungswahn? Oder ist das tatsächlich Alex, der da im Stakkato-Licht der Discoscheinwerfer aufzuckt, die Tanzfläche umhaspelt und mit Blicken abzusuchen scheint? Kein Zweifel. In typischer Golfermontur, helle Hose, Ringelshirt mit Kragen, bewegt er sich zur Bar, lässt sich eine Flasche Bier reichen. Ein alkoholfreies Bier. Was für ein Schnarcher! Karo presst sich an Rick, versteckt ihr Gesicht hinter seinen Knubbelschultern. Seit wann geht Alex überhaupt in Discos? Sollte lieber seinem Polizeimusikcorps lauschen. Am besten gleich mitposaunen.

Ein umwerfender Gedanke. Vor unterdrücktem Lachen krümmt sich Karos obere Hälfte aus der Deckung – und damit in Alex' Blickfeld. Prompt reckt er seine Hand samt Siegelring, winkt und prostet ihr mit seiner Gerstenbrause zu. Ätzend! Aber Karo hat Ressortchef Löffler fest versprochen, mit dem Kerl gut auszukommen. Sie deutet ein Lächeln an, klappt die erhobene Hand mechanisch auf und zu, um sich im nächsten Moment Rick zuzuwenden, ihm den Bizeps zu streicheln und die gespitzten Lippen anzubieten.

Rick küsst sie innig. »Total verschmust heute, hmm?«

Karo lacht auf und schleudert ihren Kopf in den Nacken, um jedwedem Beobachter zu signalisieren, was Rick für ein Charmeur ist. Sie umarmt ihn emphatisch und setzt zum Zungenkuss an. Das wird Alex auf Abstand halten, hofft sie.

Umsonst. Kaum geht Rick zur Bar, um sich ein zweites Pils zu holen, baut sich Alex wie ein Kampfhund vor Karo auf.

»Gut, dich zu treffen«, überbrüllt er Lady Gagas *Judas*.

Karo liegt der Spruch, den sie für so eine einfallslose Anmache parat hat, auf der Zunge: ›Ohne meinen Imageberater will ich mich dazu nicht äußern.‹ Sie zögert. Humorlos wie Alex ist, würde er das umgehend dem Löffler stecken.

Also brüllt sie zurück. »Hi, Alex! Ja, tolle Stimmung, was? Kommst du öfter her?«

Zum Glück dreht der DJ im selben Moment die Bässe auf und Karo hört ihr eigenes Gesülze kaum.

Alex kommt näher, der bekannte Eichenmoosgeruch steigt Karo in die Nase. »Du hast nicht angerufen und ich würde dir gern was sagen.«

»Ach ja?«

Er zieht sie in Richtung Bar, wo man beim Sprechen allenfalls das zarte Scheppern der Gläser und Flaschen übertönen muss.

»Ich schätze mal, du recherchierst Valentin Hepp hinterher.«

»He? Wieso?«

»Er wird verdächtigt, hinter dem Anschlag zu stecken.«

Karo zuckt die Achseln. »Und?«

»Ich weiß, dass du für die Hepps arbeitest. Ich hab's keinem erzählt. Ehrensache. Aber mir ist inzwischen klar, wozu du ein paar weitere Wochen freigestellt sein willst.«

»Quatsch, um den Anschlag und um diesen Valentin kümmere ich mich nicht. Den haben ein paar Tratschtanten angeschwärzt, aber er hat ein Alibi. – Außerdem werd ich nicht gerade ein Zeug recherchieren, an dem schon der ganze Polizeiapparat hängt. Die Wiese ist abgegrast, bevor ich hinkomme. Ist klar dein Revier, Kollege.«

»Du irrst dich gewaltig. Das Thema ist vakant, die Polizei verfolgt den Fall nicht mehr. Nur einer der Kommissare, ein Freund von mir, hilft mir bei der Recherche, weil wir denken, dass was faul ist.«

»Was soll da faul sein?«

»Hör mal, Karo, das ist eine Nummer zu heiß für dich allein. Lass uns zusammenarbeiten.«

Karo klappt vor Verwirrung der Unterkiefer auf. Sie fasst sich, macht ein paar Tanzbewegungen, lacht, als wäre sie betrunken.

»Ich will dich nur warnen«, sagt er. »Halt unbedingt den Mund deinen Kollegen gegenüber! Wer ist denn der Typ, mit dem du da zusammen bist?«

»Das ist mein Freund.« Sie dreht sich weg. Ihr wird eiskalt. Sollte das eben eine Erpressung sein? Alex glaubt offenbar, sie wäre dem Bombenleger auf der Spur. Valentin Hepp? Wieso Valentin Hepp? Egal, Alex will Infos von ihr. Infos, die sie nicht hat. Was jetzt?

Endlich kommt Rick mit seinem frischen Pils herüber, nippt ein paarmal, nickt Alex wie abwesend zu und zieht Karo, die Flasche balancierend, zurück auf die Tanzfläche. Blues. Er drückt sich an sie, flüstert: »Hast du was mit dem Arsch?«

Karo sieht sich um. Alex hat sich an die Bar gepflanzt. »Ist bloß ein ehemaliger Kollege. Hab nix mit dem. Nie gehabt.«

»Aber du flirtest ganz schön.«

Karo kann nicht verhindern, dass ihre Mundwinkel nach oben schießen und alles Blut in ihren Kopf. Rick ist eifersüchtig. Wie süß!

»Quatsch!«, haucht sie ihm ins Ohr. »Ich hab bloß ein bisschen geschleimt. Der hockt beim Chefredakteur auf dem Schoß, weißt du. Und ich will's mir mit dem *Tagblatt* nicht komplett verderben.«

»Aber wir müssen uns nicht zu dem Typen stellen, oder?«

»Nö, das nicht.«

»Wir schmusen ein bisschen, dann zieht er ab.«

»Oder wir gehen woanders hin.«

»Ins Kino?«

»Schlage vor: Heimkino. Hab mir gestern einen Actionfilm runtergeladen.«

»Gute Idee!«

Karo holt ihre Jacke, steuert mit Rick den Ausgang an. Dort hat sich Alex schon in Position gebracht, fixiert sie, ruft irgendwas. Aloe Blaccs *Loving you is killing me* peitscht jedes Wort nieder. Karo witscht hinter Rick her ins Freie. Es hat geregnet, der Asphalt, der am Nachmittag ein wenig Augustsonne abbekommen hat, dampft. Die schwüle Hitze und Ricks starker Arm hüllen Karo ein. Aber Alex' Lippenbewegungen haben sich in ihr Gedächtnis eingebrannt. Es sah aus wie: »Pass auf, Karo!«

Klarer Fall: Er will sie erpressen. Will sie in die Bombenlegergeschichte ziehen. Andernfalls den Hepps von ihren Eskapaden am Tag des Anschlags erzählen. Sie muss sich beeilen, muss ihre Recherchen über den Naziverbrecher Helmut Hepp rasch zu Ende bringen. Morgen früh wird sie weitermachen. Gnadenlos!

Manchmal frühabends, lange bevor die Tablettwägelchen mit den Arzneien über die Fliesen im Flur rappeln und der Bettnachbar seine heiseren Schreie ausstößt, da lichtet sich der Nebel in Valentins Kopf etwas. Bilder, Geräusche, Gefühle gerinnen zu Wörtern, Wörter formen sich zu Gedanken. Heute wieder. Bett, Gitter, Übelkeit, Kopfschmerzen – krank. Krankenhaus? Irrenhaus? Ich bin hier, weil ich krank bin. Verrückt durch die Drogen, die die Entführer mir gespritzt haben. Aber – ich denke, also bin ich, ich denke, also bin ich …

Komisch, dass ihm dieser Satz jetzt einfällt. Den hat mal ein Philosoph so gesagt. Das hatten sie in der Schule. In Religion. Wieso in Religion? Ein Religionsphilosoph oder so. Valentin hat nicht aufgepasst damals, hat durchs Fenster geschaut, einer Schar Spatzen zugesehen, die auf dem asphaltierten Schulhof herumhüpften. Hätte sich lieber hinaus unter die Spatzen begeben, statt zwischen seinen Mitschülern zu hocken, die ihn ablehnten, ignorierten. Und da erzählt der Religionslehrer von diesem Philosophen. Der habe festgestellt, dass man noch so bekloppt sein könne, sich alles Mögliche einbilden könne, wie Schmerzen, Krankheiten, Spatzen auf dem Hof, auch dass niemand einen mag – nur eins könne man sich nicht einbilden: nämlich, dass man ist. Wer denkt, den gibt es. Immerhin.

Die Entdeckung hatte schon damals etwas Tröstendes für Valentin. Das hat sie heute auch. Zumal sich daraus ableiten lässt, dass auch eine Außenwelt an sich keine bloße Einbildung sein kann und dass es einen Zusammenhang geben muss zwischen dem, der denkt und der Außenwelt, die er wahrnimmt … In der Religionsstunde war Valentin völlig verblüfft von dem Spruch, weil der doch dem Zungenbrecher, den er als Kind gern auswendig dahergeplappert hat, widersprochen hat: *Denke nie, gedacht zu haben, denn das Denken der Gedanken ist gedankenloses Denken. Denke nie, du denkst! Denn wenn du denkst, du denkst, dann denkst du nur, du denkst, gedacht hast du noch lange nicht.*

Was für ein dummer Text! Der Philosoph hat recht: Solange man über das Denken nachdenken kann, ist man kein Vollidiot. Valentin ist kein Vollidiot.

Er atmet auf, rümpft die Nase. Es stinkt. Wie in einem öffentlichen Klo. Nach Kot. Und nach Desinfektionsmitteln. Er hebt den schmerzenden Kopf, betrachtet sein Umfeld, soweit er es ohne Brille betrachten kann. Sein Bettzeug ist vergilbt und fadenscheinig. Von den Gitterstäben platzt Farbe ab. Das alles könnte Valentin sich einbilden. Weil er krank ist. Auch Rolfs Stimme neulich war sicher Einbildung. Oder ein Traum. Erst recht Rolfs liebes Gesicht über seinem Bett. ›Rolf! Rolf!‹

Valentin war vor Wiedersehensfreude ganz aus dem Häuschen geraten, wollte rufen, brachte aber keinen Laut heraus. Rolfs Gesicht war voller Mitleid. Oder war es Entsetzen? Rolf hat etwas gesagt. Etwas, was Valentin nicht verstanden hat. Eine unbekannte Sprache. Und dann verschwand Rolf ebenso plötzlich, wie er aufgetaucht war. Ein Traum, ein Hirngespinst. Oder ist Rolf auch hier? Auch krank?

Da kommen die Frauen mit den Medikamentenwägelchen durch die Tür. Fangen wie immer bei den Betten auf der gegenüberliegenden Seite an. Vier Betten sind es. In jedem liegt jemand. Oder? Valentin kann es nicht sehen. Dazu müsste er sich zumindest aufrichten. Aber Aufrichten geht nicht. Er ist zu schwach.

Dass er immer so schwach ist! Abends kann er immerhin den Kopf heben. Und denken. Dann kommen die Frauen, sagen nichts, hören nicht zu, blicken streng, flößen ihm irgendwas ein, zwei Pillen und ein paar Schluck süßen Tee, fassen mit ihren dicken Fingern in seinen Mund, wohl um zu prüfen, ob er alles geschluckt hat. Und dann wird es Valentin angenehm warm, er wird müde …

Die Pillen! Vielleicht sind das Tranquilizer? Harte Schlafmittel? Deshalb immer dieser Filmriss. Schon kurz nachdem die Frauen weg sind, dieser Filmriss, immer dieser Filmriss … Der hat mit den Pillen zu tun. Vielleicht. Bestimmt!

Panik ergreift Valentin, reißt ihn aus den Kissen. Er schreit, schreit …

Sofort sind sie bei ihm, drücken ihn zurück ins Bett, zücken ihre Pillen …

Valentin lässt alles geschehen. Er ist schlau genug, um zu wissen, dass sie stärker sind. Aber auch, dass hier was falsch ist. Dass er nicht gesund wird, sondern immer kränker. Sehr schlau muss er jetzt sein. Schlauer als die Frauen. Er wird warten, bis sie weg sind. Dann wird er sich den Finger in den Hals stecken. Wie damals, im Schullandheim, als ihn seine Mitschüler in den Schwitzkasten nahmen, um ihm ein Stück Leberwurst einzutrichtern und Milch, schrecklich viel Milch. Es war leicht gewesen, alles auszukotzen. Tat weniger weh als der Schwitzkasten und das Runterwürgen. Sein Onkel Bär kam noch am selben Tag und hat ihn aus dem Schullandheim abgeholt. Hat Gudrun überredet, ihn die Schule wechseln zu lassen …

Wenn Valentin in der Nacht wach genug ist, stark genug ist, dann wird er aufstehen, heimlich aus seinem Bett klettern und ein Telefon suchen. Es muss ein Telefon geben, irgendwo. Und er wird zu Hause anrufen. Seinen Onkel Bär anrufen. Und wenn es heute nicht klappt, dann morgen. Oder übermorgen. – Ich denke … also bin ich … und ich bin nicht verrückt, das nicht …

So hätte es nicht laufen dürfen. Keineswegs hätte es so laufen dürfen! Hans-Bernward de Beer versucht, den Blickkontakt mit der Fingernägel zermalmenden Kollegin zu vermeiden. Sie soll nicht bemerken, wie maßlos er sich über das Missgeschick ärgert. Denn natürlich hätte die Nachricht auf dem Anrufbeantworter ihn und nur ihn erreichen dürfen. Doch da gab es diese Verkettung unglücklicher Umstände. Ist ihm doch am Wochenende eine Krone vom Zahn weggebrochen – rechts oben hinten. Ob die zähen Preisverhandlungen mit seinem Exschwager, dem Hacker, daran schuld waren oder die Florentinerkekse, die Hans-Bernward sich anschließend zum Trost über das schlechte Ergebnis genehmigte, ist nicht genau auszumachen. Jedenfalls führte die peinigende Lücke dazu, dass er sich am frühen Montagvormittag zum Zahnarzt begab, um dort bis ein Uhr Mittag ohne sein gewohntes zweites Frühstück und mit der *Neuen Post* als einziger Lektüre auszuharren, bis man ihm endlich half. Hans-Bernward ist nämlich Kassenpatient. Aus Überzeugung.

In weiser Voraussicht seines verspäteten Erscheinens zur Arbeit hat er Frau Rosenkranz gegen zehn Uhr vom Handy aus angerufen und gebeten, ihn bei den Kollegen zu entschuldigen. Auch schon mal seinen Anrufbeantworter abzuhören, bitte, um nötigenfalls einen Gesprächspartner zurückzurufen, zu vertrösten, auszurichten, dass er am Nachmittag wieder erreichbar und zu Diensten sein werde und so weiter. Damit wollte er vor allem eine Beschäftigungsmaßnahme für die neugierige junge Kollegin schaffen, sie davon abhalten, in seinen Akten zu wühlen.

Und nun das Malheur! Ein mehr als kryptischer Mitschnitt auf dem Anrufbeantworter, der neue Fragen um Valentins Verschwinden aufwirft. Jetzt, da die ersten öffentlichen Orchesterproben bevorstehen und Gudrun ihre volle Konzentration auf ihr Klavierspiel richten muss, sieht Hans-Bernward sich gezwungen das Problem alleine zu lösen. Und da kommt ausgerechnet diese Rosenkranz ins Spiel!

Mit vor Aufregung zitternden Fingern tippt sie übers Display seines Telefons und lässt noch einmal die von Wimmern und Schluchzen durchsetze Nachricht abspielen:

Onkel Bär ... Bist du da? – Dann geh bitte ran ... – Bit-te! Hier ist Vali. Die haben mich entführt ... eingesperrt ... Sieht aus wie im Krankenhaus hier. Ist aber keins. Ist ein Irrenhaus ... überall Gitter. Ist im Ausland ... weiß nicht, wo. Kenn die Sprache nicht. Hilf mir, Onkel Bär. Bit-te! – Sag der Polizei Bescheid. Die sollen mich finden ... Rolf haben sie auch, glaube ich ... Muss jetzt auflegen ...

Kein Zweifel, das ist Valentins Stimme, obwohl sie so verwaschen klingt, als habe er mindestens eine halbe Flasche Hochprozentiges genossen. Und das Greinen und Wimmern – klingt ganz, als sei er durchgedreht.

»Und? Haben Sie zurückgerufen?«, fragt er.

»Da gab's keine Nummer. *Unbekannt* stand auf dem Display.«

»Also kam der Anruf von einem analogen Gerät.«

»Oder jemand hat die Nummer unterdrückt.«

»Haben Sie Frau Hepp verständigt?«

»Nein.«

»Oder die Polizei angerufen?«

»Nein.«

Hans-Bernward fällt ein Stein vom Herzen. Doch auch das soll die Kollegin ihm nicht anmerken. ›Ach, und warum nicht?‹, will er fragen, dazu den typischen Tonfall eines

Chefs anschlagen, der in vordergründiger Freundlichkeit den Vorwurf der Unfähigkeit kaschieren soll: ›Warum haben Sie dieses getan? Warum haben Sie jenes unterlassen?‹ Die Art zu fragen, wäre jetzt passend für einen Vorgesetzten. Aber er hat das Aufblitzen ihrer Augen unter den zusammengezogenen Brauen registriert. Und zieht es vor zu schweigen. Sie mag eine impertinente kleine Schnepfe sein, die Rosenkranz, aber dumm ist sie nicht. Er wendet sich zum Fenster. Draußen hängt ein feiner Nebel über dem wuchernden Naturschutzgrün.

»Die Nachricht ist vom Freitag, also schon drei Tage alt«, erklärt sie. »Da hab ich beschlossen, noch ein bis zwei Stunden auf Sie zu warten. Zumal erkennbar Sie persönlich gemeint sind. Nicht die Firma. Nicht Frau Hepp. Das hat mich stutzig gemacht. Und dann ist da dieser Satz, dieser komische Satz ganz am Ende.«

Hans-Bernward massiert seine Pausbacke, die sich von der Spritze her noch immer pelzig anfühlt. Weshalb Valentin nicht Gudruns, sondern seinen Apparat angewählt hat, ist ihm völlig klar. Der arme Kerl verwechselt von jeher Gudruns mangelnde emotionale Zuwendung mit einer Ablehnung seiner Person, mit einem Verrat an ihren verwandtschaftlichen Beziehungen sogar. Zu erwarten wäre aber, dass Valentin sich vorzugsweise bei Rolf meldet, zu dem er, weshalb auch immer, im letzten Jahr die größte Affinität entwickelt hat. Erst recht, wenn er in Not ist. Beziehungsweise, sich in Not wähnt. Weshalb der Junge nicht Rolf angerufen hat? Ihm aufs Band gesprochen hat? Das könnte in der Tat mit diesem mysteriösen letzten Satz zusammenhängen: ›Rolf haben sie auch, glaube ich.‹

»Wie kommt Valentin Hepp auf die Idee, dass ›sie‹ – wer immer das sein soll – auch Westenberger ›haben‹ könnten?« sinniert die Rosenkranz und sieht Hans-Bernward in die

Augen. »Der ist eben erst quietschfidel zu Frau Hepp ins Wohnhaus rüber.«

»Ach ja? Quietschfidel?« Hans-Bernward verzichtet auf die Bemerkung, dass es *Herr* Westenberger heißen sollte. Und dass das Adjektiv quietschfidel nicht einen Geschäftsführer umschreiben kann, der die Firmeninhaberin kontaktiert. Stattdessen lässt er sich in seinen Schreibtischstuhl fallen und ringt mit seiner Eifersucht. Das Taubheitsgefühl in seiner Backe hat schlagartig nachgelassen, das eingesetzte Provisorium sticht ihm in den Kiefer. Zu allem Überfluss meldet sich sein Tinnitus.

»Hmmm«, brummt er, um Zeit zum Nachdenken zu gewinnen. Denn tatsächlich ist es diese letzte, diese leise herausgedruckste Sequenz ›Rolf haben sie auch, glaube ich …‹, die wegen ihrer Unsinnigkeit klar macht: Dieser Anruf kann keine Finte sein. Noch beim Abhören der ersten Sätze hätte man mutmaßen können, Valentin spiele das Entführungsopfer, um von seiner Schuld abzulenken. Um Mitleid zu erheischen. Oder womöglich, um mit diesem Theater eine Lösegeldforderung seiner Freunde vorbereiten zu helfen. Durch den abwegigen Nachsatz wird sein Geheul plötzlich – tja, glaubwürdig wird es!

»Wenn Valentin Hepp annimmt, Rolf Westenberger könne entführt worden sein, dann muss er unterdessen mit ihm Kontakt gehabt haben«, überlegt die Rosenkranz, »also nach dem Anschlag.«

Hans-Bernward gibt dem Druck im Oberkiefer nach, nickt mechanisch, um abrupt innezuhalten und den Kopf zu schütteln. Sie hat zwar recht, aber das muss sie nicht wissen. Er sollte sie ablenken, beschwichtigen, irgendwie. Er greift nach dem Postberg auf seinem Schreibtisch, beginnt, das Papier von links nach rechts zu sortieren. »Sie kennen Valentin Hepp nicht«, sagt er. »Mein Neffe ist, wie soll ich sagen, ausgesprochen fantasiebegabt. Und zeigt manchmal ein für Erwachsene nicht nachvollziehbares Verhalten. Spätpubertät, verstehen Sie?«

»Sie meinen, er ist – üwerzwersch?«

»Nun – ehemm – so würde ich es nicht ausdrücken. Der Stimmlage zufolge war er betrunken, als er aufs Band sprach. Vielleicht hat er sogar harte Drogen genossen und entsprechend unter Halluzinationen gelitten. Ja, es sieht ganz danach aus, dass man ihn hilflos aufgefunden und zur Ausnüchterung in ein Krankenhaus gebracht hat.«

»Er spricht von Gittern, von einem Irrenhaus.«

»Eine neurologische Abteilung eben. Verwirrte Personen werden oft erst mal in die Neurologie gebracht.« Hans-Bernward zieht eine genervte Miene, sortiert den Postberg zurück, von rechts nach links. Und denkt nach: Wo ist Vali? Er hat gesagt, er kenne die Sprache nicht.

Ein Gespräch mit Gudrun, vor nicht ganz einem Vierteljahr, fällt de Beer ein. Er hatte zufällig einem Briefwechsel entnommen, dass bei dem Diätprojekt in Tschechien auch geistig Behinderte als Testpersonen herangezogen würden. Gudrun winkte ab, sie wisse davon. Bei diesen Menschen handele es sich um stark Übergewichtige, die natürlich nur mit Einverständnis ihrer Angehörigen einer Reduktionsdiät mit den neuen Produkten unterzogen würden. Da die dazu verwendeten Suppen alle wichtigen Nährstoffe in gesunder Relation enthielten und unter strengster ärztlicher Aufsicht getestet würden, sei das Projekt ethisch absolut vertretbar.

Hans-Bernward meldete Zweifel an. Man könne nicht sicher sein, ob mit den Behinderten durchweg korrekt und gewaltfrei umgegangen werde. Aber Gudrun führte ins Feld, dass Rolf immer wieder hinreise, um sich intensiv um die Abläufe zu kümmern. – Was, wenn nun Valentin nach Cheb gereist ist, vielleicht in der Hoffnung, dort seinen Freund

Rolf heimlich treffen zu können? Und, aus Versehen quasi, in den Pool dieser Testpersonen geraten ist?

»Sie wollen die Polizei nicht verständigen?«, unterbricht die Rosenkranz seine Gedanken.

»Nein. Dieser Mitschnitt würde gänzlich überflüssigerweise einen Verdacht auf den Geschäftsführer lenken. Es würde neue Befragungen und Untersuchungen geben. Neue Besuche von der Polizei. Ich möchte zumindest abwarten bis kommende Woche.«

»Bis Frau Hepp ihren großen Auftritt hinter sich hat?«

»Sie haben es erfasst.«

»Und dann?«

»Vielleicht wird Frau Hepp einen Privatdetektiv beauftragen. Das soll sie selbst entscheiden.«

»Und wenn Valentin Hepp wirklich entführt ...?« Die Stimme der Kollegin klingt belegt.

Hans-Bernward hält beim Briefsortieren inne, sieht kurz auf, sieht in ihr Gesicht. Ein zweifellos hübsches Gesicht mit wunderschönen Augen. Die diesmal nicht vor Neugier eingekniffen, sondern vor Sorge geweitet sind. Vielleicht hat die Kleine ja wirklich Mitgefühl, ein soziales Gewissen? Er kann kaum verhindern, dass seine Stimme eine milde Nuance annimmt. »Mein Neffe ist sicherlich in guter Obhut. Aber wenn es Sie beruhigt: Ich werde selbst nach ihm suchen. Sie halten derweil hier die Stellung!«

»Wo wollen Sie ihn denn suchen?«

Hans-Bernward denkt nach. Was soll er ihr antworten?

»In Spanien?«, fragt sie.

Er stutzt. Tatsächlich denkt fast jeder in die falsche Himmelsrichtung. »Natürlich Spanien. Nordspanien, Jakobsweg«, sagt er und beginnt, die auf seiner Schreibunterlage herumliegenden Stifte zu ordnen. »Wenn Sie mir helfen wollen, Frau Rosenkranz, dann suchen Sie doch mal alle psychiatrischen Kliniken entlang dem Jakobsweg im Internet heraus.«

Das Fräulein Karola ist so voller Mitgefühl, Hermann! Wollte wissen, ob wir auch damals am Bahnhof von Herleshausen gestanden und auf den Zug gewartet haben, der die letzten sowjetischen Kriegsgefangenen nach Hause brachte. Damals, 16. Januar 1956. Und wie es war, die letzte Hoffnung zu verlieren, weil der vermisste Bruder nicht unter den Heimkehrern war – nicht unter den Heimkehrern war.

Was sollte ich dem guten Kind antworten, Hermann? Dass wir natürlich auch da gestanden haben, die Mutter und ich. Von dem quälend langsam einrollenden Zug habe ich dem Fräulein erzählt, mit den Hunderten aus den Fenstern winkenden Armen. Und dass die Mutter ein neues grünes Hütchen trug, grün wie die Hoffnung. Die dann zerstob – natürlich zerstob. Und wie die Zugtüren aufsprangen und die vielen vermissten Väter und Söhne und Brüder herausstiegen, ausgemergelt, halb verhungert, an Leib und Seele geschunden, aber wieder daheim. Und wie sie alle mit Musikkapelle und Fähnchen und Freudentränen empfangen wurden, weil nun alles wieder gut würde, für sie, für ihre Familien. – Nur nicht für uns, nicht für die Hepps und für viele andere, die mit uns dort standen und an diesem Tag die letzte, ihre allerletzte Hoffnung verloren.

Nein, ich habe ihr nicht erzählt, dass die Mutter sich das Hütchen eigens gekauft hatte, weil es sehr eng am Kopf saß. Eine etwas enge Kopfbedeckung, davon war sie überzeugt, zwingt den Geist, die Gefühle zu zügeln. Und es galt allemal, sich zu beherrschen. Wussten wir doch, dass wir nur um der amerikanischen Verfolger willen angereist waren, die mit ihren neumodischen graugelben Mänteln und, eine Zigarette nach der anderen rauchend, abseits von dem Jubel und Trubel warteten, uns argwöhnisch beobachteten.

Doch als die Türen sich öffneten, Hermann, da keimte so der widersinnige Wunsch in mir auf, dass du heraustreten würdest, dass du wieder vor uns stehen würdest mit deinem spöttischen Lächeln und mit dem Koffer aus Pappmaschee, auf dessen Deckeln du die vielen Schildchen von deinen Reisen aufgeklebt hattest: Hamburg, Edersee, Garmisch-Partenkirchen ... Und fantasiert habe ich, dass ein ganz neues Schildchen darauf sein würde, eines aus der Schweiz, aus Zürich, wo du tatsächlich und wahrhaftig überlebt hättest.

Und als du ausbliebst, Hermann, natürlich ausbliebst, da brach alles aus mir heraus, die Schuld, die Wut, die Tränen. Und es gab den Moment, da ich mich am liebsten den Amerikanern entgegengeworfen hätte. ›Ja, ich bin's. Nehmt mich fest. Erschießt mich. Denn ich bin schon tot. Die Nazis haben meinen lieben Bruder umgebracht. Ich bin schon tot ...‹

Da nahm die Mutter meinen Kopf zwischen ihre Hände und drückte ihn fest. Als ob sie mir auch einen engen Hut aufsetzen wollte. »Bleib«, hat sie gefleht, »bleib! Die kleine Gudrun hat vielleicht bald nur noch dich.« Dann hat sie mich umarmt, wie alle anderen Mütter ihre heimkehrenden Söhne umarmt haben. Und geweint hat sie wie alle anderen Mütter um ihre für immer verschollenen Söhne geweint haben. Und ich stand starr und sah mich um, sah mich nach den Häschern um, die sich abwandten und davonfuhren in einem schwarzen Ford.

Ich glaube, Hermann, das war der Tag, an dem ich endlich zu Hause ankam. Nach zehn Jahren zu Hause ankam. Ein bisschen wenigstens.

Was für ein Tag! Pitschfeuchte achtundzwanzig Grad Celsius, das gesamte Rhein-Main-Becken ein tropisches Terrarium. Im Verwaltungsflügel der Firma Hepp macht sich ein stechender Geruch breit. Die Deos auf Basis von naturreinem Alaun scheinen bei vielen Kollegen zu versagen. Speziell bei Frau Fried, die durch alle Büros weht und den lauwarmen Salbeitee mit Citrusöl und Agavendicksaft empfiehlt, den sie in der Küche bereitet hat. Und eindringlich vor dem Genuss von Kaffee warnt wegen drohender Dehydrierung und damit einhergehender Kollapsneigung.

»Oh, danke! Ich komme mit meinem makrobiotisch angebauten Matetee bestens zurecht«, versichert Karo. Als Frau Fried nervös blinzelt, womöglich weil sie solche Getränke gar nicht kennt, beeilt Karo sich anzumerken, dass sie ihr momentan hervorragend fließendes Qi in die redaktionelle Überarbeitung des Kontaktformulars auf der Website der Firma einfließen lassen möchte. Diese wichtige Aufgabe soll sie nämlich auf ausdrücklichen Wunsch von Herrn de Beer bis übermorgen erledigt haben. Und zwar ganzheitlich. Der Sermon wirkt. Nicht gegen das klebrige Gefühl an Gesicht und Hals, das am Rücken festgeklebte Seidenshirt, aber immerhin gegen Frau Frieds Wortergüsse.

Kaum ist die Personalbeauftragte aus der Tür, reißt Karo beide Fenster auf, klickt den Bildschirmschoner mit den glücklichen Suppenterrinen auf Schwarz und zieht einen Papierbogen aus der Innentasche ihrer Büromappe, auf dem sie schon gestern Abend versucht hat, die bei den Hepps grassierenden Wunderlichkeiten zu strukturieren. Denn das Ambiente der Firma mag ideal sein für eine investigativ arbeitende Journalistin wie Karo, vorausgesetzt diese Journalistin weiß, was sie recherchieren will. Karo weiß es nicht.

Sie studiert ihre Liste:

1. *Ein senil gewordener Naziverbrecher, der mit einem seiner Opfer, nämlich seinem ermordeten Bruder, die Rollen getauscht hat.*
2. *Ein designierter Firmenchef und militanter Tierschützer, der behauptet, entführt worden zu sein. Und es vielleicht sogar ist.*
3. *Ein museal wertvolles Grundrezept für ökologisch korrekte Tütensuppen, das vergessen beziehungsweise unauffindbar ist.*

Karo besinnt sich auf ihren Mindmap-Kursus im vergangenen Jahr, bildet bauchige Cluster aus *Tierschutz, Suppe* und *Nazis,* malt Kreise und Strukturbäumchen mit Verbindungsschlaufen in roter, grüner und blauer Farbe auf immer mehr Recyclingpapier, alles, damit ihre rechte und ihre linke Hirnhälfte ordentlich kooperieren. Das Ergebnis bleibt verworren, lässt, wenn überhaupt irgendwas, die Tapetenmuster der Achtzigerjahre assoziieren.

Also versucht es Karo mit schlichter linearer Logik und der guten alten Wer-was-wann-wo-wie-warum-Methode. Und stellt fest, dass sie zu Punkt eins immerhin schon eine Menge weiß. Zumal seit gestern Abend, denn sie hat die Antwort eines ehemaligen Mitarbeiters des Simon-Wiesenthal-Centers bekommen, der viele Jahren nach überlebenden Naziverbrechern in aller Welt gefahndet hat. Er schreibt:

Ihre Vermutung, dass Helmut Hepp, geboren im Mai 1915, Leutnant bei der Wehrmacht und Träger des Bandenkampfabzeichens in Bronze, nach dem Krieg die Identität seines im Rahmen des Euthanasieprogramms ermordeten Bruders Hermann angenommen hat, ist keineswegs absurd. In den Fünfzigerjahren muss schon einmal der Verdacht aufgekommen sein, als der angeblich auf der

Krim vermisste Helmut Hepp auch bei den letzten Heimkehrern aus sowjetischer Kriegsgefangenschaft fehlte. Amerikanische Behörden und die Presse waren gleichermaßen an dem Fall dran. Als erster Hinweis diente, dass sich die Brüder, laut Zeugenaussagen, von jeher sehr ähnlich gesehen haben. Allerdings blieben nicht nur die Familie, sondern auch viele Freunde sowie der Hausarzt bei der Behauptung, dass es Hermann Hepp sei, der im Sommer 1946 wundersamerweise zurückgekehrt war. Auch fehlte es an brauchbarem Foto- und Handschriftenmaterial, das weitere Indizien hätten liefern können. Angeblich war alles beim Brand einer Laube, ausgelöst durch eine defekte Lampe, zerstört worden. Als Luise Hepp im April 1956 ihren Sohn Helmut für tot erklären ließ, wurde die Suche eingestellt.

Keine brauchbaren Fotos? Stimmt, die die Karo gefunden hat, sind zu grob gepixelt, als dass eine Vergrößerung viel hergäbe. Und keine Dokumente, die ein grafologisches Gutachten ermöglicht hätten? Tja, vermutlich hatte Hermann Hepp seine Originalrezepte handschriftlich festgehalten. Man hat sie ganz bewusst verbrannt.

Karo streicht in Gedanken Punkt drei von ihrer Liste. Die Rezepte sind wohl perdu. Allerdings ist Karo damit bei Punkt eins noch keinen Schritt weiter. Soll sie mit dem Naziforscher kooperieren? Er bietet es an:

Wenn Sie auf Fakten gestoßen sind, die eine falsche Identität Hermann Hepps belegen, bin ich sehr dankbar für einen Hinweis … und wäre im Gegenzug bereit, Ihnen Daten und Hintergründe zu anderen ähnlichen Fällen zur Verfügung zu stellen …

Soll sie, soll sie nicht? Karo nimmt einen Schluck kühle Cola light aus der Thermoskanne und zieht ihren Miniventilator aus der Tasche. Ein ökosündiges und in diesem Haus garantiert nicht gern gesehenes Elektrogerät, aber die Tür ist zu. Und Frau Fried nachhaltig vertrieben.

Karo schaltet es ein, quirlt sich Luft zu. Was sie bislang einzubringen hat, ist nicht gerade atemberaubend. Dass der Senior sich nicht an seine eigenen Rezepte erinnert, dass er Kriegstraumata mit sich herumschleppt, obwohl er angeblich den Zweiten Weltkrieg über in Irrenanstalten einsaß, dass er in einer Stresssituation Rosa als Verlobte seines Bruders ausgibt – das sind alles schwache Hinweise, keine Indizien. So viel weiß Karo als regelmäßige Konsumentin von *Tatort*- und *Polizeiruf-110*-Krimis.

Andererseits: So dicht, wie sie am Senior dran ist, kann es nur eine Frage der Zeit sein, bis sie mehr herausbekommt. Und was soll sie mit *Daten und Hintergründen ähnlich gelagerter Fälle* anfangen? Nein, sie wird das Ding allein weiterverfolgen.

Der Taschenventilator erfrischt ein wenig an Gesicht und Hals, aber die Beine sind bleischwer von der Hitze. Karo geht in ihrem Zimmer auf und ab, geht in de Beers leeres Büro hinüber. Nordseite, kein laufender Rechner, bedeutend angenehmer. Karo umkreist de Beers Schreibtisch, betrachtet das Stillleben aus Stapeln von Aktendeckeln, Recyclingpapier und Notizblöcken, den ungeleerten Papierkorb …

Ungeleert? Um die Papierkörbe kümmert sich doch abends die Putzkolonne. De Beer muss nach Dienstschluss noch mal hier gewesen sein. Karo schaltet den Ventilator aus, bückt sich, fischt die zerknüllten Papierbögen aus dem Behältnis, unschönes Ergebnis eines Papierstaus offenbar, von Druckerschwärze verschmiert und halb zerrissen. Aber lesbar: Lauter Bahnverbindungen von Hof nach Cheb und zurück sind dort gelistet. Wieso Hof? Liegt doch in Bayern. Und was ist Cheb?

Sie hechtet an ihren PC, klickt sich auf Google Maps und kriegt den Mund nicht zu vor Staunen. Cheb, ehemals Eger, liegt in Tschechien, wenige Kilometer hinter der deutschen Grenze.

Von wegen Spanien! De Beer hat gelogen. Er weiß, dass Valentin in Tschechien ist. In Tschechien, wo auch dieses Diätsuppenprojekt läuft, um das er immer so ein Geheimnis macht.

Karo lacht laut auf. Na warte, ich komm dir auf die Schliche! Sie kippt den letzten Schluck Cola runter und beschließt, sich endlich auch einmal Punkt zwei ihrer Rechercheliste zuzuwenden: dem Firmenerben, der ein Attentat auf eine größere Gruppe von Brathähnchen auf dem Gewissen hat. Und nun unter die Fittiche einer Tochterfirma im Ausland gekrochen und vor lauter schlechtem Gewissen durchgedreht ist.

Wahrhaftig auch eine lohnende Geschichte, solange Kollege Alex und sein befreundeter Kommissar Karos Kreise nicht stören. Aber wo immer die gerade graben, bestimmt nicht in der tschechischen Provinz. Cheb, darauf muss man erst mal kommen. Was hat Alex neulich in der Disco gesagt? »Das ist eine Nummer zu heiß für dich allein. Lass uns zusammenarbeiten.« Ha, dieser Blender!

Wieso wollen eigentlich alle mit Karo zusammenarbeiten? Würde Günter Wallraff zusammenarbeiten? Nein! Investigative Journalisten sind einsame Wölfe, gehen allein auf Fang. Basta!

Als Erstes gilt es, de Beer aufzustöbern. Und Karo weiß auch schon wie: Sie tippt seine Handynummer in die Tastatur des Firmentelefons. *The person you are calling is not available at present.* – Bestens so!

Karo spricht ihm aufs Band: »Hallo, Herr de Beer, hier Rosenkranz. Das *gesund-genießen*-Magazin bittet um Stellungnahme zu einer neuen Untersuchung. Anscheinend haben sie in der Zwiebelsuppe eine Chemikalie gefunden, die da nicht reingehört. Und nun suche ich den letzten Briefwechsel mit der Redaktion. Bitte sagen Sie mir, wo ich den finden kann!«

Karos Zwerchfell vibriert. Das wird ihn alarmieren, er wird sofort zurückrufen, wo immer er sich gerade befindet. Sie nimmt auf seinem Ergosessel Platz. Super bequem ist der.

Sie wippt vor und zurück, wirft ihren Taschenventilator wieder an, vertieft sich in die vorrückenden Zeiger der analogen Tischuhr neben der Ablage und seufzt. Einsame Wölfe auf Jagd müssen warten können.

Im Bestreben, seinen Koffer hinauf ins Bordgepäckfach zu hieven, stellt Hans-Bernward de Beer die Füße in hüftbreite Position, geht in die Knie und streckt sein Hinterteil unter Beachtung seines physiologischen Hohlkreuzes weit raus, wie er es in der Rückenschule gelernt hat. Umsonst. Ein Schmerz von der Lendenwirbelsäule bis hinunter in die linke Wade signalisiert überdeutlich, dass der Bewegungsablauf nicht korrekt gewesen ist.

Immerhin ist der Koffer oben. Und Hans-Bernward kann den ihn anschubsenden Bäuchen, Schultern, Ellbogen ausweichen, sich hinsetzen. Einen Platz am Gang hat er gebucht, damit er eine Armlehne für sich ganz allein beanspruchen und ab und an einen Fuß ausstrecken kann. Für diesen Vorteil nimmt er sogar die Störungen durch fortwährend Essens- und Getränkewägelchen schiebende Stewardessen in Kauf, durch zum Klo und zurückstolpernde Fluggäste, sogar das gelegentliche Aufstehenmüssen für seine Sitznachbarn.

Die Maschine düst ab und schon setzt der Tinnitus ein: Huiii-uiii-uiii. Hans-Bernward presst seine Knie gegen den Vordersitz, um wenigstens seinem Rücken etwas Bequemlichkeit zukommen zu lassen. Was indes nicht recht klappt. Von nebenan wogt ein riesiger Busen herüber, notdürftig verdeckt von einer sich ausbreitenden Boulevardzeitung. Eine Sitzreihe weiter beginnen zwei Frauen, sich detailliert über Terrorismus, ausfallende Triebwerke, Zugvögel und andere Flugrisiken zu unterhalten.

Hans-Bernard seufzt still in sich hinein. Er hasst das Fliegen. Bahnfahren allerdings auch. Er hasst überhaupt das Reisen. Dass er heute mit dem Flugzeug nach Hof, dann mit dem Zug nach Cheb unterwegs ist – für Gudrun. Alles für Gudrun! Und für Valentin natürlich. Die Tour muss rasch vonstatten gehen. Morgen Abend, spätestens übermorgen will er zurück sein, damit Gudrun nicht misstrauisch wird. Und vor Sorge ihren Auftritt vermasselt. Bloß das nicht! In der Zwischenzeit muss er Vali finden, mit ihm sprechen, ihm erklären, dass es besser ist, heimzukommen und sich der Polizei zu stellen. Und zwar am kommenden Samstagmorgen, nach Gudruns Konzert. Hans-Bernward wird ihn bis dahin in seiner Wohnung beherbergen.

Gott sei Dank ist der Flug nach einer knappen Stunde überstanden. Hans-Bernward kann den Tross der zur Gepäckausgabe eilenden Passagiere vermeiden. Er hat sich wohlweislich mit seinem Bordkoffer begnügt.

Die Bahnfahrt nach Cheb über Marktredwitz indes erweist sich als extrem beschwerlich, weil der Zug brechend voll ist und Hans-Bernward, ritterlich wie immer, seinen reservierten Sitzplatz einer Schwangeren überlässt. Er quetscht sich in den Korridor, landet zwischen zwei müffelnden Tramperrucksäcken, lehnt sich an die Resopalwand neben der Toilettentür und muss an die Tiertransporte denken, die Vali seit

Jahren anprangert. Unschuldige Lebewesen derart zusammenzupferchen, ist ethisch wirklich nicht korrekt, befindet Hans-Bernward und beschließt, entsprechende Petitionen im Bundestag künftig zu unterstützen.

Erschöpft kommt er am Bahnhof an, würde gar zu gerne erst mal sein Hotel am Marktplatz aufsuchen, sich aufs Bett werfen, alle viere von sich strecken. Doch dafür bleibt keine Zeit. Er lässt sich per Taxi zum *Scientific Institute for Obesity Cheb (SIfOC)* bringen, wo den Firmenakten zufolge die Versuchspersonen für das Diätprojekt akquiriert und betreut werden.

Ein rührend schlichtes Foyer mit einem an Autobahnraststätten erinnernden Mobiliar empfängt ihn. Immerhin sehr sauber und akkurat, von megaschlanken Grazien in weißen Kitteln belebt, die auf Stöckelschuhen hin und her flanieren. Er tritt an den Empfangstresen.

Eine Dame mit Klubjacke, Haarknoten und dem Namensschild *L. Kutilowa* widmet sich ihm. Lässt ihn seinen Vor-, Nachnamen und Adresse mehrfach buchstabieren, fragt schließlich nach seinem Hausarzt und den Medikamenten, die er derzeit einnimmt.

Hans-Bernward schüttelt den Kopf. *»No medicine, no doctor.«* Dass er seinen Neffen suche, erklärt er stockend und in seinem zugegebenermaßen etwas rheinhessisch gefärbten Englisch.

Anfangs gibt die Frau vor, nichts zu verstehen, dann scheint sie nicht geneigt, derartige Anfragen entgegenzunehmen. Schüttelt ihrerseits den Kopf und fordert ihn auf, seine *relatives* samt Adresse und Telefonnummer zu benennen.

Statt einer Antwort zieht er ein Foto von Vali aus seiner Brieftasche, das diesen mit typisch mürrischer Miene bei seiner Abiturfeier zeigt. *»Valentin Hepp, nineteen years old.«*

»Oh!« Sie stutzt. Der Abstand zwischen Augen und Brauen vergrößert sich dramatisch, ohne dass die Stirn Falten wirft.

Grotesk sieht das aus. Botox? Das muss Botox sein. Hans-Bernward hat noch nie eine Frau gesehen, die sich das Lähmungsgift ins Gesicht spritzen lässt. Er starrt sie an. Vielleicht glaubt sie daher, er fände sie schön. Jedenfalls wird sie freundlicher und verspricht, den Chef rufen zu lassen.

Hans-Bernward muss auf einem unbequemen Kunstledersitz im Nebenzimmer Platz nehmen. Keine Illustrierten, keine Musik. Zeichnungen an den Wänden informieren über die verschiedene Verteilung von Fett am menschlichen Körper. Eine Dreiviertelstunde lang erscheint kein Chef. Stattdessen bringt eine Stöckelschuhschwester eine Garnitur aus Nachtwäsche, Handtuch und Seiflappen vorbei, packt alles dümmlich lächelnd neben de Beer auf eine Art Sideboard. Dann legt sie eine vorbereitete Spritze auf einem Tablett ab, dazu einen kleinen Zellstoffpad.

Nachtwäsche? Eine Spritze? De Beer befällt Panik. Was haben die mit ihm vor? Er will aus dem Raum stürzen, da läutet sein Handy. Am Apparat ist Rolf Westenberger, hörbar ungehalten.

»Was haben Sie in Cheb zu suchen, de Beer? Was fällt Ihnen ein, ohne Rücksprache …«

»Ich suche meinen Neffen.«

»Welchen Neffen?«

»Meinen Neffen Valentin Hepp.«

»Seit wann ist er Ihr Neffe?«

»Er ist Frau Hepps Großneffe. Und ich bin Frau Hepps Cousin. Beziehungsweise Urgroßcousin. Somit ist Valentin auch mein Urgroßneffe. Und ich sein Urgroßonkel …«

»Ich habe Sie nicht nach Ihren Verwandtschaftsverhältnissen gefragt, de Beer, sondern danach, was Sie im Institut zu suchen haben.«

»Sie haben bestritten, dass Valentin mein Neffe ist.« Hans-Bernward mäßigt seine Lautstärke. »Und jetzt möchte ich bitte wissen, wo er ist.«

Die Stimme am anderen Ende klirrt vor Genervtheit. »Und wie kommen Sie auf die Idee, ihn in Cheb zu suchen?«

»Er hat mich angerufen.«

»Wie bitte? Vom Cheb aus?«

»Jedenfalls aus Tschechien.«

»Weiß Frau Hepp, dass Sie dort sind? Oder jemand sonst aus der Firma?«

»Wo denken Sie hin!«

Westenberger bleibt eine Weile stumm, dann nimmt seine Stimme einen eindringlichen Duktus an: »Hören Sie, de Beer, ich habe Vali geholfen, sich vorerst dort zu verstecken. Ich möchte ihm, und natürlich auch Frau Hepp, die Schmach einer Festnahme durch die Polizei ersparen. Der Anschlag hat schon Wirbel genug ausgelöst. Valentin bereut seine Tat, würde gern alles ungeschehen machen ...«

»Das meine ich nicht. Valentin ist in Not. Er hat geweint, konnte kaum sprechen.«

»Da haben Sie wohl etwas falsch interpretiert. Natürlich ist Valentin äußerst niedergeschlagen. Er hat Heimweh. Aber er ist bestens untergebracht. Und ich werde ihm die Chance eröffnen, ein neues Leben zu beginnen. Weil ich mich ihm verbunden fühle. Ich habe verdammt viel für ihn getan. Was man von seinen Verwandten nicht behaupten kann. Dass Sie mir jetzt unterstellen, mich nicht hinreichend um ihn zu kümmern, das schmerzt, mein lieber Herr de Beer. Das schmerzt! Aber natürlich, Undank ist der Welt Lohn!«

»Herrr Westenbergerrr!« Hans-Bernward kann nicht verhindern, dass seine Stimme eine Nuance zu grimmig ausfällt. »Ich unterstelle Ihnen gar nichts. Aber ich fantasiere auch nicht. Valentin selbst glaubt, man habe ihn entführt und eingesperrt.«

»Das wäre ja – verrückt wäre das. Da müsste der arme Kerl völlig durchgedreht sein. Nun gut, wenn dem so ist … Ich kümmere mich darum, werde einen Therapeuten zu ihm schicken. Nächste Woche fahre ich überdies selbst wieder nach Cheb und werde mich persönlich …«

»Ich bin schon hier, Herr Westenberger. Und ich möchte noch heute nach ihm sehen. Ihn mit nach Hause nehmen, wenn er das möchte.«

»Ich weiß nicht, ob das klug ist. Wenn er aktuell so verwirrt ist … Lassen Sie uns vernünftig sein und ihn in seinem Zustand einem Arzt vorstellen.«

»Auch gut. Sobald ich Valentin gesehen und gesprochen habe. Und den Arzt auch.«

Westenberger lacht hohl. »Sie sind ja ein ganz harter Hund, de Beer. Na gut, ich verstehe, dass Sie sich selbst davon überzeugen möchten, dass es Ihrem Neffen, respektive Urgroßneffen gut geht, respektive den Umständen entsprechend gut …«

»So ist es.«

»Tja, dann – meinetwegen! Ich werde veranlassen, dass Sie abgeholt und zu Valentin gebracht werden. Wenn Sie mit ihm gesprochen haben, können wir uns wieder kurzschließen und alles Weitere beraten. Oder wir warten geduldig bis kommenden Sonntagabend und beziehen Frau Hepp in die Beratung mit ein. Ist das so in Ordnung für Sie?«

»Ja.«

»Es kann natürlich eine gute halbe Stunde dauern, bis der Chauffeur bei Ihnen eintrifft. Lassen Sie sich von Frau Kutilowa einen Kaffee bringen. Also dann, bis später.«

»Danke.« Bernward de Beer drückt die Auflegentaste, schnauft ein paarmal durch. Harter Hund, hat Westenberger gesagt. Noch nie im Leben hat jemand Hans-Bernward de Beer einen harten Hund genannt. – Ja, er hat sich durchgesetzt. Auf der ganzen Linie. Und er fühlt sich großartig, auch wenn der wichtigste Teil seiner Mission unerledigt ist. Das Stichwort Chauffeur hat angesichts der bislang so aufreibenden Reise einen angenehmen Klang. Das Stichwort Kaffee genauso.

Hans-Bernward wirft einen triumphalen Seitenblick auf das Sideboard, wo die Nachtgarderobe samt Spritze und Zellstoffpad auf wen auch immer warten. Begibt sich zurück ins Foyer, lässt sich auf einen der Kunstledersitze fallen, blättert in einer Automobilzeitschrift und süffelt den Kaffee, den Frau Kutilowa ihm persönlich bringt. Als der Chauffeur, ein wenig gesprächiger Mittvierziger, ihn abholt, fühlt er sich angenehm müde und entspannt. Der Ischiasnerv gibt Ruhe, der Tinnitus auch. Hans-Bernward nimmt im Fond Platz, räkelt sich in die Polsterung und genießt die Fahrt. Bis ihm übel wird. So übel, dass ihm die Finger ihren Dienst versagen und das klingelnde Handy in der Reverstasche nicht mehr erreichen, bevor er in Ohnmacht sinkt.

4

NEBEN DER SPUR

Valentin fliegt. Die Füße voran. Schwerelos. Durch das Universum. Lichter überall. Blinken. Glitzern. Ein Sinuston, Ätherstimmen, hell und sphärisch. Engel sind um ihn her, fliegen mit ihm mit. Umkreisen ihn, um und um, so geschwind, dass ihre weißen Gewänder hinter ihnen herwehen. Ist das der Tod? Die Sphärenmusik schwillt an und alles wird dunkel, unglaublich dunkel. Er muss die Augen schließen, so dunkel. Aber die Luft ist frisch und kühl und rein, sodass die Lungen vor Glück erbeben. Das Universum ist wunderbar kühl. Und voll von Engeln …

Es ist nur dieses eine Wort, fett auf die Titelseite aufgedruckt, das Gudrun veranlasst, eines jener billigen bunten Frauenmagazine zu kaufen, die zu lesen ihr sonst nicht in den Sinn käme. Sie ist auf dem Heimweg von der Anprobe ihres neuen, in einer Wiesbadener Boutique erstandenen Abendkleids, das in der Taille noch ein wenig gerafft werden muss. Und schlendert die hundert Meter in Richtung Taxistand, da blafft dieses Wort sie aus einem Kioskfenster heraus an und schickt ihr einen kalten Schauer den Rücken hinunter. Benommen geht sie weiter, hält an, sieht unwillkürlich um sich, fühlt sich ertappt, schämt sich und weiß nicht, warum.

Sie tut, als betrachte sie die Auslage einer Konfiserie, geht schließlich mit klopfendem Herzen zurück zum Kiosk, kauft das Blättchen sowie die aktuelle *Financial Times,* um es unauffällig darin zu verstecken. Das Wort heißt *Doppelleben.*

Zu Hause angekommen, schließt sich Gudrun in ihr Arbeitszimmer ein. Griegs Klavierkonzert muss warten, auch das E-Mail-Fach, das achtundvierzig ungelesene Nachrichten meldet, und erst recht Frau Frieds Bestellliste, diesmal für energenisiertes Wasser in Pfandflaschen. Gudrun gibt per Rundmail vor, unbedingt eine Stunde ungestört arbeiten zu wollen, sinkt in den Bürostuhl und durchblättert die Seiten mit der hässlichen Blockschrift, den miserabel bearbeiteten Fotos ungetreuer Prominenter von Schwedenkönig Carl-Gustav über Arnold Schwarzenegger bis Jörg Kachelmann. Auf den nächsten Seiten dann lauter *Frauen wie du und ich* und die bösen Erfahrungen, die sie machen mussten.

Er trug mich auf Händen, kaufte mir rote Rosen, schwor mir ewige Liebe, berichtet Friseurin Katrin M. (35). Doch dann der Schock: Ihr Marcel lebte in Luxemburg mit einer viel jüngeren Frau zusammen …

»Tsss!« Gudrun schüttelt den Kopf. Ob die Journalisten das erfunden haben? Es klingt allzu einfältig.

Noch größer war der Schreck für Bankkauffrau Regine F. (34). Der Handelsvertreter Michael S. (37) hatte nach vierjähriger Bekanntschaft auf ihr Drängen hin endlich das Aufgebot bestellt. Als der Tag kam, verschwand er von der Bildfläche. Regine F. fand heraus, dass er verheiratet war und zwei Kinder hatte.

Ob diese Frauen zu vertrauensselig gewesen seien, fragt das Blatt emphatisch, um die Frage in der nächsten Zeile zu verneinen. Bei vielen der Betrogenen sei durchaus manchmal ein Verdacht aufgekommen. Klein und schlecht hätten sie sich gefühlt, als sie heimlich die Hosen- und Brieftaschen ihrer Liebhaber durchsuchten. Einmal hatte Katrin M. sogar den Klassiker unter den Indizien entdeckt: Lippenstiftspuren an seinem Hemdkragen! Marcel habe gelacht und erklärt, dass von einem großzügigen Arbeitgeber bestellte Callgirls der Crew nach einer Klausurtagung etwas Entspannung bringen sollten. Ein großer Teil der Kollegen hätte von dem Angebot Gebrauch gemacht. Aber er, Marcel, hätte natürlich abgelehnt, sich mit zwei bis drei Bier begnügt und seiner geliebten Katrin eine SMS geschickt.

»Das mit der SMS stimmte sogar«, berichtet Katrin M. und bricht bei diesen Worten in Tränen aus …

Gudrun denkt nach. Hat sie bei Rolf jemals etwas Verräterisches wie ein fremdes Parfum, Make-up oder eine private Visitenkarte wahrgenommen? Nein. Nie! Sie liest weiter.

Immer wenn seine Dienstreisen überhandnahmen, wusste Marcel Katrins Zweifel zu zerstreuen: teure Geschenke, Einladungen in ein feines Restaurant, fortwährende Liebes- und Treueschwüre …

Rolf hat dieser Tage für Gudrun ein Collier erstanden, das gut und gerne fünftausend Euro gekostet haben dürfte. Fünfundzwanzig kleine Aquamarine, tropfenförmig geschliffen und in Weißgold gefasst. Insgeheim erscheint Gudrun ein so teures Geschenk paradox, da es nur durch das stattliche Salär finanziert sein kann, das Rolf in Gudruns Firma verdient. Über ein schlichtes Silberkettchen seiner verstorbenen Mutter hätte sie sich mehr gefreut. Das Collier solle ein Talisman sein, eigens für ihr erstes großes Konzert, hat er ihr erklärt. So sei er ganz nahe bei ihr, obwohl er die Aufführung leider nur von der Loge aus erleben könne.

Diese strahlenden Aquamarine habe er ausgesucht, weil sie so hervorragend mit ihrem neuen nachtblauen Abendkleid harmonieren. Wie eine Göttin werde Gudrun auf der Bühne erscheinen. Und eine Göttin sei sie ja auch – seine Göttin! Dabei überschüttete er sie mit Küssen, hob sie auf seine Arme und trug sie in sein Bett. Gudrun war davon so peinlich berührt und beglückt zugleich, dass sie fortwährend lachen musste und kaum eine erotische Regung empfand. Was er, Gott sei Dank, nicht bemerkte.

Dann, beim gemeinsamen Frühstück, eröffnete er ihr, dass er nach Tschechien müsse. Wieder einmal. So überraschend wie nie.

Diese Reise habe sicher Zeit bis nach dem Konzert, wandte Gudrun ein.

»Leider, leider, leider nein«, sagte er da und verzog den Mund, als schmerze ihn diese Entscheidung selbst am allermeisten. Aber er werde ganz gewiss schon am Freitagvormittag zurück sein. Allerspätestens am Nachmittag.

Gudrun gab sich sachlich. Fragte, worum es denn konkret gehe. Und wozu solche Eile nötig sei.

Da schlug er die Hände vors Gesicht und seufzte schwer. Er habe ihr die Nachricht ersparen wollen. Aber wenn er es ihr denn bekennen müsse: Eine der Versuchspersonen habe einen allergischen Schock erlitten und liege nun im Koma. Er müsse den jungen Mann, falls nötig, sofort in eine deutsche Klinik überführen lassen. Dies sei seine moralische Pflicht und überdies im Interesse der Firma und so weiter. Ja, selbstverständlich habe man bei der Rekrutierung der Probanden alle Risiken und Vorerkrankungen abgefragt. Und doch sei nun solch ein Fall aufgetreten, gewiss nur, weil die Angaben in der Personalakte falsch oder unvollständig gewesen seien. – Nein, weder ihn, Rolf, noch die Wissenschaftler des beauftragten Instituts treffe eine Schuld. Er sei sicher, alles in Ordnung bringen zu können. Gudrun solle ihm vertrauen. »Vertrau mir doch«, bettelte er. Und Gudrun half ihm, seinen Koffer zu packen.

Bei der Erinnerung daran wird ihr flau im Magen. Sie liest weiter.

Einmal hat Michael Hals über Kopf unsere gemeinsame Wohnung verlassen mit der Begründung, dass ein Jugendfreund von ihm einen Selbstmordversuch unternommen habe. Die Eltern hätten ihn dringend gebeten zu kommen. In Wahrheit hatte seine Ehefrau das zweite Kind überraschend früh zur Welt gebracht …

Es reicht. Gudrun klappt das Heftchen zu, wirft es, wieder in die *Financial Times* eingewickelt, in den Papierkorb und müht sich um Ablenkung. Sie besucht ihren Onkel Hermann, spielt mit ihm eine Partie Schach, bis er abbricht und wieder einmal von einer Verwirrung befallen wird, der Arme. Diesmal fantasiert er von Amerikanern in graugelben Mänteln, die ihn verfolgen.

»Ich muss mich Ihnen stellen, Gudrun, muss mich ihnen stellen.«

»Das sind nur die Securityleute, Onkel Hermann. Alles Deutsche, Italiener und Türken. Sie bewachen das Firmengelände. Sie tun dir nichts«, versichert sie.

Er glaubt ihr nicht, schläft leise weinend ein.

Unentschlossen begibt sich Gudrun ins Musikzimmer, klappt den Flügel auf. Macht ein paar Fingerübungen die Tonleiter rauf und runter, spielt, um sich auf Griegs schwieriges Klavierkonzert einzustimmen, das witzige kleine Stück aus seiner Peer-Gynt-Suite, das eigentlich für Orchester komponiert ist: *Dabba-dabba-dabbada dabbada daaa … Dibbi dibbi dibbidi dibbidi diii …* ein Stück, das sie schon als Kind geliebt hat. Immer die frechen kleinen Trolle vor Augen, wie sie durch die unterirdische Halle des Bergkönigs schleichen, hüpfen, tanzen … während Gudrun, artig am Klavier sitzend, ihnen die Musik für ihre Kapriolen lieferte.

Sie spielt, bis die Uhr halb sechs anzeigt und die meisten Mitarbeiter ihre Büros verlassen haben dürften, geht gemessenen Schritts vom Wohnhaus hinüber zum Verwaltungsflügel – *dabba-dabba-dabbada* – und winkt dem Wachmann neben dem Eingang zu.

»Hab eine Unterlage verbummelt«, ruft sie hinüber, entschärft die neue elektronische Einbruchmeldeanlage und begibt sich schnurstracks in Rolfs Büro. Sein Schreibtisch gähnt vor Aufgeräumtheit. Gudrun zieht die Schubladen auf. Büroutensilien, sonst nichts. Sie hört den Anrufbeantworter ab. Keine Nachrichten. Der Zugang zu seinen Mails ist natürlich mit einem Passwort gesichert. Weder *G-u-d-r-u-n* noch der Vorname seiner Mutter öffnet den Account, auch die einschlägigen Geburtsdaten nicht. Vielleicht könnte Gudrun Hans-Bernwards dubiosen Bekannten, diesen Hacker bemühen, wenn der mit dem Aufspüren von Valentin so weit ist. Aber es muss doch noch eine andere Möglichkeit geben, ihren Verdacht zu erhärten. Oder zu zerstreuen …

Gudrun nimmt in einem der Sessel in der Konferenzecke Platz und denkt nach. Rolf hat im Garten seines Hauses immer einen Ersatzschlüssel vergraben für den Fall, dass er sich versehentlich ausschließt. Gudrun kennt die Stelle. Er hat sie ihr mit einer Geste größter Offenherzigkeit einmal verraten. »Falls mir einmal etwas passieren sollte, kannst du dich um meine Angelegenheiten kümmern«, hat er erklärt.

Gudruns Blick fällt auf den kleinen Drachenbaum neben der Couch. Er steckt in lockerer, feuchter Erde. Sie bohrt ihre Fingerkuppen hinein, zieht sie wie einen Rechen im Kreis … Treffer! Sie stößt auf etwas Hartes, etwas Blechernes, schabt den Gegenstand frei, zieht ihn mit spitzen Fingern heraus. Es ist eine Pillendose mit Blumenornament, Geschenk der örtlichen Apotheke, wie die Unterseite verrät. Und was ist drinnen? Bestimmt keine Pillen. Sie öffnet den Deckel vorsichtig, findet einen Schlüssel. Einen Schlüssel wie zu einem Schließfach, zweibärtig und mit eingravierter Nummer. Ein Bankfach vielleicht? Dann hat Gudrun keine Chance. Oder es handelt sich um eine öffentliche Schließanlage, an die auch Rolf jederzeit herankommt, wenn es notwendig ist. Zum Beispiel am Bahnhof?

Mainz, Hauptbahnhof, Vorhalle zum Bahnsteig eins Richtung Wiesbaden. Es ist später Abend und der Abschnitt mit den Schließfächern wie leergefegt. Gudruns Sandaletten klackern über die Fliesen. *Dibbi-dibbi-dibbidi, dibbidi, dii* … Und ihr Herz klopft. *Dobbo-dobbo-dobbodo* … Fühlt sie sich klein und schlecht wie die betrogenen Frauen in dem Magazin, die heimlich die Hosen- oder Brieftaschen ihrer Liebhaber durchwühlten? Nein, kein bisschen! Klein und schlecht wird sie sich erst fühlen, wenn sie nichts anderes als etwas Bargeld findet oder eine Kreditkarte zu einem privaten Sonderkonto. Oder vielleicht Rolfs Nappalederjacke, die er nur gelegentlich und auf Reisen trägt, um sich Frau Frieds Schelte zu entziehen. Ja, dann vielleicht wird Gudrun ein Schamgefühl überkommen …

Das Fach mit der Nummer 036 befindet sich auf halber Höhe rechts. Gudrun zieht den Schlüssel aus der Innentasche ihres Sakkos, setzt ihn an – und gratuliert sich selbst zu ihrem Kombinationsvermögen. Er passt. Sie muss wegen Zeitüberschreitung nachzahlen, dann springt die Tür auf. Eine transparente Plastikmappe, wie man sie in der Firma aus ökologischen Gründen nicht verwendet, liegt zuoberst.

Darin ein uraltes Schriftstück, mehrere Bögen, mit einer modernen Büroklammer zusammengehalten. Und beschrieben in Sütterlin. Gudrun entziffert mühelos:

Ein Teil Gelbe Rüben
Ein Teil Pastinaken
Zwei Teile Weißkohl
Ein Teil Winterzwiebeln
Ein Teil Lauch (das Weiße)
Liebstöckel nach Bedarf …

Es ist eine gestochen schöne Schrift, so wie Gudruns Großmutter sie mit der Frakturfeder schrieb – sogar noch nach dem Krieg in ihrer privaten Post. Die neue Schreibschrift mochte sie nicht mehr lernen, behalf sich lieber ab und an mit einer Schreibmaschine. Gudrun zittert vor Verblüffung. Sütterlin hat sie in der Grundschule gelernt. Und zwar mit Begeisterung, denn so konnte sie die Briefe ihrer Großmutter heimlich mitlesen.

Alles zerkleinern. Kohl, Lauch und Winterzwiebeln in etwas Butterschmalz anschmoren …

Könnte das Onkel Hermanns Rezept sein? Dafür sprechen die teils kaum noch gebräuchlichen Zutaten: Winterzwiebel, Liebstöckel … und der überkommene Ausdruck Gelbe Rüben für Karotten. Aber warum hat nicht er, sondern Großmutter Luise sie aufgeschrieben? Und warum hält Rolf die Blätter unter Verschluss? Der lässt sogar Hans-Bernward und die kleine Rosenkranz all die Tage vergebens danach suchen!

Gudrun fasst tiefer ins Schließfach. Da liegt noch ein dünner DIN-A4-Briefumschlag mit tschechischer Marke, adressiert an Rolfs Privatanschrift. Abgeschickt von einer Anna mit unleserlichem Nachnamen. Drinnen die notariell beglaubigte Kopie eines Mietvertrags in unbeholfenem Deutsch.

Von einer *Küche* ist dort die Rede und einem *Pflanzgarten*. Dafür ist ein Mietpreis von monatlich sage und schreibe zehntausend Euro vereinbart. Eine versteckte Gage für diese Anna? Als Vertragspartner ist eine Firma in Cheb, Majova, angegeben. Und der Eigentümer des Anwesens heißt ... Irgendwo muss doch ein Name stehen, ein Kontoinhaber, wahrscheinlich diese Anna Soundso ...

Prestissimo finale: *Bobbedobbedobbedo* ... Griegs Kobolde wirbeln umeinander, stolpern übereinander – genauso wie Gudruns Finger durch die Vertragsseiten ... Kontoinhaber ist, im Kleingedruckten findet sie es: *Rolf P. Westenberger*. – Er schließt im Namen der Firma einen Vertrag mit sich selbst? Das ist Betrug!

Bumm-rrymm, bumm-rrymm ... byrryrryrryrr ... rymmm! Die Halle des Bergkönigs ist eingestürzt.

Mittwochmorgen, 7.10 Uhr. Karo hat schlecht geschlafen. Ganz schlecht. Trotz Liebe mit Rick und zwei Gläsern Dornfelder auf fast nüchternen Magen hat sie sich und ihr Problem die halbe Nacht hin und her gewälzt und zwischendurch irgendwas von Orks und Jedi-Rittern geträumt. Jetzt lauscht sie auf Ricks leises Schnarchen und wartet ergeben auf das morgendliche Weckerkommando.

Warum hat Kollege de Beer nicht zurückgerufen? Auch nicht auf die Mail reagiert, die sie ihm am frühen Nachmittag geschickt hat. Ist doch komisch! Ahnt er, dass sie ihn mit ihrer fingierten Anfrage eines Testmagazins bloß aus der Reserve locken wollte? Oder hat er inzwischen die Redakteure dort aufgestört? Karo kriegt den Gedanken nicht aus dem Kopf, wie dort gestern Nachmittag im Verlagshaus des Verbrauchermagazins einer den anderen gefragt hat, ob aktuell was mit Zwiebelsuppen im Gange sei. Großer Manitu, wäre das peinlich!

Andererseits: Was ist, wenn de Beer auf der Suche nach Valentin Hepp in Gefahr gerät? Und wie dieser von irgendwelchen Verbrechern festgehalten wird? Dann würden die Typen sein Handy abhören und ihn wenigstens in der Firma anrufen lassen. Sie würden ihm – wie man in Krimis liest – eine Pistole an die Schläfe setzen und ihn zwingen zu sagen, dass alles in Ordnung mit ihm sei und die von Frau Rosenkranz gesuchten Ordner hinten oben rechts zu finden seien. Weil de Beer aber schlau ist, würde er durch eine kleine versteckte Bemerkung oder eine nicht so ganz passende Wortwahl signalisieren, dass er bedroht wird. Und natürlich würde Karo es merken und die Polizei alarmieren, würde auf eigene Faust das Handy orten lassen – und so de Beer das Leben retten. Und dem armen jungen Valentin Hepp vielleicht auch.

Ja, wenn Karo darüber nachdenkt, wäre das eine angenehmere Lösung als die Verwirrungsnummer bei *gesund genießen.*

Sie dreht sich auf den Rücken, verschränkt die Arme unter dem Kopf und betrachtet die unordentlich gestrichene Zimmerdecke. – Vielleicht ist alles ganz harmlos. Zum Beispiel könnte de Beers Handy keinen Saft mehr haben, das Display kaputt sein. Gleichzeitig könnte in seinem Hotel das WLAN gestört sein, sodass er entnervt sein Netbook ausgeschaltet hat. Dann wird er vielleicht heute Morgen ein Internetcafé aufsuchen.

So oder so: Karo will superpünktlich in der Firma sein, damit de Beer, wenn er endlich anruft, sie selbst erwischt.

Nicht jemand anderen, keinesfalls Frau Fried oder gar den Geschäftsführer, rebellisch macht.

Karo betrachtet Rick, wie er durch die aufgeblähten Nasenflügel schnauft. Er scheint zu träumen. Die kräftigen Augenbrauen zucken zwischen zwei senkrechten Stirnfalten. Im Schlaf sieht er nicht aus wie Justin Timberlake. Eher wie ein versackter Mafia-Adlatus.

Nun gut, *nobody is perfect.* Karo schlägt die Bettdecke zurück, steht leise auf und bereitet schon mal Frühstück: für Rick wie immer ein Ei, zwei Aufbackbrötchen mit Butter und Pfeffersalami, für sich selbst einen Toast mit einem Hauch Magerquark, eine halbe Grapefruit und einen Appetitzügler. Und für sie beide ganz viel Kaffee.

»Was 'n los? Ist so leer im Bett. – Komm, Häschen, wir hüpfen noch mal in die Kiste.« Rick nestelt an ihrem Pyjama.

Sie wehrt ab. »Heute nicht. Muss pünktlich sein, de Beer vertreten. Der ist verreist.«

»Was? Der? Verreist?«

»Ja, privat. Nach Tschechien. – Komisch, was?«

»Na ja, warum nicht Tschechien? Ist doch ein schönes Land.«

»Aber dort läuft auch das Diätprojekt.«

»Vielleicht will er heimlich abspecken«, lacht Rick, lehnt sich über den Frühstückstisch, beißt in ihr Ohrläppchen, dann in sein Pfeffersalamibrötchen. Mit Wunderkerzenaugen erzählt er ihr von einem Fund im Laborarchiv, einem Haushaltsbuch von Luise Hepp, der Mutter des Seniors. »Allerdings in Sütterlinschrift. Dabei stammt es aus dem Jahr 1948, als die moderne Schreibschrift längst Usus war. – Hätt's dir schon gestern Abend gegeben, aber dann wär's wohl vor lauter Begeisterung deinerseits nix mehr mit uns geworden, was?« Er kneift Karo in die Wange.

»Uuui, zeig her!« Karo erzählt ihm lieber nichts von dem

halben Dutzend Haushaltsbüchern im Firmenkeller. Alle schwer zu entziffern und wenig ergiebig. Rick ist allzu begeistert von seiner Entdeckung.

»Guck mal, hier, im letzten Drittel. Ein paar Seiten sind rausgerissen. Was hatte die vornehme Familie da wohl zu verbergen?«

Karo blättert, erkennt tatsächlich eine säuberliche Lücke in der Fadenheftung von vielleicht vier herausgetrennten Seiten. »Stimmt! Hätte ich allein nicht bemerkt. Danke!«

»Irgendwas könnte 48 vorgefallen sein, was die Hepps geheim halten wollten. Vielleicht gibt's auf den restlichen Seiten eine Spur.«

Karo prüft das Blatt, das auf die Lücke folgt, findet einen Satz am oberen Blattrand und bemüht ihre im Internet erlernten Sütterlin-Kenntnisse. *… mehr Geschmack durch Anrösten des Kohls und der Zwiebeln …* – Tja, so könnte es lauten. Nix Spektakuläres. Vermutlich hat Mutter Luise sich ein Rezept notiert und es dann herausgelöst, um es in ihrer Küche aufzubewahren. Jedenfalls folgt auf dem gleichen Blatt eine jener Karo schon bekannten Einkaufslisten: Butter, Mehl, Quark und so weiter, hier mit dem jeweiligen Preis in D-Mark.

Aber Karo will Rick nicht enttäuschen. Sie gießt ihm Kaffee nach. »Ja, da könnte echt was dahinterstecken.«

»Such doch mal in der Kirchenchronik des Dorfs! Da ist viel vermerkt, worauf man nie käme. Und frag den alten Gernot. 1948 war der immerhin sechzehn oder siebzehn Jahre alt.«

»Mach ich«, verspricht Karo und küsst Rick auf den Mund. »Aber jetzt müssen wir los!«

Sie fahren wie immer getrennt zur Firma, weil vorläufig keiner der Kollegen von ihrer Beziehung wissen soll. Rick flirtet ausgedehnt mit Frau Fried und nimmt an ihrer ganzheitlichen, heute an den Fünf Tibetern orientierten Morgengymnastik teil.

Karo täuscht eine Knieverletzung vor, hockt sich ans Telefon und checkt viertelstündlich ihre Mails. Nichts.

Seufzend betrachtet sie Luise Hepps Haushaltsbuch. Wenn es, wie Rick sagt, im Werksarchiv herumlag, darf sie es ganz offiziell lesen. Immerhin findet sie bald nach den herausgerissenen Seiten ein bisschen Prosa. Dort vermerkt Luise Hepp:

> *... wie erschüttert die ganze Familie ist, seit wir mit Sicherheit wissen, dass die Gaskammern und Ausbeutungslager der Nazis sowie die massenhafte Ermordung von Juden keine Feindpropaganda ist, sondern die Wahrheit. Auch sogenannte Geisteskranke wurden in den vermeintlichen Pflegeanstalten gequält und schließlich massenweise ...*

Die Buchstaben werden von Wort zu Wort krakeliger, brechen schließlich ab, ein kleiner Tintenfleck erscheint zum Rand hin verwischt. Erst eine Aufschlagseite weiter beginnt, versehen mit dem Datum *10. November,* die nächste ordentliche Auflistung von Luise Hepps Einkäufen auf dem Markt.

Das sieht nun gar nicht nach einer strammen Nazianhängerin aus, sondern nach einer trauernden Mutter, die verspätet erfährt, was ihrem Sohn widerfahren ist. Seltsam!

Das Telefon reißt Karo aus ihren Gedanken. Sie erschrickt, greift sofort nach dem Hörer. Es ist die Chefin.

»Wissen Sie zufällig, wo Herr de Beer stecken könnte?«, fragt sie mit unüblicher Unsicherheit in der Stimme. »Auf allen Kanälen läuft nur ein Anrufbeantworter.«

»Er hat sich doch freigenommen«, lügt Karo

»Ach so, stimmt ja.« Gudrun Hepp lacht kehlig. »Hab ich glatt vergessen.«

»Kann passieren.« Karo legt den Hörer sanft zurück auf seine Station.

Du weißt, dass du keinen Cognac trinken sollst, Hermann. Also lass es! Gudrun schimpft ... Von der kleinen Flasche im Hängeregister deines Schreibtischs weiß sie aber nichts ... Also, lass uns ein Glas auf dich trinken. Weil heute dein Todestag ist – dein Todestag ... Prosit, Hermann!

Was du gelitten hast in Hadamar? Wir ahnten es nicht einmal. Eine Seuche sei ausgebrochen, mehrere Insassen innerhalb weniger Tage daran verstorben. So schrieb die Heimverwaltung der Mutter. Wegen der Ansteckungsgefahr und der Sommerhitze seien die Leichen sofort bestattet worden. Das Gemeinschaftsgrab befinde sich auf dem Gelände ... mit großem Bedauern ... Heil Hitler!

Und wir haben es geglaubt, Hermann – haben es geglaubt. Weil das Euthanasieprogramm auf Verlangen der Kirchen doch schon 1941 ausgesetzt war. Weil Hitler selbst ein Gesetz unterzeichnet hatte, wonach auch unheilbar Kranken künftig ausreichend Nahrung und Pflege zukommen müsse. Weil das böse Wort von den ›Ballastexistenzen‹ fortan in den Journalen nicht mehr fiel. Und weil die erneuerte Heil- und Pflegeanstalt in Hadamar einen guten Eindruck auf Mutter machte.

»Nun ja, die Einrichtung ist etwas kärglich«, so hat die Mutter von ihrem Besuch bei dir erzählt, »aber alles gepflegt und sauber« ... gepflegt ... sauber. Den Kranken werde mit Geduld begegnet, so erzählte die Mutter. An ihrem Besuchstag, da habe sie miterlebt, wie einer der Insassen laut wurde, wie er getobt und geschrien habe, Hitler sei wahnsinnig, Göring sei wahnsinnig, das Land werde von Wahnsinnigen regiert. Worauf die Schwestern nur gelächelt, den armen Mann mit einem Tee versorgt und zu Bett gebracht hätten.

Dass das Morden hinter den sauberen, gepflegten Kulissen weiterging, noch ärger als zuvor, nur jetzt nicht mehr mit giftigen Gasen, sondern mit Medikamenten, die sie an euch ausprobiert haben … um euch dann … wenn man euch das Leiden ansah, die finale Spritze …

So viele wart ihr, dass die Administration im Land nicht mehr nachkam. Todesanzeigen hat man verschickt von Insassen, die noch lebten, Besuchserlaubnis erteilt für die, die tot waren. Urnen hat man präsentiert mit viel zu viel Asche für einen einzigen Toten. Die Schergen taten sich leichter damit, die Lebenden hinter ihren sauberen, gepflegten Anstaltsmauern verschwinden zu lassen, als später all die vielen Toten korrekt in ihren Listen zu führen …

Als wir endlich aus den Zeitungen erfuhren, was mit euch geschehen war, wie die Nazis ihr Euthanasieprogramm kaum vermindert fortgesetzt hatten, da hatte man mir deine neue Kennkarte schon in die Hand gedrückt, Hermann. Und ich musste dein Grab ignorieren, meine Trauer verbergen, mein ganzes Entsetzen über das, was mit dir geschehen ist, für mich behalten … so lange jetzt schon.

Du solltest keinen Cognac trinken. Gudrun schimpft … Heute ist dein Todestag, Hermann … dein Todestag … Prosit, mein Bruder!

Rick schafft sich ab und Karo starrt zur Decke, schnauft mechanisch. Ganz wie in einschlägigen Ehekarikaturen.

Er rollt sich auf den Rücken. »Du denkst an was anderes. Merk ich doch.«

»Nicht so wichtig.« Sie streichelt sein Gesicht.

»Offenbar schon. Erzähl's mir jetzt, los! Sonst schlaf ich lieber zu Hause.«

Die Drohung wirkt. Karo druckst rum, erzählt erst mal

nur die Hälfte: von Valentin Hepp und seiner seltsamen Nachricht auf de Beers Anrufbeantworter, von de Beers Aufbruch, nicht etwa zum Jakobsweg, wo alle den Jungen vermuten, sondern nach Cheb, wie Karo mit Mühe rausgefunden hat.

Rick hört sich alles an, lächelt. »Du bist mir ja ein Herzchen!«

›Herzchen‹? Karo ist beleidigt und schweigt.

»Hör mal, lass de Beer einfach machen, was er für richtig hält! Der ist doch erwachsen.«

»Aber er wollte spätestens heute Mittag zurück sein. Und gemeldet hat er sich auch nicht.«

»Warum soll er sich melden? Bloß weil er einen Tag länger braucht als geplant? – ›Liebe Frau Rosenkranz, bitte entschuldigen Sie die Verspätung. Wird nicht wieder vorkommen …‹ Soll er dir so was simsen?« Rick stöhnt und es klingt nicht gerade, als verzehre er sich nach ihr.

Und so packt sie den zweiten Teil der Geschichte aus: Die von ihr erfundene Redaktionsanfrage wegen einer obskuren Chemikalie in der Zwiebelsuppe. Und dass das de Beer hätte alarmieren müssen. »Außerdem«, sagt sie und macht eine Kunstpause, »vermisst ihn sogar die Chefin.«

»Und da vermutest du …«

»… dass in Cheb was faul ist, ja! Und ich wäre eine schlechte Reporterin, wenn ich nicht rausfinden wollte, was.«

Ricks Augen werden schmal. »Komisch, dass ich erst jetzt davon erfahre. Hast mir den ganzen Tag Theater vorgemacht, von wegen, ›Ich hab's eilig‹, ›Muss de Beer vertreten‹, ›Das Knie tut mir weh …‹ Du hast mir wohl auch den Orgasmus gestern Nacht bloß vorgespielt.«

»Quatsch«, sagt Karo. »Du warst toll. Ehrenwort!«

Rick grinst, küsst ihren Busen. »Und was will die Enthüllungsjournalistin Karoline Rosenkranz jetzt unternehmen?

Wenn zwei Männer in Cheb spurlos verschwinden, ist die Sache vielleicht nicht nur faul, sondern auch gefährlich.«

Karo tut, als habe sie den Spott in seiner Stimme nicht bemerkt. »Wenn ich die Polizei in Mainz verständige, hängt sich mein Exkollege Alex dran und bekommt die Story. Aber wenn ich selbst nach Cheb fahre, die Lage peile und die Polizei vor Ort anrufe, bleibt es meine Entdeckung.«

»Verstehe«, sagt Rick und verschränkt die Arme vor der Brust. »Aber, damit du's weißt: Ich fahre mit. Oder hast du Angst, auch ich könnte dir die Story klauen?«

Karo schüttelt den Kopf und drückt ihm einen Kuss auf.

»Okay, morgen früh kann's meinetwegen losgehen«, sagt Rick, »auch wenn ich wahrhaftig grade was Interessantes zu tun hätte.«

»Ach ja? Was denn?«

»Na, so eine obskure Chemikalie in der Zwiebelsuppe isolieren«, lacht Rick, wirft sich auf Karo und beißt ihr in den Nacken. »Ach, Häschen, wie konnt ich dir so böse sein!«

Frau Fried zeigt volles Verständnis, als Karo sich am nächsten Morgen wegen einer Nagelbettentzündung am Fuß krankmeldet. Der Merkur sei rückläufig, da sollten empfindsame Menschen wie Karo grundsätzlich etwas kürzer treten, erklärt sie.

Rick zieht es vor, sich mit einer Mail direkt bei Laborchef Weber abzumelden.

»Wir starten spätestens um zehn«, beschließt Karo. Doch als sie sich unter der Dusche abseift, überlegt, was sie auf der großen Expedition anziehen könnte, kommt Rick ins Bad gestürmt. »Du, Häschen, da hockt ein ganz komisches Kind vor deiner Wohnungstür!«

»O je!« Karo stellt die Dusche ab, wickelt sich eilig in ein

Handtuch, beobachtet amüsiert, wie Mira, unterdessen eingetreten, das Regal im Arbeitszimmer ansteuert, Karos Kompass aus der Schublade kramt und wie ein Vögelchen mit einem Auge fixiert. »Tja, darf ich vorstellen: Das ist Mira. Die Tochter meiner Nachbarin, ein kleines Wunder – wie schon der Name sagt.«

»Okay. Wir klingeln und erklären, dass uns das Wunder heute nicht so recht passt.«

»Dann mach das mal«, sagt Karo, geht zurück ins Bad und trocknet sich ab.

»Macht keiner auf«, meldet Rick mit gerunzelten Brauen.

»Tja, weißt du, meine Nachbarin Bea hat zwar eine Wohnung, aber die schätzt sie nicht besonders. Mit anderen Worten: Wir haben ein Problem. Denn ich bin so was wie Miras Patentante.« Karo staunt über sich selbst. So unfeierlich ist garantiert noch nie jemand Patin geworden.

»Kann man das Kind nicht im Treppenhaus warten lassen, bis die Mutter kommt?«

»Kann man nicht. Bis dahin ist das Kind verhungert.«

Es dauert eine Weile, bis Rick kapiert. Karo will verhindern, dass wieder zwei tumbe Pfleger das greinende Kind im Schwitzkasten abführen. Lieber bringt sie Mira selbst zurück.

Ein Anruf im Heim allerdings macht schlagartig klar, dass auch das keine Lösung ist. Eine schlecht gelaunte Aushilfskraft erklärt, heute sei Betriebsversammlung und es gebe nur eine Notvertretung für ganz harte Fälle.

»Tja, dann ... Wissen Sie, ich bin Miras Patin – äh – Tante. Väterlicherseits. Ich kann sie heute hierbehalten. Und morgen auch. Ich plane einen Zoobesuch und – äh – bringe sie übermorgen zurück. Einverstanden?«

Schweigen am anderen Ende der Leitung.

»Gern geschehen. Auf Wiederhören«, flötet Karo, als habe sie gerade der Caritas eine größere Spende in Aussicht gestellt. Dann packt sie eilig einen zusätzlichen Slip und ihr altes Sternchennachthemd für Mira ein. »Das gefällt dir, Süße, ja?«

Rick rollt die Augen. »Du spinnst, Karo! – Du spinnst echt.«

Gudrun hat Glück im Unglück. Denn Hans-Bernwards Hacker ist als IT-Serviceleister in den Gelben Seiten notiert und erweist sich als ebenso eloquent wie entgegenkommend. Ja, sein Exschwager habe den Auftrag leider storniert, da er bereits wisse, wo der junge Herr Hepp sich aufhalte. Und vermutlich sei er dort nun hingefahren. Aber wenn Frau Hepp eine neue Aufgabe für ihn habe, nehme er diese gerne an ... zu den bekannten Konditionen ...

Eine Stunde später ist Rolfs PC geknackt. Ein paar Word- und Exceldateien liegen ausgedruckt auf Gudruns Schreibtisch, offenbaren ein geradezu abartiges Projekt. Sie zögert keine Minute länger, wählt die Nummer des Kommissars, dessen Visitenkarte noch immer in der Schublade schlummert: *Martin Kosciuschko ... Polizeipräsidium ... 06131-65 ...*

»Guten Tag, Herr Kos ... Koszi ...«

»Ist okay. Geben Sie's auf.«

»Ich möchte Anzeige gegen den Geschäftsführer meiner Firma erstatten.«

»Herrn Westenberger?«

»Er hat einen Mietvertrag mit sich selbst geschlossen und überweist sich monatlich einen – sagen wir mal – stattlichen Betrag aus der Firmenkasse. Er hat darüber hinaus, parallel zu einem offiziellen Diätversuch in Tschechien, eine Scheinstudie im gleichen Institut in Auftrag gegeben, bei der Probanden ein wilder Cocktail aus isoliertem Hühnereiweiß, mehrfach ungeesterten Fetten und einem nicht zugelassenen

Appetitzügler verabreicht wird. Ferner experimentiert er mit einem geheimen Familienrezept …«

»Hühnereiweiß?«

»Es schmeckt neutraler als das gebräuchliche Sojaeiweiß. Und da Herr Westenberger durch unsere Beteiligung an einer Hühnerfarm fast umsonst drankommt … Damit ist auch klar, dass er ein eigenes Projekt verfolgt. Hühnereiweiß würde nicht zu den Produkten der Firma Hepp passen.«

»Ich muss Sie leider unterbrechen, Frau Hepp. Denn Sie sind bei mir an der falschen Adresse. Der Mietvertrag ist ein Fall fürs Betrugsdezernat. Und das Diätexperiment betrifft die Aufsichtsbehörden in … Warten Sie! Haben Sie Tschechien gesagt?«

»Das beauftragte Institut heißt *SIfOC* und ist in Cheb ansässig.«

»Sie wissen, dass die beiden Sprengsätze tschechischer Bauart waren?«

»Hmm, bestimmt ein Zufall.« Gudrun schüttelt sich. Rolf ist ein mieser Taschenspieler, aber er würde doch nie …

»Mir geht's wie meinem Fernsehkollegen: Ich glaube nicht an Zufälle.«

Wenn man über fünfzig ist, aus dem Schlaf erwacht und es tut einem nichts weh, dann ist man tot. Hans-Bernward de Beer tröstet sich seit Jahr und Tag mit diesem Kalauer. Und fühlt sich so lebendig wie nie. Heute tut ihm alles weh. Einfach alles. Der Kopf, der Rücken, die Schulter, die Hüfte, die Finger, die Fußzehen. Am schlimmsten die Fußzehen. Die beißen wie nach einem Marsch durch Schnee und Eis.

Schnee und Eis? Wir haben doch August, fällt ihm ein. Er schlägt die Augen auf. Sieht ein trübes Licht, das durch eine Reihe Glasbausteine in den Raum fällt. Und seinen Atem sieht er in Dampfwölkchen aufsteigen. Fühlt seinen massigen Körper – ausschließlich mit einer Papierwindel bekleidet und von einer perforierten Plastikfolie umwickelt – auf blanken Fliesen liegen. Er blickt um sich. Fliesen am Boden, Fliesen bis zur Decke. Ein paar Meter von ihm entfernt liegt noch jemand. Mit einer Windel. Hat sich aus seiner Folie gestrampelt: Vali.

Hans-Bernward graust es. »Vali! Hörst du mich? Vali?«

Keine Antwort. Sein Neffe rührt sich nicht mal. Die Lippen sind blau. Sein Körper erschreckend mager. Aber er atmet. Atmet feine Schlieren in die kalte Luft.

Hans-Bernward rappelt sich auf, kriecht auf allen vieren. »Vali, wach auf, wir müssen hier raus.«

Vali öffnet die Augen, schielt ins Leere, schließt sie wieder, röchelt, zittert, liegt still.

Sicher hat man ihm eine Dröhnung verpasst. Genau wie Hans-Bernward. Nur dass man Hans-Bernwards Körpergewicht nicht mitbedacht und die Dosis zu niedrig gewählt hat, sodass er vorzeitig aufgewacht ist. So was passiert, wenn man am falschen Ende spart, hat die Mutter immer gesagt ...

Er tappt, die Rückenschmerzen und die eisig kalten Fliesen missachtend, durch den Raum, folgt einer Trennwand aus Resopal, findet einen Nebenraum, wo eine Unmenge schmutziger Kohlköpfe und Lauchstauden auf einem rostigen Regal lagert. Er taumelt um das Gestänge herum, findet eine Tür, eine gepanzerte Tür. Von innen ist sie nicht zu öffnen. Daneben eine Schaltanlage mit Thermohygrometer. Das zeigt zehn Grad Celsius und siebzig Prozent Luftfeuchtigkeit an.

So ist das also. Man will Vali und ihn langsam, ganz langsam erfrieren lassen. In einem Kühlraum. Unblutig. Ohne Todeskampfspuren. Und solange keine Leichen gefunden werden, ist der Mörder auf der sicheren Seite. Der Mörder?

Westenberger! Er will sie ermorden. Oder ermorden lassen. Warum?

Die Tür ist verrammelt. Es hat keinen Sinn, dagegen zu treten. Wer ihn hier eingesperrt hat, wird ihn kaum herausholen wollen. Besser, man hält ihn weiterhin für bewusstlos. Nur dann hat er eine Chance. Eine gewisse Chance. Ja, die hat er. Er ist groß, er ist stark. Und wenn er, seiner christlichen Nächstenliebe folgend, bislang keinen Gebrauch von seiner Kraft gemacht hat, dann ist jetzt der richtige Moment gekommen.

Er rubbelt seine Finger, bis die Kuppen glühen, schwingt die Arme wie bei Frau Frieds ganzheitlicher Morgengymnastik, hüpft auf der Stelle, bis auch die lähmenden Schmerzen in den Zehen nachlassen. Dann zerschlägt er den vorderen Teil des Regals, greift sich eine der dickeren Streben, schwingt sie probeweise wie eine Keule auf und nieder. Reißt eine der Folien in Streifen, knotet sie aneinander, bindet sich den ohnmächtigen Valentin samt intakter Folie auf den Rücken. Nun ist einer für den anderen wie ein kleiner Ofen.

So postiert sich Hans-Bernward hinter der Tür. Früher oder später wird sie aufgehen. Und er wird zuschlagen. Keine Sekunde wird er zögern. Er hüpft mit Vali auf dem Rücken und der Stange in den Händen auf und ab, hin und her, entschlossen, bei Kräften zu bleiben. »Halt durch, Vali«, flüstert er, »halt bloß durch!«

Später Nachmittag, Sonnenlicht flackert durchs Rückfenster, als winke es Karo hinterher. Die Fahrt hat sich hingezogen, weil ein quer stehender Laster auf der A 9 für kilometerlangen Stau sorgte. Aber jetzt kann die Grenze nicht mehr weit sein. Rick kurvt über die Landstraße, steile und steinige Böschungen auf beiden Seiten, dann Flachland, fast monochrom grün. Im Radio läuft Lenas *Taken by a Stranger*.

Rick steuert den Golf mit der Linken, hat den rechten Arm um Karo gelegt, summt mit.

Mira sitzt stumm im Fond, sieht zum Fenster hinaus und spielt mit dem Kompass.

Karo packt die letzten Proviantbrötchen aus, eins mit Paprikawurst für Rick, eins mit Vanillezucker für Mira. Sich selbst gönnt sie eins mit Tomate und Gurke, rutscht tief in den Beifahrersitz, während sie kaut. Und genießt die Fahrt. Es ist ein bisschen wie Familie, denkt sie, kein schlechtes Leben eigentlich. Aber ob Rick ein guter Vater wäre? Sie betrachtet ihn von der Seite. Schon wieder die Überraschung: Auch im Profil sieht er kaum wie Justin Timberlake aus, eher wie … wie irgendein anderer Sänger? Oder Filmstar? Es will und will ihr nicht einfallen.

»Ist sogar ganz praktisch, die Kleine dabeizuhaben«, sagt Rick unvermittelt und zwinkert Karo zu. »Wir könnten, wenn wir wegen Valentin Hepp die Klapsmühlen in der Gegend absuchen, so tun, als suchten wir eine Betreuung für sie.«

Karo erscheint der Gedanke ein bisschen zynisch, aber ihr fällt kein Gegenargument ein. »Hmmm«, sagt sie und befindet im Stillen, dass Rick zumindest kein guter Vater für ein behindertes Kind wäre.

Die Verkehrsschilder wechseln von Gelb zu Blau. Pastellfarbige Plattenbauten grüßen von Weitem. Rick macht an einer Tankstelle Rast, googelt in seinem Smartphone und findet raus, dass es direkt in Cheb ein Heim für geistig Behinderte gibt. Nicht mal allzu weit vom Institut entfernt. Er tippt die Adresse ins Navi und fährt weiter.

Es ist eine Villa im Zuckerbäckerstil wie alle in dieser Straße, schmutzigorange verputzt, mit sandsteinumrahmten Sprossenfenstern. Senkrechte Schlieren entlang der Hausfront lassen auf eine löchrige Regenrinne schließen. Die dreifachverglaste Eingangstür allerdings erinnert an moderne Bankfilialen. Karo drückt die Klingel.

Die Frau, die ihnen öffnet, ist Anfang dreißig, etwas zu drall in Karos Augen. Aber blond. Und ziemlich hübsch. Mit honigsüßem Lächeln und auf Englisch teilt sie mit, dass das Haus heute für Besucher geschlossen sei. Ein paar charmante Worte von Rick stimmen sie um. Sie heiße Anna und sei eine *nurse,* sagt sie. Alle drei dürfen eintreten.

Der steinerne Fußboden, die hohen weißen Wände, die Resopalmöbel, alles macht einen unterkühlten, aber ordentlichen Eindruck. Die Besuchertruppe darf Anna über eine geschwungene Treppe nach oben folgen und die beiden Schlafsäle besichtigen, *male* und *female,* die in getrennten Flügeln untergebracht sind. Karo registriert fünfundzwanzig Betten, keins hat Gitter. Im Zentrum der Etage ist der Fernsehraum untergebracht, wo die Schar Heimbewohner wie im Kino aufgereiht sitzt. Auf einem supermodernen Flachbildschirm tanzt eine Trachtengruppe zu Zimbalmusik in Überlautstärke.

»Ahoj«, ruft Karo, weil man so in Tschechien Hallo sagt. Sie bekommt keine Antwort. Die Gruppe starrt auf den Fernseher, futtert dabei Kartoffelchips und Popcorn.

»Auch eine Form von Zwangsjacke«, raunt Karo Rick zu.

Der zuckt die Achseln. »Wieso? Denen geht's doch gut.«

»Wie viele Stunden die wohl täglich so da hocken? Das macht ja selbst einen Gesunden kirre«, insistiert Karo. Eilig scannt sie die kleine Versammlung nach Valentin Hepp ab, wie sie ihn von Fotos her kennt: ein großgewachsener junger Mann mit heller Haut, störrischem dunkelblondem Haar und einer Brille. Niemand ist dabei, der so aussieht.

In einem kinderzimmerkleinen Nebenraum kauern zwei grauhaarige Damen, offenbar Zwillinge, auf einer Couch, stieren ins Nichts und brabbeln vor sich hin. An einem rechteckigen Resopaltisch in der Mitte hockt ein krausköpfiger Mann, der ein Leidensgenosse von Mira sein könnte. Er spielt – die Zungenspitze zwischen die Zähne geklemmt – mit sich selbst Scrabble. Mira setzt sich einen Meter entfernt von ihm hin, packt ihr kariertes Schulheft und einen Filzstift aus der Kindergartentasche, malt ihre Hieroglyphen.

Was Rick freudig zur Kenntnis nimmt: »Mira fühlt sich offenbar wohl hier«, sagt er und übersetzt mit einem Blick zu dieser Anna: *»She seems to like your house.«*

Die Frau schmunzelt, ihre Wangen laufen rosa an. Sie signalisiert mit sparsamen Gesten, dass Mira gerne einen Abend und eine Nacht gratis bleiben könne, *»to test it«*.

Rick stimmt sofort zu.

Karo wird flau im Magen, sie hofft inständig, dass Mira ihnen hinterherläuft, sobald sie sich zum Gehen wenden. Doch Mira hat ein Schachbrett entdeckt und fährt voller Entzücken mit dem Finger die Quadrate ab.

»Komm schon«, sagt Rick. »Ist praktischer so. Wir sollten uns das Institut angucken, bevor es dunkel wird. Die Dame hat versprochen, mich auf dem Handy anzurufen, wenn irgendwas ist. – *You call us?«*

Anna nickt und beschreibt den Weg zum Institut. *»Five minutes«*, schätzt sie.

Tatsächlich sind es weniger als vier Minuten mit dem Auto, die Einbahnstraße weiter, über einen Kreisverkehr, vierte Ausfahrt, eine Hauptstraße entlang …

Ein mehrstöckiger Kastenbau mit Spiegelfensterglas verkündet am Eingang, dass hier das *Scientific Institute for Obesity Research Cheb (SIfOC)* untergebracht ist. Weder auf Klingeln noch auf Klopfen reagiert jemand. Auch das Rollgitter zum Parkplatz ist zu. Kein Wunder, Karos Handy zeigt 18.30 Uhr.

»Macht nix«, sagt sie. »Lass uns ein Hotel suchen und morgen weitersehen.«

Rick ist anderer Meinung. Ihn hat offenbar die Abenteuerlust gepackt. Er huscht in den Hof des maroden Nachbargebäudes, das ehemals ein Restaurant beherbergt haben könnte.

Karo folgt ihm langsam. Sie spähen durch die Ritzen der Rollläden. »Sieht aus, als wohnt hier keiner.«

Das Gelände scheint komplett verwaist bis auf einen spielplatzgroßen Garten, in dem Beete angelegt sind. Karo betrachtet sie verwundert. »Solche Pflanzen hab ich noch nie gesehen.«

Rick grinst. »Vielleicht baut sich da jemand Hanf an. Oder Mohn.«

»Ich glaub eher, das sind alte Gemüsesorten, die's nicht mehr zu kaufen gibt. – Aber ein Teil der Beete ist frisch. Jetzt im August sät jemand was aus? Komisch!« Karo macht ein Foto.

»Lass doch, komm!« Rick wirkt ungeduldig, winkt sie zu der bröckligen Grundstücksmauer, die an manchen Stellen höchstens anderthalb Meter misst. Sie sichten den leeren Mitarbeiterparkplatz des Institutsgebäudes.

»Wir klettern drüber«, sagt Rick. »Vielleicht finden wir was Auffälliges.«

Auch bei Karo erwacht der Jagdinstinkt. »Könnte von mir sein, der Vorschlag.«

Maroder Mörtel rieselt aus dem Mauerwerk, ein paar Klinker brechen, aber beide kommen unverletzt auf der anderen Seite an. Der Parkplatz wird zur Hofseite von einem fensterlosen Flachbau begrenzt, dessen Zugangstür einen Spalt offen steht. Eine leere Halle gähnt ihnen entgegen, in die trübes Licht von oben fällt. Der Boden ist gestampfter Lehm, spärlich mit Kies besät.

»Hier ist noch 'ne Tür«, ruft Rick und rüttelt an einer rostigen Stahlkonstruktion mit Drehkurbel, bis sie sich quietschend öffnet.

Ein schmaler Flur mit Quadern aus Beton- und Glasbausteinen führt zu einer Rampe abwärts. Dann wieder Flure, schnurgerade und abknickende, sich kreuzende Flure, teils mit Zwischentüren abgetrennt.

Karo wird mulmig. »Lass uns lieber umkehren. Wir finden ja nie wieder raus.«

»Keine Sorge, ich hab einen grandiosen Orientierungssinn«, behauptet Rick und folgt einer kleinen Treppe abwärts. »Achtung, hier geht es definitiv in den Keller.«

»Ich warte lieber.«

»Feigling! – Ha, schon wieder so eine Panzertür, eine ganz moderne ... Alles okay, kannst kommen. Total dunkel hier unten. Gut, dass ich die Taschenlampe mit habe. – Boah, Karo, komm her, guck dir das an! Das ist ein Ding: Lauter komisches Gemüse liegt da rum. «

»Echt?« Karo folgt zögernd und beobachtet, wie Rick durch eine Stahltür tritt, die nach innen aufgeht. Hört einen Schlag, einen lauten dumpfen Schlag – dann nichts mehr. »Rick?«

Keine Antwort.

»Rick, was ist denn?«

Wieder keine Antwort.

Karos Kopfhaut kribbelt, ihr Herz rast. Sie geht ein paar Schritte zurück in die Dunkelheit, drückt sich an die Wand.

Da tritt ein riesenhafter buckliger Schemen aus der Panzertür, schwingt einen dicken Stecken mit beiden Händen wie einen Baseballschlager. Und zittert.

Sie kann's kaum glauben. »De Beer?«

»F-für S-sie immer n-noch H-herr d-de B-bbeer.«

Es ist weniger eine Frage der Contenance als der Würde. Wie soll ein annähernd Sechzigjähriger, ungekämmt und unrasiert, fast nackt und mit vor Kälte klapperndem Unterkiefer einer hübschen jungen Frau erklären, weshalb er ihren Liebhaber niedergeschlagen hat?

Hans-Bernward de Beer versucht es nicht erst, vermerkt nur leise: »W-wir müssen hier raus! Schnell! Man will uns umb-bringen.«

»Was?« Sie scheint rein gar nichts zu begreifen, kauert vor ihrem Freund wie die kleine Meerjungfrau vor ihrem toten Prinzen, spricht auf ihn ein: »Rick, Rick, wach auf!« Sie beginnt zu schluchzen.

»Ihr Freund ist nur b-bewusstlos. Wir müssen fliehen. Alle vier.«

»Er ist nur bewusstlos«, wiederholt sie, als sei dies die Quintessenz des Tages. Dann blickt sie sich um: »Vier?«

Hans-Bernward präsentiert ihr den Rücken: »G-gestatten, Valentin Hepp. Er m-muss in ein Krankenhaus. Sonst stirbt er.«

Das wirkt. Die Rosenkranz springt auf, tritt in den Flur, klimpert mit den feuchten Wimpern und deutet nach rechts. »Hier, hier – ja, hier sind wir hergekommen.« Sie klemmt sich die Taschenlampe zwischen die Zähne, fasst ihren Freund unter den Achseln und schleift ihn über den Boden, kommt aber, wie ein Ackerpferd schnaubend, keine drei Meter weit.

Hans-Bernward schätzt den muskulösen jungen Mann gut zehn Kilo schwerer ein als den bis auf die Knochen abgemagerten Vali. »Wir tauschen«, kommandiert er, bindet seinen Neffen los, nimmt stattdessen diesen Schnösel namens Bruss unter den rechten Arm, dessen Smartphone, das nun als Taschenlampe dient, in die linke Hand und geht los.

»Huaaa, der ist ja eiskalt«, stöhnt die Rosenkranz, als sie Valentin Hepps nackte Brust umarmt und fortschleift. Dessen Fersen scharren über den Boden.

»So geht's nicht«, befindet Hans-Bernward, schleppt erst Vali, dann den Laborkollegen, dann wieder Vali ein paar Meter voran, überlässt der Rosenkranz die Leuchte, bis sie gemeinsam eine Art Diele mit zwei leeren Türfüllungen erreichen, in die ein wenig Tageslicht fällt. Auf halber Höhe ein Schaltkasten mit glimmendem rotem Lämpchen.

»Rechts oder links?«, fragt Hans-Bernward.

»Ja.«

»Was heißt ›ja‹?«

»Keine Ahnung. Ist so verrückt verwinkelt hier.« Sie deutet auf ihren Freund. »Aber er weiß es. Er hat nämlich einen grandiosen Orientierungssinn.« Sie beugt sich über ihn, tätschelt ihm die Wange. »Rick, Süßer, wach auf!«

Umsonst. Sie tippt ein paarmal auf ihr Handy. »Auch hier kein Netz.«

Hans-Bernward wird ungeduldig. »Herr Hepp kann nicht warten. Ich versuche es links. – Wenn ich nicht bald zurück bin, stimmt die Richtung und Sie können uns folgen, sobald Ihr Freund aufwacht.«

Sie nickt. Überlässt ihm – erst zögerlich, dann entschieden – Ricks Taschenlampenhandy. »Damit können Sie draußen einen Notruf starten. Und auch gleich die Polizei rufen.«

»Und Sie?«

»Hab selbst ein Handy – mit immerhin leuchtendem Display. – Gehen Sie schon! Viel Glück.«

»Ihnen auch viel Glück!«

Hans-Bernward bindet sich Vali wieder huckepack auf den Rücken und geht los, gelangt bald in eine bunkerähnliche Anlage mit unverputzten Wänden und rauem Estrichboden, der in die Fußsohlen piekt. Tapfer taumelt er weiter, fragt sich, ob die Anlage einmal als Unterschlupf bei einem Atomkrieg gedacht war.

Unvermittelt mündet der Flur in einen Gewölbekeller, nach alter Bauweise aus Sandstein gemauert und modrig riechend. Er beherbergt eine Tiefkühltruhe und einen Stapel Bierkästen. Pilsener Bier! Hans-Bernward kann nicht widerstehen, öffnet eine Flasche mit den Zähnen und trinkt sie aus … fährt vor Schreck zusammen, als ein Mädchen mit weißlich schillerndem Polyesterkleidchen und grüner Umhängetasche aus einem Torbogen tritt. Sie schaut ihn nicht an, wandelt wie ein Gespenst an ihm vorbei, scheint von dem Flur angezogen, durch den er gekommen ist.

»*Ahoj, little girl, please show me the way out*«, ruft er. Sie dreht sich um, sieht verständnislos an ihm vorbei.

»Bitte zeig mir den Weg raus! Bitte!« Er würde glatt vor diesem Engelchen auf die Knie sinken, wenn Vali damit nicht automatisch am Boden aufschlüge.

Sie kehrt tatsächlich um, starrt dabei mit einem Auge auf einen Kompass, den sie in beiden Händen hält, geht eine Treppe hinauf. Er folgt ihr.

Träumt er? Da zweigt seitlich eine vergitterte Halle ab, aus der es stinkt wie aus einer Zoohandlung. Er späht hinein, macht in der Dunkelheit Betten aus, die beiderseits an den langen Wänden aufgereiht sind, acht oder neun Betten könnten es sein. Gitterbetten. In den zuvorderst stehenden erkennt er zwei unglückliche Gestalten in schmutzigen Hemden, eine schläft, eine andere windet sich leise greinend.

»Hallo«, ruft Hans-Bernward und rüttelt an den Stäben. Die Antwort ist ein Chor aus Wimmern und Ächzen. Behinderte? Seelisch Kranke? Wut und Entsetzen packen ihn. Was ist das für ein Haus? Was für ein Grauen! Ob Vali auch hier eingesperrt war?

Das seltsame Mädchen geht gleichmütig weiter. Hinter einer zweiflügeligen Holztür wartet ein Kontrastprogramm: ein kleiner Saal voller Menschen, die kichernd eine Realityshow verfolgen. Und dann – wenige Stufen einer breiten Wendeltreppe abwärts gefolgt – erspäht Hans-Bernward ein hell erleuchtetes Foyer, in dem sich eine Blondine auf der Besuchercouch ausstreckt und in einem Modemagazin blättert. Dabei kommandiert sie einen bekittelten Menschen mit Preisboxerstatur herum, der ihr ein Glas Limonade serviert.

Ein kluger Mann wie Hans-Bernward muss nicht unbedingt verstehen, wo er ist, um zu wissen, dass er schleunigst und unauffällig verschwinden sollte. *»Another exit, liebes Mädchen?«*, flüstert er. »Anderer Ausgang?«

Das Kind führt ihn gehorsam zurück nach oben, durch die Flügeltür und einen weiteren Flur ins Freie. Nur ein niedriges Gittertor trennt sie von der Straße. Hans-Bernward macht Vali los, hievt ihn auf die andere Seite, macht selbst einen Satz über das Tor hinweg – einen Satz, den er sich niemals zugetraut hätte. Pech allerdings, dass ihm das Smartphone von diesem Bruss bei der ganzen Aktion aus der Hand gefallen und im Hof liegen geblieben ist.

Egal! Weiter! Halb nackt wie er nun mal ist, mit dem ebenso halb nackten Vali auf dem Rücken, rennt er auf die Fahrbahn: »Hilfe! Help! Mörder!«

In Cheb passiert, was überall passieren würde. Zwei einzig mit Windeln bekleidete Männer am späten Abend auf der Straße verursachen im Nu einen Menschenauflauf. Da der eine von beiden ohnmächtig scheint, ruft jemand den Krankenwagen und die Sanitäter laden ihn ohne Federlesens ein. Doch den nach Bier riechenden Deutschen, der fortwährend »Mörder« schreit, überlässt man gern der sympathischen blonden Nurse, die samt Wärtern angelaufen kommt, um den entlaufenen Heiminsassen zurückzuholen. Zumal ein äußerst gut gekleideter Landsmann mit modisch zurückgekämmtem Haar angibt, den Verwirrten gut zu kennen und sich um ihn kümmern zu wollen.

Draußen dämmert es. Der Lichtquader, der durch den Schacht fällt, wird blasser. Die rote Lampe der Schaltanlage ist das hellste Licht im Raum. Karos Smartphone zeigt 21.20 Uhr. Schon eine halbe Stunde ist es her, dass sie de Beer befreit haben, und Rick ist immer noch bewusstlos, aber er atmet regelmäßig. Ein wenig Speichel rinnt über sein stoppeliges Kinn. Karo streichelt ihm die kringeligen Haare aus der Stirn.

»Rick, mein Glitzerprinz, wach endlich auf!« Sie probiert es mit ein paar sanften Ohrfeigen …

Da! Er stöhnt, blinzelt, reibt sich den Kopf, starrt sie an, guckt um sich wie ein Betrunkener: »Wer war das?«

»Erklär ich dir später«, verspricht Karo, hilft ihm, sich aufzurichten. »Wir müssen sofort raus hier, die Polizei rufen!«

»Wer war das?«, insistiert er.

»De Beer. Aber er hat's nicht böse gemeint.«

»He?«

»Du hast die Tür zu einem Kühlraum aufgemacht, in dem er eingesperrt war. Er und Valentin Hepp. Jemand wollte die beiden umbringen. – Lass uns verschwinden. Schnell! Versuch dich zu erinnern, wie wir reingekommen sind.«

Rick rappelt sich auf, runzelt die Stirn. »Wo sind die zwei jetzt?«

»Weg! De Beer schleppt Hepp junior zu irgendeinem Ausgang, wo wenigstens der Notruf funktioniert. Ich hab de Beer dein Handy gegeben.«

»Was hast du?« Rick sieht sie ungläubig an. Seine Augen blitzen.

»Beruhige dich! Kriegst es bestimmt wieder. Aber der junge Hepp muss dringend in ein Krankenhaus. Da braucht de Beer ein Handy!«

Rick wendet sich um, hechtet auf die rote Leuchte zu, drück sie fest, eine Sirene heult los, ein blendend helles Licht springt surrend an.

»Spinnst du, was tust du da? De Beer ist harmlos. Aber dieser Keller ist eine Mörderhöhle. Und der Gemüsegarten vielleicht der Friedhof dazu. Wenn die uns finden ... «

Rick ist mit einem Satz wieder bei ihr. Grinst. Nein, das ist nicht Ricks Gesicht, das da grinst. Es ist eine Fratze, die Karo noch nie gesehen hat. Und Hände, die sie noch nie gespürt hat, greifen in ihr Haar, reißen ihren Kopf nach hinten und drücken ihr ein Klappmesser an die Kehle. Es ist ganz warm, das Messer. Es muss in seiner Hosentasche gesteckt haben. Karo erstarrt. Und eine Stimme, die sie noch nie gehört hat, zischt in ihr Ohr. »Sorry, Häschen! Ich hätte dir das gern erspart, aber neugierige Journalistinnen gehen mir nun mal auf die Nerven.«

Karo stockt der Atem. Der Schrei, der eben herauswollte, steckt in ihrer Kehle fest.

»Tja, schade um dich, Häschen. Bist so ein nettes und kluges Mädchen. Hättest halt hübsch bei dem Thema bleiben sollen, das ich für dich aufbereitet hab: Der gute alte Hermann Hepp und seine gescheiterte Rettung einer Judenfamilie und der böse Bruder, der ihn verraten hat und nach dem Krieg so mir nichts, dir nichts in seine Haut geschlüpft ist. – Was für ein schönes Thema! Und was hab ich nicht alles rangeschafft und dir auf den Präsentierteller gelegt: die Fotos, die Haushaltsbücher von Großmama Hepp ... Sogar einen versoffenen alten Penner hab ich bestochen, damit er ein paar Andeutungen macht. Ein Beitrag in der Wochenendbeilage vom *Tagblatt* wäre dir sicher gewesen. Aber nein, Miss Undercover musste sich in Dinge reinhängen, die sie nichts angehen.«

Karo schüttelt es, als habe sie eine ungeerdete Leitung angefasst, als Rick beginnt, sie nachzuäffen: »Das Diätprojekt, ach, das finde ich totaaal interessant«, zwitschert er. »Dabei bist du schon so mager, dass man kaum hinlangen mag. Brrrr.«

Karos Atem kommt wieder in Gang. Ihre Synapsen schließen sich kurz, um zu verstehen, was bis jetzt undenkbar schien: Rick ist ein Schwein. Und ein Verbrecher. Sie beißt ihm in den Handrücken, boxt ihm in die Rippen, reißt sich los und rammt ihm das Knie zwischen die Beine. Dann rennt sie den plötzlich hell erleuchteten Flur entlang.

Daneben getroffen. Rick lacht laut auf. »Keine Chance, Häschen! Es gibt nur zwei Ausgänge und überall sind unsere Leute. Selbst das verwaiste Restaurant gehört uns. Tja, wo möchtest du gerne sterben? Kannst wählen.«

»Warum so zynisch, Rick?« Rolf Westenbergers Stimme hallt aus dem Treppenhaus. »Ich dachte, du hättest inzwischen gelernt, mit Frauen umzugehen.«

Karo hat keine Chance. Schon steht Westenberger vor ihr, greift nach ihren Handgelenken, presst sie zusammen ... Es ziept ... Sie ist mit einem Kabelbinder gefesselt. Der Rest scheint für die Männer Routine. Sie zwingen Karo in die Hocke, binden ihr die Fußgelenke mit einem zweiten Kabelbinder zusammen.

Karo holt tief Luft, schreit, so laut sie kann, um Hilfe.

»Halt's Maul«, sagt Rick, holt aus wie zu einer Ohrfeige.

»Lass dass«, schimpft Westenberger, »es hört sie sowieso niemand!«

»Aber da ist was total schiefgelaufen. De Beer ist weg. Und mit ihm Vali Hepp!«

Karo horcht auf. De Beer! Dass er unterdessen irgendwo draußen ist … Eine leise Hoffnung regt sich, die mit Westenbergers Blick zu ihr herab sofort wieder zerrinnt.

Er grinst und streicht sich mit der Hand über die Gelfrisur. »Tja, Pech für dich, Mädchen! Wir konnten deinen Vorgesetzten einfangen.«

»Mit Vali hat's allerdings eine Panne gegeben«, redet er, Rick zugewandt, weiter. »Die Sanitäter haben drauf bestanden, ihn ins Krankenhaus zu bringen. Ich habe unseren Institutsarzt Dr. Sladek für die Nachsorge empfohlen. Der wird schon weiter dichthalten, wenn wir zusätzlich was springen lassen.«

»Aber in Mainz wird man das Kind spätestens morgen Abend vermissen, die Rosenkranz irgendwann auch. Wir sollten unsere Zelte erst mal abbrechen und die Spuren beseitigen. Solange behalten wir beide als Geiseln.«

»Denke ich auch. Muss aber bald los, zu dem dämlichen Konzert. Kommst du zwei Tage alleine klar?«

»Kannst fahren, Papa. Ich schaff die Rosenkranz in den Kühlraum und schlaf 'ne Runde. Dann gehe ich nach unserem Plan B vor.«

Papa? Ja, er hat Papa gesagt. Karo wundert nichts mehr.

Auch Hans-Bernward de Beer hat das Rätselraten aufgegeben. Er bereitet sich lieber innerlich auf sein nahes Ende vor und überlegt, wie er Gudrun eine letzte Liebeserklärung zukommen lassen könnte. Es scheint aussichtslos. Die beiden Pfleger haben ihn in ein modernes Büro mit blitzblanken Resopalmöbeln, Computer und Telefon gebracht, mit einer Art Koffergürtel quer über Brust und Arme an einem Plastikstuhl festgeschnallt und lassen sich nun von der resoluten Blondine hin und her scheuchen wie dressierte Bulldoggen. *»Jo, tak jo«*, brummt der eine fortwährend, der andere zieht es vor, stumm zu nicken. Hans-Bernward schätzt ihren jeweiligen IQ auf maximal sechzig.

Plötzlich schleifen sie – offenbar auf Befehl ihrer Gnädigsten – das dunkelhaarige kleine Mädchen herein, das Hans-Bernward aus dem Bunker gelotst hatte. Es weint herzerweichend, windet sich. Die Blondine steht mit einer Zwangsjacke bereit.

Hans-Bernward packt die Wut. Wozu hat man so viele Kilo, wenn man sie nicht einsetzt für das Wohl seiner Mitmenschen! Die Italo-Western mit Bud Spencer fallen ihm ein. Die hat er sich mehrfach angeschaut. Wie ging das noch? Sich aufrichten, so gut das mit dem Stuhl am Hintern möglich ist, dann lospreschen, auf den Gegner zu ... ihn umrennen ... einfach so umrennen. – Siehe da, Hans-Bernward kann es auch. Trotz Ischias!

Der Pfleger schlägt rücklings hin, bleibt jaulend liegen. Der zweite Wärter nähert sich, eine Spritze in der Hand und einem kriegerischen Brummen auf den Lippen, doch Hans-Bernward dreht ihm den Rücken zu, rammt ihm die Stuhlbeine in den Bauch, dass zwei davon ausbrechen.

Der Aufschrei, der folgt, verrät, dass nicht nur der Bauch getroffen sein kann.

»Gestatten?«, sagt Hans-Bernward und nimmt dem Kerl die Spitze ab, fixiert die Nurse, geht entschieden auf sie zu. Die lässt die Zwangsjacke fallen, weicht zurück, er springt sie an, rammt ihr die Spritze in den Busen und drückt ab. Sie schreit auf, fasst sich an die Brust, taumelt zu ihrem Telefon, nimmt den Hörer ab – und sinkt um.

Das Schauspiel ist offenbar interessanter als Reality-TV. Eine Schar Heimbewohner steht in der Tür zum Büro und staunt. Aus dem Hörer quäkt die verwunderte Stimme von Westenberger: *»Hi, Anna, everything okay?«*

»Ahoj-ahoj! Jo tak jo!«, brummt Hans-Bernward und legt auf. Gleich neben dem Telefon liegt eine große Papierschere. Die ergreift er mit der Rechten, versucht, das Kofferband durchzuschneiden.

Der maulfaule Wärter kommt ihm prompt zu Hilfe.

Überrascht reicht ihm Hans-Bernward die Zwangsjacke und macht eine Kopfbewegung, die andeutet, er möge seine Chefin damit bekleiden.

Was der gewissenhaft erledigt.

Der andere rappelt sich auf, sammelt die Stuhlbeine ein und legt sie vor Hans-Bernward hin wie eine Opfergabe.

Der korrigiert seine Einschätzung. Der IQ der beiden liegt allenfalls addiert bei sechzig.

Sein Blick fällt auf das Mädchen. Mit erhobenen Händen steht es da, schnieft. Seine Umhängetasche liegt abseits auf dem Boden. Offenbar traut es sich nicht, sich zu bücken und sie aufzuheben.

Das tut Hans-Bernward für sie, kann indes seine Neugier nicht bezähmen und wirft einen Blick hinein. Findet den bekannten Kompass, ein paar Stifte und ein Schulheft, ein zerstückeltes Schachbrett und den Ausriss eines Stadtplans von Mainz. Markiert ist ein Haus im Kaiser-Wilhelm-Ring. Wohnt dort nicht die Rosenkranz?

Hans-Bernward hält sich an die Losung des Tages, die da lautet: Man muss nicht alles verstehen, um das Richtige zu tun. »Komm, kleines Mädchen. Bring mich zurück. Bring mich dorthin, wo du mich gefunden hast. Dann suchen wir zusammen eine gewisse Frau Rosenkranz. Du kennst sie, nicht wahr?«

Das Mädchen greift nach seiner Tasche, schultert sie und geht wie traumversunken voran. *»Ahoj-ahoj, tak jo tak jo«*, ruft Hans-Bernward der Gruppe an der Tür zu, was ein vielstimmiges Gekicher auslöst.

Die beiden Wärter sammeln alle ein, drängen die Frauen und Männer, Hans-Bernward zu folgen. Und bilden selbst die Nachhut der Prozession.

Wer eine gefühlte Ewigkeit lang, gefesselt und den Tod vor Augen, in einem Kühlraum verbringt, der stellt sich unter anderem die Frage, was er im Leben hätte besser machen können. Bei Karo kommt da einiges zusammen.

Lieber Gott, schwört sie, wenn ich heil aus der Nummer rauskomme, rufe ich meine Eltern wenigstens einmal die Woche an, gehe jeden Heiligabend in die Kirche ... und jage keinem abgefahrenem Kram mehr nach, sondern kümmere mich um Themen, die dir gefallen, soziale Themen, zumal die ja buchstäblich auf der Straße liegen. – Ich könnte zum Beispiel ein Feature zum Thema geistig Behinderte und ihre Unterbringung in Heimen schreiben. Eine dolle Geschichte, die ich dann dem *Spiegel* anbiete, dem *stern*, dem *Focus* ... Gegen hohe Auflagenzahlen hast du wohl nichts einzuwenden, lieber Gott? – Okay, okay, vielleicht sollte ich weniger auf Karriere setzen als auf die richtigen Freunde ...

Freunde? Was für eine Ironie des Schicksals, dass sich just bei dem Gedanken an ihren spärlichen Freundeskreis die Tür zu ihrem Gefängnis öffnet und Kollege Alex hereinkommt! Begleitet von bewaffneten tschechischen Polizisten und diesem Mainzer Kommissar mit dem unaussprechlichen Namen. Und dass ausgerechnet Alex ihr, als sie von ihren Fesseln befreit ist, sein Altherrensakko um die schlotternden Schultern legt! Es riecht nicht mal wie sonst nach dem grässlichen Eichenmoos, sondern angenehm nach Sandelholz und Grapefruit.

Viel zu verdattert ist sie, um zu fragen, wie er hergekommen ist. Lieber lässt sie sich sofort nach draußen bringen, wo die schwüle Augustnacht sie umhüllt wie eine Kuscheldecke.

»Danke«, sagt Karo, halb zum lieben Gott, halb zu Alex. Schließt die Augen, atmet tief.

Bis eine Schar Behinderter in Schlafanzügen raunend und kichernd auf sich aufmerksam macht. Bewacht wird sie von zwei Polizisten, die außerdem Kollege de Beer flankieren. Der trägt – Karo muss zweimal hinsehen – ein Wärterkostüm. Und Handschellen. Die Pausbacken sind schmerzverzerrt.

»Ihr habt den Falschen festgenommen«, ruft Karo. »Den völlig Falschen. Westenberger müsst ihr fangen. Der ist auf dem Weg nach Mainz. Sein Sohn heißt Rick Bruss und ist der Obergauner. Der muss irgendwo hier in der Nähe …«

Ein ohrenbetäubender Donner schneidet ihr das Wort ab. Keine zweihundert Meter hinter dem Institutsgebäude steigt eine Staubwolke auf.

»Das Behindertenheim«, ächzt de Beer. »Da sind noch welche drin! Eingesperrt. In einem vergitterten Raum!«

Wieso das Heim? Karo schüttelt entschieden den Kopf. Das Heim ist doch ganz weit … Oder? War die vierminütige Autofahrt nur eine von Ricks Finten? – Und wo ist Mira? Karo scannt die vor Schreck erstarrte Schar der Behinderten ab. »Mira fehlt!«, schreit sie, »Mira fehlt!«

Alex fragt nicht lange, wer Mira sein mag, stopft Karo in sein Auto und fährt los, braust um den Block, keine Minute später sind sie da …

Das pastellorange Zuckerbäckerhaus, in dem sie Mira zurückgelassen haben, brennt. Rauch quillt aus zerborstenen Sprossenfenstern, aus einem riesigen Loch im Dach lodert Feuer.

»Mira!« Karo kreischt, will hineinrennen.

Alex hält sie fest. »Sei vernünftig! Wir müssen auf die Feuerwehr warten.«

»Sie ist das süßeste Kind der Welt, weißt du. Autistisch! Und so klug!«

Eine unendliche Viertelstunde später rollen die Löschfahrzeuge an, Wasser strömt und spritzt, Feuerwehrleute in Schutzanzügen dringen ins Haus. Nicht lange, da birgt man die halb verbrannten Körper einer blonden Frau und eines dunkelhaarigen Mannes, beide um die dreißig, wie Alex in Erfahrung bringen kann. Karo denkt sich ihren Teil, petzt die Lippen zusammen und sieht woanders hin, als die Leichen abtransportiert werden.

Dann die Nachricht eines Polizeibeamten, dass der vergitterte Raum, den de Beer erwähnt hat, gänzlich ausgebrannt ist – keine Hoffnung auf Überlebende. Karos Herz krampft, sie schluchzt laut auf. »So süß … so klug! Und ich bin schuld, wenn sie …«

Alex streichelt ihr unbeholfen über den Schopf.

Langsam, ganz langsam dringt durch Karos tränenfeuchte Augenwinkel die Ahnung eines glitzernden Gewands. Es reflektiert die rotierenden Lichter des Feuerwehrwagens und wankt dabei zögerlich den Bürgersteig entlang – Karos Sternchennachthemd, garniert mit einer froschgrünen Kindergartentasche.

»Da – da ist sie!« Karo springt auf. Das Kind dreht sich in zeitlupenartiger Allmählichkeit um, sieht Karo an. Oder doch nicht? Nähert sich unsicher, setzt sich genau an die Stelle, wo Karo zuvor gesessen hat, und packt eine grob zerlegte Straßenkarte von Cheb aus.

Karo jubelt und weint zugleich. Und weil Mira umarmen nun mal nicht geht, wirft sie sich dem verdatterten Alex an den Hals.

Spielt sie nicht großartig, unsere Gudrun! Großartig ... Lehn dich zurück in deinen Rollstuhl, Hermann, genieße es! Schumann, Opus ... Oder? Brahms? Du hast es wieder vergessen, Hermann, schon wieder vergessen ... Doch das macht nichts. Niemand fragt. Alle lauschen, wie großartig sie spielt.

Nichts sonst ist heute wichtig, Hermann! Dass dieser Wicht mit der Pomade im Haar hier bei dir in der Loge sitzt, Westerwelle oder so ähnlich, versuch es zu ignorieren. Nur, dass sie ihn nicht heiratet! Sag es ihr, später ... Aber sag es ihr unbedingt. Sie soll Hans-Bernward heiraten. Das hat sich unsere Mutter immer gewünscht. – Wo ist denn Hans-Bernward? Hoffentlich nicht krank. Sie erzählen mir ja nichts. Damit ich mich nicht aufrege. Und wo ist der kleine Vali? Und das Fräulein Karola? Alle krank? Oder sitzen sie im Parkett? Ich hatte doch gebeten, dass das Fräulein Karola mit mir in der Loge sitzt. Und Hans-Bernward. Und Vali, wenn er endlich von seiner Kinderfreizeit zurück ist. Ich habe nicht gesagt, dass der Pomadenheini bei mir sitzen soll.

Spät ist er gekommen. Die Musiker hatten ihre Instrumente gestimmt, der Dirigent die Bühne betreten, da ist dieser grässliche Mensch durch die Tür in die Loge gestürmt. »Guten Abend, wie geht es denn dem werten Befinden?«, hat er gefragt. – Blöder Kerl! Und hat sich beschwert, weil Gudrun nicht die Halskette trägt, die er ihr geschenkt hat. Als ob sie nicht tragen kann, was sie mag. Ha, da hast du dich im Rollstuhl aufgerichtet, hast den Kopf gehoben und, so gut es ging, auf ihn in seinem Logensessel herabgeblickt. Hast ihm fest auf die Stelle zwischen den Augen gesehen und verkündet, dass Gudrun auf deinen Wunsch hin die Kette ihrer lieben Großmutter trägt. Da war er still, der Pomadenheini. Das hast du gut gemacht, Hermann.

Also bleib ruhig, lehn dich zurück und genieße das Konzert. Gudrun spielt Liszt. Ja, Liszt! Wie schön sie ist. Hat die sonst so streng frisierten Haare heute locker aufgesteckt. Solch eine Frisur sollte sie immer tragen ... und bald heiraten ... Hans-Bernward heiraten ... Die beiden sind so jung, haben noch ihr halbes Leben vor sich!

Schließ die Augen, Hermann! Diese ruhige, melodische Passage ... sie atmet das Paradies. Sie atmet unsere Kindheit in Eden.

Wenn ich an die glücklichen Kindertage zurückdenke, dann ist immer Sommer – immer nur Sommer. Keiner wie dieser mit Dunstschleiern über der Landschaft und dem Gemüt. Sondern mit hohem blauen Himmel und Schäfchenwolken, mit warmer Erde unter den nackten Füßen und duftender Schafgarbe am Chausseegraben. Weißt du noch, wie wir uns versteckt haben vor der quengelnden kleinen Heidemarie? Damals, als das Versteckspielen noch Spaß gemacht hat ... Wie wir unter dem Speierlingsbaum im Chausseegraben kauerten. Wie die Blätter im Wind rauschten und die Luft um uns so voller Spannung und Verheißung war wie das Leben selbst, das uns erwartete. Du wolltest Koch werden, Koch in einem feinen Restaurant. Nur ich, ich hatte noch keine Pläne, außer dass ich ein Mädchen mit rotbraunen Zöpfen namens Gerti heiraten wollte. »Kellner!«, hast du gesagt. »Werde doch Kellner, dann können wir zusammen arbeiten.« – »Ja, genau, Kellner!«, habe ich gerufen, denn ein Leben ohne dich mochte ich mir nicht vorstellen - nicht vorstellen ...

Die Luft ist trüb und schmutzig geworden. Am Himmel dröhnen fortwährend Flugzeuge. Statt des Winds in den Bäumen rauscht die Autobahn. Ich bin das Versteckenspielen leid, Hermann. Lass uns heimgehen, zu unserer lieben Mutter gehen ... Lass uns ... endlich ... gehen ...

Sie ist schon ein verrücktes Huhn, sag ich Ihnen! Hübsch, aber verrückt wie ihr Name: Karoline Rosenkranz – da bricht doch jede automatische Spracherkennung ein!

»Ist schon gut, Alex«, sagt sie und tätschelt mir die Hand, als ich ihren Wagen heimwärts steuere und ihr erzähle, was mein Freund, Kommissar Kosciuschko, unterdessen herausgefunden hat. Dass nämlich Richard Bruss, gebürtiger Tscheche und unehelicher Sohn von Westenberger, eine Weile als Callboy und als Hehler im Sprengstoffgeschäft tätig war. Dass Vater und Sohn vor circa einem Jahr Kontakt aufgenommen und das Ganze angezettelt haben. Dass Westenberger dabei seine Stellung im Unternehmen Hepp missbraucht hat, heimlich ein Nebenprojekt mit Diätprodukten aus Hühnerzeug gestartet und obendrein ein Familienrezept unterschlagen hat, in der Annahme, damit Geld machen zu können …

»Ach, das Rezept hatten sie auch?«, fragt sie und starrt in den Nieselregenschleier vor der Windschutzscheibe.

»Warst du etwa in den Typ verliebt?«, frage ich.

»Quatsch, alles oberflächlich, reine Sexbeziehung.«

Und als ich dann ausführe, wie Sohn und Vater auf die Idee gekommen sind, erwachsene und elternlose Behinderte erst zu päppeln und dann als Versuchspersonen für Abnehmpülverchen zu missbrauchen, da betrachtet sie liebevoll die kleine Mira, die still im Fond sitzt und ein zerstückeltes Schachbrett zu einem Stapel fügt. Dann, wieder zu mir gewandt, rollt meine verrückte Kollegin die Augen und sagt, dass es Diätmahlzeiten heißen müsse. Und ich dürfe in meinem Artikel keinesfalls Abnehmpülverchen schreiben, denn das wäre unwissenschaftlich und Herr de Beer werde dann wohl eine Gegendarstellung erwirken.

Dabei liegt dem armen de Beer unter Garantie nichts ferner. Wegen Verdachts auf Bandscheibenvorfall muss er vorerst in Cheb bleiben. Wir haben ihn in die gleiche Klinik gebracht, in der auch Valentin Hepp behandelt wird. Dafür war er uns dankbar.

»Wir können den Artikel ja zusammen schreiben«, schlage ich vor.

»Keine Almosen«, sagt sie, erklärt sich aber mit Gönnermiene bereit, den Text gegenzulesen – was ich wiederum ablehne.

Ich erzähle ihr weiter, dass Richard Bruss möglicherweise selbst die Brandbombe im Heim gelegt hat, die dann zu seinem Pech zu früh losging. Dass er vermutlich auch die Sprengsätze im Verwaltungsbau der Hepps besorgt hat, nachdem sein Vater herausfand, was Valentin Hepp anlässlich der Pressekonferenz vorhatte. Dessen albernes Sit-in von Brathähnchen als Protest gegen Hühnerzuchtmethoden haben Westenberger und Bruss zum Bombenanschlag stilisiert, um den Firmenerben in Misskredit zu bringen, dann zu entführen und als elternlosen Behinderten zu verstecken. Alles mit dem Plan, ihn letztlich umzubringen.

Tja, und als ich ihr das alles ausführlich darlege, da sagt sie, dass sie mein neues Aftershave mag, lehnt ihren Kopf an meine Schulter und schläft ein.

Nun gut, verständlich, dass sie erschöpft und verwirrt ist. Aber immerhin hat sie Power genug, um mich herumzukommandieren. Die kleine Mira müsse möglichst rasch zurück ins Heim. Da man sie allerdings nicht direkt anfassen dürfe, sei eine Wolldecke oder etwas Ähnliches nötig, und ich könne doch ganz easy, da meine Wohnung auf dem Weg liege …

Tja, wegen der ganzen Transaktion, die ich selbstverständlich federführend organisiere, weil sie dazu zu müde ist, kommen wir zu spät zu Gudrun Hepps Konzert. Die Vorstellung ist gerade vorbei, am Eingang wartet ein Polizeiwagen mit Rolf Westenberger auf dem Rücksitz, während das Betrugsdezernat mit dem Dezernat für Gewaltdelikte darüber diskutiert, wer die Festnahme abzeichnen soll. Überraschend kommt ein Krankenwagen mit Blaulicht angefahren. Doch dem hundertjährigen Seniorchef der Firma Hepp kann niemand mehr helfen. Er sei während der Aufführung unbemerkt und sanft entschlafen, heißt es.

Dann müsse sich jetzt jemand um Gudrun Hepp kümmern, entscheidet meine Kollegin Karo. Und es ist keine Frage, an wen sie dabei denkt. Was sich als undankbare Aufgabe erweist, denn Gudrun Hepp ist – trotz Standing Ovations und dem wohlwollenden Lächeln meines Feuilletonkollegen Ruppig – untröstlich über den Tod ihres Onkels. Sie weint und jammert, verkündet, dass er die letzten dreißig Jahre der einzige Mensch in ihrem verdammten Leben gewesen sei, außer vielleicht Herrn de Beer, der nun auch im Krankenhaus liege …

Als ich sie tröste und sage, dass Herr de Beer ebenso wie ihr Neffe Valentin sicherlich bald gesund zurück sein dürften und dass ihr Onkel ja nun hundert Jahre alt geworden sei, was nur wenigen Menschen vergönnt ist … und so weiter … was man in solchen Situationen eben sagt, da schluchzt sie noch herzzerreißender als zuvor und meint, für einen derart wunderbaren Menschen wie ihren Onkel seien hundert Jahre nicht genug.

Kennen Sie den Witz von der Fee, die einem Mann einen von drei Wünschen erfüllen soll? Als Erstes wünscht er sich eine vierspurige Autobahn von Frankfurt nach New York. Geht nicht, sagt die Fee. – Also wünscht er sich eine Landesregierung, die nach fünf Jahren nicht korrupt ist. Absolut unmöglich, meint die Fee. – Dann, sagt er, wolle er wenigstens die Frauen verstehen. Die Fee windet sich und sagt:

Noch mal das mit der Autobahn – wäre dreispurig auch okay?

Eine kleine Überraschung birgt Onkel Hermanns Testament denn doch. Auch wenn Gudrun, wie erwartet, das Wohnhaus und zwei Drittel der Firmenanteile erbt und Valentin den verbleibenden Teil sowie einige verpachtete Weinberge an der Nahe. Nebensächlich aber kommen eine mit Rubinen besetzte antike Goldkette und passende Ohrringe für Karoline Rosenkranz ins Spiel.

Die Mitarbeiterin ist verhuscht und verspätet bei der Testamentseröffnung erschienen, in Röhrenjeans, Turnschuhen ohne Schnürsenkel und mit viel zu viel Wimperntusche, aus der sie Gudrun entschuldigend zublinzelt: »Sorry, versteh das auch nicht.«

Gudrun lächelt möglichst begütigend. Onkel Hermann muss es ernst gemeint haben, denn er ließ diese Ergänzung erst vor wenigen Tagen bei einem amtlichen Notar einfügen, und zwar, wie dieser vermerkt, im vollen Besitz seiner geistigen Kräfte. Den Schmuck, so wurde dabei notiert, habe der Onkel vor Jahrzehnten aus einer alten Laube gerettet, bevor diese in Flammen aufging. Gehört haben Kette und Ohrringe einem Fräulein namens Rosa Blum, das vermutlich im Konzentrationslager Dachau umkam. Die Eigentümerin würde sich sicherlich freuen, wenn eine heute lebende Doppelgängerin von ihr und ein dabei so gutes Kind wie das Fräulein Rosenkranz beides nun trage. – Und er sei sich gewiss, dass die junge Dame ein guter Mensch sei, denn obwohl sie über ein dunkles Kapitel in seiner Vergangenheit Bescheid wisse, habe sie ihn nicht verraten.

Dunkles Geheimnis? Gudruns Nackenhaare sträuben sich, als der Beamte eine Folie öffnet, ihr einen dicken an sie adressierten alten Briefumschlag überreicht. Grau und grobfaserig ist er, an den Ecken löchrig, als habe ein Holzwurm sich hineinverirrt. Gudrun erinnert sich. So sah Recyclingpapier in den Achtzigerjahren aus. Immerhin ist es haltbarer, als der Ruf ihm nachsagt, denn der Briefbogen darin ist nahezu unversehrt, die Druckertinte blass, aber lesbar. Ein in weißes Seidenpapier samt Bastbändchen gewickeltes Päckchen liegt dem Brief bei.

Mainz, 2. Juli 1986

Meine allerliebste Gudrun,
nun werde ich bald fünfundsiebzig Jahre alt und ich fürchte, mir bleibt nicht mehr viel Zeit auf Erden.

Nicht mehr viel Zeit? Gudrun ist gerührt. Oh, wie hat er sich da geirrt!

Auch können, wie du weißt, alte Menschen wunderlich werden. Bevor die Erinnerungslücken bei mir einsetzen und ich beginne, Dinge durcheinanderzubringen, will ich diesen Brief und dieses Büchlein meiner Mutter bei einem Notar hinterlegen, denn du sollst, spätestens wenn ich tot bin, wissen, wer dein Onkel war …

Gudrun schüttelt ungläubig den Kopf. Er war um sie, seit sie sich erinnern kann. Wieder fließen die Tränen wie seit Tagen, lautlos und stetig. Sie tupft sich die Augen, liest weiter, erfährt von einem Bruder Helmut, Leutnant der Wehrmacht, der, weil er nach dem Krieg wegen eines Verbrechens gesucht wurde … in die Schweiz floh … um später als der im Euthanasieprogramm der Nazis ermordete Hermann zurückzukehren …

Sie fährt zusammen, ihr wird kalt und kälter. Tapfer liest sie weiter:

Allerdings habe ich das, was man mir zur Last legt, nicht wirklich begangen. Da es keine lebenden Zeugen mehr gibt, sieh bitte in dem anliegenden Büchlein nach, was deine Großmutter im Mai 1943 notiert hat. Es entspricht der Wahrheit, die wir nunmehr seit Jahrzehnten vor der Öffentlichkeit verbergen. Die Gründe kannst du dir denken …

Gudrun nimmt das Päckchen in beide Hände, betrachtet es unschlüssig.

Die Rosenkranz sitzt mit hochgezogenen Schultern neben ihr und mustert die Kappen ihrer Turnschuhe.

»Sie wissen, was hier drinsteht?«, fragt Gudrun.

Ein Nicken, ein Seufzen, ein unsicherer Blick. Die Mitarbeiterin, die soeben Schmuck im Wert eines Halbjahresgehalts geerbt hat, begleitet Gudrun hinaus ins Freie. Sie finden eine Parkbank, wo niemand mithören kann.

Natürlich weiß Karo nicht, was in diesem speziellen Haushaltsbüchlein von Luise Hepp stehen mag. Aber auch Mädchen, die beschlossen haben, von nun an gute Mädchen zu sein, bleiben neugierig. Und da Gudrun Hepp offenbar fließend Sütterlin kann …

Was Luise Hepp allerdings für Dienstag, den 4. Mai 1943 im üblichen Chronistenstil berichtet, überzieht Karo mit Scham. Wieder mal hat sie falsch kombiniert, wieder mal lag sie mit ihren Recherchen daneben. Zögernd trägt die Chefin vor:

Gestern war der Tag, an dem Helmut zurück an die Front sollte. Statt sich am Bahnhof einzufinden, begab er sich im Morgengrauen, mit einem Bündel Zivilkleidung und einigen Reichsmark im Gepäck, zunächst hinüber zur Laube, in der Hermanns Versuchsküche untergebracht ist. Dort aber hatte Hermann unterdessen die fünfköpfige Familie Blum versteckt, um bei passender Gelegenheit mit ihr ins Ausland zu fliehen.
Vermutlich war es Helmuts Wehrmachtsuniform, die die Panik auslöste. Die beiden Blum-Brüder schlugen ihn nieder und rannten über die Kohlfelder.
Unser Vater war Helmut gefolgt, wohl weil er argwöhnte, sein Sohn könnte desertieren. Als er sah, was geschehen war, nahm er Helmuts Gewehr auf und schoss auf die Flüchtigen.
Hermann und ich erwachten, rannten zum Gartenhaus, kamen aber zu spät. Heinrich hatte Wolfgang Blum tödlich getroffen, den Bruder Joachim sowie die Mutter schwer verletzt. Hermann geriet außer sich, schlug auf seinen Vater ein und würgte ihn, bis dieser bewusstlos umsank. Darauf erlitt Hermann einen Anfall, seinen schwersten bisher.
Bald kam, von der Nachbarschaft gerufen, die Polizei, die mich verhörte. Sollte ich zulassen, dass Hermann wegen Begünstigung von Juden von der Gestapo mitgenommen wurde? Oder sollte ich ihn als ›schizophren‹ in die Anstalt in Alzey einliefern lassen? Ich habe mich für Letzteres entschieden.

Zwei Seiten weiter notiert Luise Hepp lapidar:

Die Anzeige gegen Helmut wegen versuchter Fahnenflucht wurde heute fallen gelassen. Er soll vielmehr eine Ehrennadel bekommen wegen Aufspürens und Festsetzens flüch-

tiger Juden sowie zum Leutnant befördert werden. Den feigen Übergriff des Juden Wolfgang Blum auf den kranken Vater Heinrich habe Helmut, wie es nun heißt, zu Recht durch sofortiges Erschießen geahndet.

Karo ringt mit den Tränen. »Furchtbare Zeit!«

Die Chefin schnäuzt sich. »Wissen Sie, er hat mir in den letzten Jahren mehrmals bekannt, dass er der vermisste Helmut Hepp sei. Ich habe ihm nicht geglaubt, dachte, diese angebliche Schizophrenie mache sich wieder bemerkbar. Zumal er tatsächlich oft verwirrt war. – Manchmal hielt er mich für meine Großmutter.«

»Und mich für Rosa Blum.«

Gudrun Hepps Helmfrisur zittert, sie schaut Karo in die Augen. »Sie haben alles gewusst und für sich behalten?«

Karo senkt den Blick, zerknüllt ihr Tempotaschentuch. »Na ja, journalistisch gesehen ist das kein Brüller.«

»Ein – ehemm – Brüller sind wohl eher die Machenschaften unseres Geschäftsführers?«

»Ja, aber darüber schreibt mein Exkollege.«

»Er berichtet sehr fair. Und schreibt nett über Sie. Haben Sie den Artikel gelesen? Er schwärmt geradezu von Ihrer mutigen und unkonventionellen Recherche und erklärt, dass die Polizei es Ihrem klugen Hinweis zu verdanken hat, auch die vier Leichen im benachbarten Gemüsegarten so rasch gefunden zu haben.«

»Ach ja?«

»Ein sympathischer Mensch übrigens, Ihr früherer Kollege.«

Karo zuckt die Achseln. »Kann sein.«

Gudrun Hepp erhebt sich, lächelt. »Wir zwei sollten uns den Rest des Tages freinehmen, was meinen Sie? – Ich lasse Sie heimbringen, wenn Sie möchten.«

Die Sonne schimmert durch die Haufenwolken, ein Hauch von Wind kommt auf. Karo geht lieber zu Fuß nach Hause. Unterwegs schaltet sie ihr Handy ein.

Sie haben drei neue Nachrichten, meldet das Display. Karo sieht nach. Ein Privatsender lädt sie als Studiogast ein – allerdings zu einer Kochsendung. Eine Zeitschrift namens *Schlemmer* fragt nach einem Beitrag zur Geschichte der Suppenküche, von der Antike bis heute. Die dritte SMS kommt von Lokalchef Löffler: *Karo, bitte melden. Ab Oktober Redakteursstelle frei. Ressort Soziales. Festanstellung. Wäre doch was für Sie, oder? LG*

Karo fasst es nicht. Macht einen Luftsprung, kollidiert mit einem Poller, ignoriert den aufgeschürften Ellbogen und tippt die Antwort ein: *Aber klar!*

Nachbemerkung

Bestimmt haben Sie es sich schon gedacht: Die Personen dieses Romans sind frei erfunden. Ebenso die Biosuppenfirma Hepp und das *Mainzer Tagblatt.* Die *Mainzer Allgemeine Zeitung* bitte ich um Nachsicht, ihr eine so wenig konventionell arbeitende ›Konkurrenz‹ angedichtet zu haben.

Das dubiose Institut namens *SIfOC* in Tschechien ist natürlich auch reine Fantasie. An angedachter Stelle befindet sich in Wahrheit eine Spielhölle. – Ob solche Diättests mit geistig Behinderten möglich sind? Die befragten Fachleute waren mit mir einer Meinung: Völlig ausgeschlossen wären sie nicht einmal in Europa, trotz der Deklaration von Helsinki, die doch jede Form von Menschenversuchen ethisch geregelt hat.

Und was ist mit Hermann Hepps ›ehrlicher‹ vegetarischer Würze? Tja, auch die habe ich mir ausgedacht. Aber es hätte sie durchaus damals schon geben können. Denn dass man aus purem Gemüse und ohne jede Form von Geschmacksverstärkern, sogenannten Extrakten und Aromastoffen, ein fantastisches Würzmittel für Suppen, Soßen, Aufläufe, Pfannengerichte etc. herstellen kann, lässt sich inzwischen sogar in der häuslichen Küche erproben. Sie finden einige Rezepte für selbst gemachte Würzen im Internet. Hier ist meines:

200 g Lauch, 200 g Sellerieknolle, 100 g Möhren, 100 g Pastinaken, 100 g Weißkohl, 100 g Paprika, 100 g Frühlingszwiebeln oder Schalotten, 100 g Zwiebeln und 50 g Petersilienwurzel putzen und grob zerkleinern, sodass circa daumendicke Scheiben beziehungsweise Würfel entstehen. Das Gemüse portionsweise in einer Teflon-Kasserolle bei kleiner Flamme, ohne Wasser, allenfalls mit ganz wenig Sonnenblumenöl, ein paar Minuten schwitzen lassen. Dabei öfter wenden. Wenn ein aromatischer Duft aufsteigt, herausnehmen und beiseitestellen. Dann

6 Filets getrockneter eingelegter Tomaten (abgetropft, in Küchenpapier gut ausgedrückt und etwas zerkleinert) sowie 30 g Liebstöckel (ohne Stiele) und 60 g Salz

zu der Gemüsemischung geben, alles vermengen und durch einen Fleischwolf drehen. Die entstandene Masse auf zwei mit Backpapier ausgelegten Backblechen verteilen und im Umluftofen bei 70 Grad sechs bis sieben Stunden trocknen lassen. Dabei ungefähr jede Stunde leicht mit einer Holzgabel lockern und durchrühren.

Wenn die Masse trocken ist, im Mixeraufsatz zu einem Pulver zerkleinern und in ein dicht verschließbares Behältnis füllen. Durch den Salzanteil hält sich das Pulver drei bis vier Wochen. Weil sich trotzdem ein paar unerwünschte Bakterien ansiedeln können, beim Verwenden der Würze darauf achten, dass eine Gartemperatur von 100 Grad erreicht wird.

Übrigens: Wenn man die Zwiebeln und den Kohl zuvor abtrennt und mit etwas Öl in einer Pfanne anbräunt, kommt ein Hauch ›Bratengeschmack‹ auf.

Danke, danke, danke …

Allen, die mir direkt oder indirekt, im Ganzen oder in Teilen geholfen haben, diesen rechercheaufwendigen Roman glücklich zu Ende zu bringen. Da gibt es

die Pianistin Senka Brankovic, die mir die Musik meines Lieblingskomponisten unter den Klassikern, Edvard Grieg, vermittelt und mich überdies in die Geheimnisse der Vorbereitung eines Klavierkonzerts eingeweiht hat,

Marie Wein, meine Schwippkusine und gebürtige Tschechin, die mir manches zum Idiom und zur Kommunikation in unserem schönen Nachbarland verraten hat,

Kerstin Herrnkind, meine Autorenkollegin beim Grafit Verlag, die mich mit ihrer hervorragenden unter anderem Namen veröffentlichten Dokumentation über Euthanasie im Nationalsozialismus stark inspiriert hat: Kerstin Schneider, *Maries Akte,* erschienen bei weissbooks,

Mirko und seine Eltern, die mir mit Warmherzigkeit und Geduld einen Einblick in die Lebenswelten autistischer Kinder gewährt haben

und viele andere, die mich mit Buch- und Internettipps fleißig unterstützten.

Aber nun zu den heimlichen Heldinnen und Helden der Entstehungsgeschichte dieses Romans:

Meinem Ehemann Fritz, meinen Töchtern Jennie und Tilla, meiner Freundin Elisabeth Fischer danke ich für nimmermüdes wohlwollendes Testlesen und für all die wertvollen Verbesserungsvorschläge.

Und last aber zuvorderst danke ich meiner Lektorin Ulrike Rodi für das ebenso kritische wie freundliche Lektorat ... ja, ihr vor allem!

im März 2012
Ella Theiss

Lisbeth und der Preußenkönig

Ella Theiss

Die Spucke des Teufels

ISBN 978-3-89425-614-2

Lisbeth, Wirtin des Gasthauses zum Ochsen, hat gerade ihren Mann beerdigt, da quartieren sich preußische Gardisten bei ihr ein. Der Lohn: ein Sack Kartoffeln, eine Frucht, deren Triebe giftig sind und die als ungenießbar gilt. Zudem ächtet der Pastor Kartoffeln als ›Spucke des Teufels‹, während dagegen Friedrich II., der König von Preußen, seinem Volk die nahrhafte Knolle schmackhaft machen will.

Lisbeth lernt, mit der Frucht umzugehen, doch mit anderem kann sie sich nicht abfinden: Major Kreutzer glaubt, die schöne Wirtin als sein Eigentum betrachten zu können, ein fünfjähriges Mädchen landet im Freudenhaus, seinem dreizehnjährigen Bruder droht als Deserteur die Hinrichtung und der fahrende Barbier Jost wird der Landesgrenzen verwiesen. Durch die Hilfe des Müllers Willem scheint sich alles zum Guten zu wenden, aber dann wird Lisbeth von ihrer Vergangenheit eingeholt ...

»Humorvoll und mit viel Gespür für Zeitkolorit erzählt Ella Theiss in ihrem Debütroman die Geschichte einer Frau, die endlich ein eigenständiges Leben führen will – und dafür auch die eine oder andere Leiche in Kauf nimmt.« Brigitte

»Eine wunderbare Handlung rund um eine Feldfrucht, die keiner will.« Westdeutsche Zeitung

»Ein überaus lesenswertes, ebenso spannendes wie kurzweiliges Buch.« NRZ

»Die Autorin selbst hat das richtige Rezept gefunden, nämlich für eine kurzweilige Geschichte ... mit einer Protagonistin, deren Charakter überraschende Abgründe aufweist, und einem überraschenden Ende.« lovelybooks.de

»Ein brillanter historischer Krimi.« Offenbach-Post

grafit